EDITION 211

Silvia Stolzenburg

TÖDLICHE Verdächtigungen

Kriminalroman

EDITION 211

Dieses Werk wurde vermittelt durch die Autoren- und Projektagentur Gerd F. Rumler, München.

1. Auflage 2016
Lektorat: Dorothée Engel
Korrektorat: Thilo Fahrtmann
Satz/Layout: Martina Stolzmann
Covergestaltung: Nele Schütz Design, München,
unter Verwendung eines Motivs von Shutterstock
Druck: CPI – Clausen & Bosse, Leck
Made in Germany
ISBN 978-3-95669-069-3
www.bookspot.de

Für Eumel, das unendliche Blau und
die wundervollen Lügen meiner Kindheit

Kapitel 1

Stuttgart, 7. November 2015

»Roland! Hallo, Roland! Wo steckst du?«

Marilene Hübner drückte zum dritten Mal den Klingelknopf der Villa im Herdweg, deren Giebel und Erker vom dichten Nebel fast verschluckt wurden. Das verwaschene Licht der Straßenlaternen schaffte es kaum, die Nacht zu erhellen, und Marilene zog fröstelnd die Schultern hoch. Fast fünf Minuten stand sie jetzt schon hier draußen herum. Als es just in diesem Moment anfing zu nieseln, unterdrückte sie eine Verwünschung. Sie zog die Kapuze über den Kopf und stakste auf Zehenspitzen über den schlammigen Rasen bis zu einem der beiden Ecktürmchen. In keinem der von hier aus sichtbaren Fenster brannte Licht. Doch das hieß nicht viel bei Roland. Mehr als einmal hatte Marilene ihn schon in der Dunkelheit sitzend angetroffen – vor sich hin starrend, stocksteif wie eine Salzsäule. Er war einfach ein schräger Vogel. Dass er sie zu den unmöglichsten Uhrzeiten zu sich hinbestellte, um etwas mit ihr zu besprechen, ärgerte sie schon lange nicht mehr. So war er eben, daran hatte sie sich längst gewöhnt. Obwohl sie vor Nervosität zitterte, glaubte sie nicht, dass er ... Sie schüttelte den Kopf, ging zurück zur Vordertür und benutzte den altmodischen Fußabstreifer an der Treppe, um den Schlamm von ihren Sohlen zu kratzen.

»Roland!« Anstatt erneut zu klingeln, hämmerte sie mit der Hand gegen die antik wirkende Holztür. Sie zog erstaunt die Brauen hoch, als diese nach innen aufschwang. Hatte Roland die Tür für sie offen gelassen? Oder steckte er mal wieder so in der Arbeit, dass er alles um sich herum vergaß – einschließlich ihrer Verabredung? Vermutlich war es so, so dass sie achselzuckend das Haus betrat und ihren Mantel an die Garderobe in der Diele hängte. Sie drückte den Lichtschalter, ordnete ihr Haar vor einem halb blinden Spiegel und rief ein weiteres Mal: »Roland!«

Keine Antwort.

Mit einem Seufzen steuerte sie auf die Treppe mit den ausgetretenen Stufen zu, die in die oberen Stockwerke der Villa führte. Im Erdgeschoss befanden sich die Küche und das geräumige Wohnzimmer des Malers. Da er Marilene jedoch nicht gehört zu haben schien, war sie fast sicher, dass er sich in seinem Atelier im ausgebauten Dachstuhl aufhielt.

Am Treppenabsatz angekommen, rümpfte sie die Nase. Es roch feucht und modrig, als hätte Roland mal wieder tagelang nicht gelüftet. Das Haus war zwar in einem guten Zustand, dennoch drang die Feuchtigkeit des Kellers immer wieder durch den alten Dielenboden. Sie ignorierte den unangenehmen Geruch und machte sich auf den Weg hinauf ins Atelier. Bereits im ersten Stockwerk stach ihr die Verdünnung, mit der Roland seine Pinsel auswusch, in die Nase.

»Roland?« Sie zog die Schiebetür auf und betrat den Raum, in dem mehrere Halogenscheinwerfer für eine indirekte Beleuchtung sorgten. Auf einem halben Dutzend Staffeleien warteten Bilder auf ihre Fertigstellung. Doch es war die riesige Leinwand, die der Maler mit einem Holzrahmen an einer der Stirnwände befestigt hatte, die Marilenes Blick auf sich zog. Zahllose Rottöne tanzten einer Feuersbrunst gleich durcheinander, vermischten sich im Auge des Betrachters mit gelben und orangefarbenen Tupfern. Jedes Mal, wenn Marilene das Gemälde ansah, dachte sie, das Tosen eines gewaltigen Feuers zu hören. Es hatte eine beinahe hypnotische Wirkung. Egal aus welchem Winkel man das Bild betrachtete, die Flammen schienen lebendig zu sein und züngelnd nach jedem zu lecken, der ihnen zu nahe kam. Noch war es nicht fertig gestellt, da Roland seit Tagen nach einem ganz bestimmten Farbton suchte. Aber lange konnte es nicht mehr dauern, dachte Marilene und riss sich von dem faszinierenden Gemälde los.

Suchend sah sie sich um. Wo war er bloß? Außer dem einen,

langgestreckten Raum mit den Fachwerkbalken gab es noch ein kleines Kabuff, in dem er seine Materialien lagerte.

Auch dort brannte Licht.

»Roland! Gib doch endlich ein Lebenszeichen von dir!«, schimpfte sie.

Es rumpelte in der Kammer. »Ich bin hier drin«, hörte sie es gedämpft rufen.

Meine Güte! Manchmal war er schlimmer als ein kleines Kind! Marilene verdrehte die Augen und suchte sich einen Weg durch die Farbeimer und Paletten. Als sie über ein Stück Rahmenholz stolperte, fluchte sie leise. »Was gibt es denn?«, fragte sie, nachdem sie sich zu der Tür durchgekämpft hatte. »Ich hab heute Abend noch eine Verabredung.« Sie duckte sich und schlüpfte in die Kammer.

»Das hat ja ewig gedauert«, empfing sie der Mann, der auf sie wartete.

Marilene sah das Messer in seiner Hand aufblitzen und stieß einen schrillen Schrei aus.

Es war zu spät, zu fliehen.

Mit einem einzigen langen Schritt war er bei ihr und setzte ihr die Klinge an die Kehle.

Kapitel 2

Tübingen, 8. November 2015

Das Klingeln des Telefons riss Anna Benz aus dem Schlaf. Lautstark und nervtötend röhrte ihr Handy *Smells Like Teen Spirit* von *Nirwana* – den Klingelton, den sie ihrem Vater, Roland Kirchberger, zugeordnet hatte.

»Scheiße«, murmelte sie, drehte sich auf die andere Seite und drückte das Kopfkissen aufs Ohr. Vor dem Fenster herrschte noch stockfinstere Nacht und sie hatte nicht vor, an diesem Sonntag vor den Vögeln aufzustehen. Falls es überhaupt noch Vögel in Tübingen gab und sich nicht alle in den warmen Süden verdrückt hatten. Wenn sie könnte, würde sie es ihnen nachmachen. Der verdammte Nebel ging ihr allmählich auf den Wecker, genau wie das triste Grau und Braun. Nur noch vereinzelt leuchteten bunte Blätter an den Bäumen. Aber auch die ließen immer mehr die Köpfe hängen. Bald würde es anfangen zu schneien und Anna konnte sich wieder jeden Morgen den Arsch abfrieren, bis ihr Audi endlich warm wurde.

Das Handy hörte auf zu klingeln.

Nur um sofort wieder anzufangen.

»Geh doch ran«, brummte Jens, ihr Mann. Er stupste sie in die Seite, als sie lediglich ein Grunzen von sich gab.

Smells Like Teen Spirit verstummte erneut. Dann legte das Telefon noch einmal los.

»Mann, es ist mitten in der Nacht!«, motzte Anna. »Was will er denn um diese Uhrzeit?« Sie wickelte sich ärgerlich in ihre Bettdecke und tapste aus dem Schlafzimmer, ohne das Licht anzumachen. Draußen tastete sie nach ihrem Handy und drückte ungehalten auf »Annehmen«.

»Ich hoffe, es ist wichtig«, grollte sie. Seit sie sich vor beinahe einem halben Jahr ein Herz genommen hatte und auf ihren leiblichen Vater zugegangen war, hatte sich ihre Beziehung von steifer Unbeholfenheit auf Annas Seite zu einer beinahe unheimlichen Vertrautheit entwickelt. Auch wenn sie bis vor eineinhalb Jahren nicht einmal etwas von seiner Existenz gewusst hatte, waren sie sich inzwischen näher als Anna ihrer Mutter jemals gewesen war. Der Frau, die ihren damaligen Schüler, Roland Kirchberger, im zarten Alter von siebzehn Jahren verführt hatte.

»Anna, du musst sofort kommen«, keuchte es ihr ins Ohr. Er klang benebelt.

»Was ist los?«, fragte sie ungehalten. »Hast du schon wieder deine Pillen abgesetzt?«

»Nein. Ja. Das ist nicht wichtig!«

Sie hörte, wie er um Atem rang.

»Das ist schon wichtig!«, brauste sie auf, nahm sich aber sofort wieder zusammen. »Warst du joggen? Du klingst abgehetzt.«

»Es ist alles ..., alles rot!«, stammelte er. Seine Stimme überschlug sich. »Sie ist tot. Glaube ich.«

Mit jedem Wort hörte es sich mehr danach an, als sei er betrunken oder high.

»Wer ist tot?«, fragte Anna. Halluzinierte er? Hatte Dr. Heinemann nicht gesagt, dass es vorkommen könnte, dass jemand mit seinem Krankheitsbild Wahnvorstellungen hatte? Vor allem, wenn er seine Medikamente absetzte? Und das war leider immer wieder der Fall, wenn Roland sich in einer Schaffensphase befand. Auch wenn sein Arzt ihm davon abriet, befolgte er diesen Rat nur selten. Seiner Ansicht nach raubten ihm die Tabletten die Kreativität, fesselten seine Sinne, wie er es ausdrückte.

»Anna! Bitte! Kannst du kommen?« Er gab einen Laut von sich, der verdächtig nach einem Schluchzen klang.

Die Sorge um ihn verdrängte allmählich Annas Unmut. Roland konnte zwar eine Nervensäge sein, aber er bedeutete ihr inzwischen mehr als sie jemals für möglich gehalten hätte. Schon bei ihrer ersten Begegnung war etwas zwischen ihnen gewesen, das Jens im Nachhinein als »gruselig« beschrieben hatte. »Das war fast so, als ob wir uns schon ewig kennen würden«, hatte er gesagt.

Anna knipste das Licht an und setzte sich mitsamt Decke auf den Boden. »Roland, atme erst mal tief durch«, versuchte sie, ihn zu beruhigen. »Und dann erzähl mir, was genau passiert ist. Wer ist tot?«

»Ich …«

Anna hörte im Hintergrund Dielen knarren. Entweder befand sich noch jemand mit ihm im Raum oder er tigerte rastlos auf und ab.

»Marilene!«, sagte er schließlich. »Oh, Gott, Marilene! Sie ist tot. Du musst sofort kommen!« Mit diesen Worten legte er auf und ließ Anna fassungslos auf dem Boden sitzend zurück.

»Was ist denn?« Jens erschien im Türrahmen und blinzelte in das Licht der Stehlampe.

»Das ist eine verdammt gute Frage«, erwiderte Anna und fasste das wirre Gespräch zusammen.

»Marilene? Seine Galerieassistentin?«

Anna nickte gedankenverloren. »Ja.«

»Ähm.« Jens kratzte sich am Kopf, der – wie immer – glatt rasiert war.

»Ich weiß, was du denkst«, seufzte Anna. »Geht mir nicht anders.« Sie warf das Handy auf einen Sessel und kam auf die Beine. »Aber ich kann ihn jetzt nicht im Stich lassen. Er schien ziemlich durch den Wind zu sein.«

»Meinst du nicht, dass er sich das zusammenspinnt?« Jens zog skeptisch die Brauen hoch. »Wie neulich, als er behauptet hat, dass ihm jemand nachspionieren würde?«

Anna zuckte die Achseln. »Du weißt, wie er ist, wenn er malt. Ich wünschte auch, er würde nicht dauernd die Pillen absetzen. Aber dann wäre er vielleicht nicht so gut.«

Jens zog die Oberlippe zwischen die Zähne. »Gut ist er schon«, gestand er ein.

Das war eine Untertreibung. Denn erst vor zwei Monaten hatte Roland Kirchberger einen der höchstdotierten Kunstpreise der Welt gewonnen. Seine Bilder wurden inzwischen in Galerien auf der ganzen Welt zu Irrsinnspreisen verkauft.

Anna seufzte. »Jetzt bin ich sowieso schon wach. Da kann ich genauso gut zu ihm fahren.«

Jens gähnte und reckte sich. »Soll ich mitkommen?«

Anna winkte ab. »Ach was. Geh wieder ins Bett. Das dauert sicher nicht lange. Wenn ich zurück bin, frühstücken wir in aller Ruhe.«

»Wenigstens war es nicht die Dienststelle«, stellte Jens fest.

Anna hatte an diesem Wochenende Bereitschaft. Allerdings war sie im Moment nicht sicher, was ihr lieber gewesen wäre: ein Anruf vom PvD, dem Polizeiführer vom Dienst, oder der Anruf von Roland.

Während Jens wieder ins Bett kroch, ging sie ins Bad und machte eine Katzenwäsche. Dann schlüpfte sie in Jeans, T-Shirt und ein dickes Fleece, schnappte sich ihre Windjacke und stieg wenig später in ihren Audi. Da die Straßen um diese Uhrzeit vollkommen verwaist waren, dauerte es – trotz des dichten Nebels – nicht mal eine Dreiviertelstunde, bis sie vor Rolands Villa parkte. Die Uhr auf dem Armaturenbrett zeigte 5:38 an, als sie ausstieg und zum Eingang rannte.

Die Tür war nur angelehnt. Das Erdgeschoss lag im Dunkeln, aber im ersten Stock schien Roland alle Lichter angeknipst zu haben.

»Roland?«, rief Anna.

»Hier oben!«

Sie hörte seine Schritte über ihrem Kopf. Kurz darauf tauchte er auf dem Treppenabsatz auf. Selbst aus der Entfernung war ihm anzusehen, wie verstört er war. Die dunklen Augen glänzten fiebrig und seine Hände kneteten das bereits vollkommen zerknitterte Hemd, in dem er steckte. Sein halblanges, dunkles Haar stand wirr vom Kopf ab – als wäre er gerade erst aufgestanden. Sein Gesicht war so bleich, dass der Dreitagebart wie aufgemalt wirkte. Unter seinen Augen lagen dunkle Schatten.

Anna nahm je zwei Stufen auf einmal. Bei Roland angekommen, sah sie entsetzt, dass es sich bei dem, was sie von unten für ein Muster auf seinem Hemd gehalten hatte, um rote Farbe oder

Schlimmeres zu handeln schien. Seine Verzweiflung war so deutlich zu spüren, dass sie augenblicklich ein Gefühl der Beklemmung überkam. »Ist das ...?« Sie zeigte auf sein Hemd.

Er nickte. »Ich hab sie angefasst.« Sein Schlucken war deutlich zu hören in der Stille des Hauses. Seine Aussprache war immer noch schwammig. Alle paar Sekunden fuhr er sich mit der Zungenspitze über die Lippen und wischte sich mit dem Handrücken eine nicht vorhandene Haarsträhne aus dem Gesicht.

Anna schob sich an ihm vorbei und zog mehrmals die Luft durch die Nase ein. Kein Zweifel: Außer dem beißenden Geruch von Verdünnung lag noch etwas anderes in der Luft. Etwas, das Anna nur zu gut kannte. Verdammt!, dachte sie. Er hatte sich die Sache offenbar doch nicht nur zusammengesponnen.

Mit einem zentnerschweren Gewicht in der Magengegend fragte sie. »Wo ist sie?«

Roland zeigte mit einem zitternden Finger auf die Treppe, die ins Dachgeschoss führte. »Oben.« Es war kaum mehr als ein Flüstern.

Ohne auf ihn zu warten, sprintete Anna die Stufen hinauf und blieb auf der Schwelle des Ateliers wie angewurzelt stehen. Ihr Herz setzte einen Schlag aus. Mitten im Raum lag eine Gestalt, die man auf den ersten Blick für eine Schaufensterpuppe hätte halten können. Ihre Glieder waren seltsam verdreht, die Haut wächsern und kreideweiß bis auf die bläulich-roten Totenflecken. Sie lag mit einer Wange in einer riesigen Blutlache. Ihre Kleider hatten sich bereits mit Blut vollgesogen. Über ihr prangte Rolands aktuelles Werk. Die Wand, an der die *Feuersbrunst* hing, ein Teil der Holzdecke und drei der anderen Bilder waren mit Blutspritzern besudelt. Ein wildes Durcheinander von blutigen Schuhspuren führte durch den Raum, und erst jetzt fiel Anna auf, dass auch die Treppenstufen Schuhabdrücke aufwiesen. Als sie sich umdrehte, um die Spur zu verfolgen, fiel ihr Blick auf Roland. Der stand mit angstvollem Blick am Fuß der Treppe und wippte auf den Fersen auf und ab wie ein Kind.

Obwohl Anna den Drang verspürte, sich die Tote genauer anzusehen, wusste sie, dass sie den Tatort auf keinen Fall verändern durfte. Als ihr Blick auf einen großen Pinsel neben der Leiche fiel, holte sie entsetzt Luft. Hatte Roland etwa ...? Ihr Blick wanderte weiter zu dem großen Bild und blieb an einigen glänzenden Stellen haften. »Oh, Gott!« Plötzlich schien sich der Raum um sie zu drehen. Auf schwachen Beinen trat sie den Rückzug an und war wenig später wieder an Rolands Seite. »Was hast du getan?«, fragte sie tonlos.

Roland schwankte auf der Stelle wie ein Grashalm im Wind. Mit einer Hand massierte er sich die Schläfe, während sich die andere immer wieder öffnete und zur Faust ballte.

»Hast *du* sie getötet?« Annas Stimme klang schrill. Als Roland keine Antwort gab, fasste sie ihn bei den breiten Schultern und schüttelte ihn.

Er leistete keinerlei Widerstand.

»Hast du sie getötet, um an ihr Blut zu kommen?«, krächzte sie. »War das der Rotton, der dir noch gefehlt hat?«

Rolands Unterkiefer fing an zu beben.

»Antworte mir, verdammt!«, herrschte Anna ihn an.

Er wich vor ihr zurück. Als er mit dem Rücken gegen die Wand stieß, sackte er in sich zusammen und vergrub auf dem Boden sitzend das Gesicht zwischen den Knien. Nach einigen Sekunden hob er schließlich den Kopf und flüsterte: »Ich weiß es nicht. Gott, ich weiß es doch nicht!«

Kapitel 3

Stuttgart, 8. November 2015

Anna starrte fassungslos auf Roland hinunter. »Du weißt es nicht?«, fragte sie. »Willst du mich verarschen?!«

Er schüttelte schwach den Kopf. »Ich weiß es nicht«, wiederholte er. »Ich kann mich an nichts erinnern.«

Anna spürte Wut in sich aufsteigen. Solche Geschichten hatte sie schon oft genug von Leuten gehört, die sich dann sehr wohl an das erinnern konnten, was sie getan hatten.

»Du erzählst mir jetzt sofort, was passiert ist«, zischte sie. »Und dann rufst du die Polizei an!« Sie rieb sich mit den Handflächen über das Gesicht. »Scheiße! Ich sollte überhaupt nicht hier sein!«

Roland schüttelte den Kopf. »Ich kann dir nicht sagen, was passiert ist«, murmelte er. »Ich weiß nur, dass ich mit wahnsinnigen Kopfschmerzen aufgewacht bin. Und dann war ich plötzlich im Atelier. Und Marilene ...« Er brach den Satz ab.

»Wo warst du?«, fragte Anna.

Er sah sie mit leerem Blick an.

»Warum bist du angezogen? Wie kommt das Blut an dein Hemd? Rede mit mir, verdammt! Hast *du* ihr Blut auf das Bild geschmiert?«

Roland stöhnte leise. »Ich weiß es nicht«, wiederholte er tonlos.

Anna hatte Mühe, an sich zu halten. Ihr Instinkt sagte ihr, dass Roland unmöglich getan haben konnte, wonach es aussah. Die Fakten ließen allerdings wenig Spielraum für Zweifel. Gott, das durfte doch einfach nicht wahr sein! Warum *er*? Wieso hier? Warum jetzt? Was zum Teufel war passiert? Hatte Dr. Heinemann nicht gesagt, dass Roland harmlos sei? Dass er, selbst wenn er einen psychotischen Schub hatte, eher ängstlich und getrieben sei bei seiner Art der Wahnvorstellungen? Anna betrachtete das Häuflein Elend, während ihr Gehirn fieberhaft arbeitete. Sie musste das Verbrechen selber melden. Auf keinen Fall konnte sie Roland bei ihren Kollegen anrufen und sich mit irgendwelchem Gerede noch tiefer in die Scheiße reiten lassen. Für ihre Anwesenheit am Tatort würde ihr irgendeine plausible

Erklärung einfallen. Nur nicht jetzt. Jetzt musste sie erst einmal dafür sorgen, dass Roland wieder er selbst wurde. »Wo sind deine Tabletten?«, fragte sie.

Er zuckte mit den Achseln. »Im Bad?« Offenbar wusste er nicht, wo er sie vor sich selbst versteckt hatte.

»Rühr dich nicht von der Stelle«, befahl Anna. »Bin gleich zurück.« Während irgendwo tief in ihrem Inneren etwas anfing zu schwingen wie eine Gitarrensaite, stürmte sie in Rolands Bad und durchwühlte das Kästchen unter der Spüle.

Nichts.

Wo hatte er die blöden Dinger hingetan? Sie wusste, dass er sie sogar schon einmal in den Müll gekippt hatte, um ja nicht in Versuchung zu geraten, seinen Schaffensrausch zu unterbrechen. Wie konnte man nur so dämlich sein? Sie sah sich um. Was Rainer Stemmler von der Kriminaltechnik ihr für eine Standpauke halten würde, weil sie seinen Tatort durchwühlte, wollte sie sich im Moment lieber nicht vorstellen. Sie *konnte* Roland einfach nicht in diesem Zustand mit den Kollegen sprechen lassen. Da die Leiche in seinem Haus lag und er Blut an seinem Hemd hatte, würde er auf jeden Fall als Tatverdächtiger behandelt werden. Auch wenn er es nicht gewesen sein konnte. Durfte! Anna stieß aus Versehen mit dem Ellenbogen gegen einen Zahnputzbecher, der mit einem Scheppern auf den Boden fiel.

»Scheiße!«

»Anna?«

»Bleib, wo du bist!«, rief sie und wühlte sich weiter durchs Bad. Als sie bereits aufgeben wollte, stieß sie unter einem Stapel Handtücher endlich auf eines der Plastikröhrchen mit Rolands Pillen. »Wurde aber auch Zeit«, murmelte sie. Ohne einen weiteren Blick auf das Chaos zu verschwenden, das sie angerichtet hatte, lief sie zurück in den Korridor und hielt Roland das Röhrchen vor die Nase. »Wie viele?«

Er hob zwei Finger. Seine Hand zitterte.

Anna drückte ihm die Tabletten in die Hand. »Brauchst du Wasser?«

Er schüttelte den Kopf.

Als er die Pillen geschluckt hatte, atmete Anna mehrmals tief durch. Dann zückte sie ihr Handy. »Anna Benz hier«, meldete sie sich, als der Polizeiführer vom Dienst abnahm. »Ich bin an einem Tatort. Verdacht auf Tötungsdelikt.« Sie beschrieb die Lage. Roland behielt sie dabei die ganze Zeit im Auge. Dass es sich bei dem Tatverdächtigen um ihren leiblichen Vater handelte, verschwieg sie geflissentlich.

»Alles klar«, sagte der PvD, als sie fertig war. »Ich schicke ein paar Streifenwagen, außerdem zwei KDD-Besatzungen. Du bist als Kommissionsbeamtin vom D11 ja schon vor Ort.«

Anna schielte auf die Uhr. Es war immer noch ziemlich früh. Deshalb würden die Kollegen vom Kriminaldauerdienst erst einmal übernehmen müssen und zusammen mit den Streifenbeamten den Tatort weitläufig absperren und die ersten Befragungen von eventuellen Zeugen durchführen.

»Was ist mit dem Täter?«, fragte der PvD.

»Ein«, sie zögerte kurz, »*Zeuge* am Tatort, sonst niemand zu sehen. Wie es aussieht, ist das Opfer schon eine ganze Weile tot.« Anna sah aus dem Augenwinkel, dass Roland zusammenzuckte.

»Ich sage Rainer Bescheid«, sagte der PvD, der im FLZ, dem Führungs- und Lagezentrum des Präsidiums, saß.

Anna schnitt eine Grimasse. Rainer Stemmler und seine Kriminaltechniker würden ihr den Kopf abreißen, weil sie durch ihren Tatort gelatscht war.

»Gut. Ich rufe Alex an«, ließ sie den PvD wissen. Ihr Chef, Alex Wolf, würde dann alle verfügbaren Leute zusammentrommeln. »Einen ersten Überblick habe ich mir schon verschafft.«

Sie spürte, dass dem PvD die Frage auf der Zunge lag, die sie fürchtete. Doch er sagte lediglich: »Okay. Soll ich Dr. Schiller auch informieren?«

Da Anna sicher war, dass es sich um ein Tötungsdelikt handelte, sagte sie: »Ja. Bea werden wir hier brauchen.« Nachdem sie das Gespräch beendet hatte, überlegte sie fieberhaft, wie sie ihre Anwesenheit erklären sollte. »Hör zu«, sagte sie schließlich zu Roland. »Du darfst niemandem sagen, dass wir verwandt sind.«

Er hob den Blick und blinzelte.

»Hast du verstanden?«

»Mhm.«

Anna blies die Wangen auf und ließ die Luft durch die gespitzten Lippen entweichen. Das konnte ja heiter werden! »Du hast mich angerufen, weil wir uns aus der Galerie kennen. Ich habe ein Bild von dir gekauft und du wusstest, dass ich bei der Polizei bin.«

Roland nickte. »Woher hatte ich deine Telefonnummer?«

Anna fiel ein Stein vom Herzen. Sein Hirn schien wieder zu funktionieren. »Die hattest du in deinen Kundenunterlagen.«

»Hier?« Roland sah sie skeptisch an.

»In deinem Handy. Kannst du dir das merken?«

Er blinzelte erneut, dann stemmte er sich in die Höhe und lehnte sich mit dem Rücken gegen die Wand. »Ich kann mich nicht erinnern, was heute Nacht passiert ist«, sagte er. »Aber dämlich bin ich nicht.«

Anna lächelte schief. Da war er wieder: der Roland, den sie bei ihrem ersten Treffen kennengelernt hatte, als er die Besucher seiner Vernissage einfach hatte stehen lassen, um auf Anna zuzusteuern wie ein Eisbrecher. »Ich habe mich schon gefragt, wann du wiederkommen würdest«, waren seine ersten Worte gewesen. Direkt, ehrlich, ohne hohle Höflichkeitsfloskeln. Offenbar hatte nicht nur Anna *ihn* am Tag zuvor in seiner Galerie gesehen. Bevor sie vor lauter Panik die Flucht ergriffen hatte, weil sie doch nicht mehr so sicher war, ob sie ihn wirklich kennenlernen wollte. Auch ihm war *sie* offenbar aufgefallen und er hatte sofort erkannt, wer sie war. Ohne Umschweife hatte er ihr die Hand hingehalten und sie voller Neugier von oben bis unten gemustert. Für Anna war es die bis dahin verstörendste Begegnung in ihrem ganzen Leben gewesen. Denn auch sie hatte das Gefühl gehabt, ihn schon ewig zu kennen.

»Ich bin mir nicht ganz sicher«, mischte sich Roland in ihre Gedanken ein. »Aber ich glaube, ich war in irgendeinem Club. Oder einer Bar.« Er zuckte mit den Achseln. »Da sind diese Bilder in meinem Kopf.«

»Was hast du da gemacht?«

»Keine Ahnung. Ich bin mir nicht mal sicher, ob die Erinnerungen von heute Nacht sind.« Die Verzweiflung schlich sich zurück in seine Stimme.

Annas Magen knurrte.

»Hast du noch nichts gegessen?«, fragte Roland.

»Wann denn?«

Roland trat auf sie zu. »Ich kann dir was zum Frühstück machen. Ich könnte auch was vertragen.«

Anna schüttelte den Kopf. »Wir sollten besser nichts mehr anrühren, bis meine Kollegen hier sind.« Sie zog ihr Handy wieder aus der Tasche. »Ich rufe kurz Jens an und sag ihm, dass er mit dem Frühstück nicht auf mich zu warten braucht.«

Es dauerte ein Weilchen, bis er ans Telefon ging.

»Bist du auf dem Heimweg?«

Anna hörte, dass er ein Gähnen unterdrückte. »Leider nicht«, sagte sie und erklärte, was sie bei Roland vorgefunden hatte.

»Ach, du liebes bisschen! Ist nicht dein Ernst, oder?«

»Mir wäre es auch lieber, wenn wir beide halluzinieren würden und sich der ganze Schlammassel in Nichts auflösen würde. Aber ich fürchte, daraus wird nichts.«

Jens stöhnte. »Gott, ausgerechnet bei Roland!«

»Meine Worte.« Anna schnaubte. »Ist nur leider nicht zu

ändern. Hör mal«, sagte sie nach einer kurzen Pause, »sprich bitte mit niemandem über Roland und mich. Außer Bea weiß keiner meiner Kollegen ...«

»Solltest du denen nicht lieber reinen Wein einschenken?«, warf Jens ein.

»Nein!« Anna war überrascht von ihrer eigenen Heftigkeit. »Ich will den Fall selber bearbeiten«, sagte sie etwas ruhiger. Für die anderen ist sonst sofort klar, dass Roland der Täter ist, setzte sie in Gedanken hinzu.

»Tu, was du für richtig hältst. Ruf mich einfach an, wenn du reden möchtest. Ja?«

»Mach ich«, versprach Anna. Auch wenn sie wusste, dass dafür in den nächsten Stunden vermutlich keine Zeit sein würde. Nachdem sie das Gespräch mit Jens beendet hatte, drehte sie sich wieder zu Roland um. »Hör zu, wenn meine Kollegen hier eintreffen, wird Folgendes passieren.« Während auch der letzte Rest Blut aus seinem Gesicht wich, erklärte sie ihm, was ihn erwartete.

Kapitel 4

Stuttgart, 8. November 2015

Eine Viertelstunde später trudelten die ersten Streifenbesatzungen ein. Kurz darauf erreichten auch die KDDler Rolands Villa.

Anna empfing sie an der Haustür.

»Wieso bist du vor uns hier?«, wollte einer ihrer Kollegen vom Dauerdienst wissen.

»Ich kenne ihn aus seiner Galerie«, erklärte Anna.

Roland stand schweigend im Hintergrund und verfolgte das Geschehen beinahe teilnahmslos.

»Er ist Maler. Ich hab ein Bild von ihm gekauft«, log Anna, als der KDDler sie schief ansah. »Er weiß, dass ich bei der Polizei bin, also bin ich ihm als erste eingefallen, als er die Tote in seinem Atelier vorgefunden hat.« Sie zeigte mit dem Daumen nach oben.

»Er hat die Leiche gefunden?«

»Scheint so«, sagte Anna.

»Aha.« Der Kollege schielte an ihr vorbei auf Rolands Hemd. »Ist das Blut?«, fragte er.

Anna nickte. »Er hat sie wohl angefasst, um zu sehen, ob sie noch lebt«, antwortete sie an Rolands Stelle. »Rainer wird oben auch seine Schuhabdrücke finden. Und meine. Auf der Treppe«, setzte sie hinzu.

»Du bist ...?«, hob der KDDler an.

»Ja, ja«, gab Anna zurück. »Ich wusste ja nicht, dass es wirklich ein Tatort ist. Es klang ein bisschen seltsam am Telefon.« Sie wandte sich an die Uniformierten. »Sperrt ihr bitte den Tatort ab und bleibt bei ihm. Wir klingeln derweil die Nachbarn aus dem Bett und fangen an, Fragen zu stellen.« Sie warf Roland einen kurzen Blick zu. Hoffentlich verplapperte er sich nicht!

»Tatwaffe?«, fragte einer der Uniformierten, ein Polizeiobermeister mit einem runden Jungengesicht, knapp.

Anna schüttelte den Kopf. »Hab ich auf den ersten Blick nicht gesehen. Vielleicht findet ihr sie im Garten oder irgendwo in der Nähe.«

Sie trat mit den anderen KDDlern in den wenig einladenden Morgen hinaus. Es war immer noch stockdunkel und der Nebel schien noch dichter geworden zu sein als bei Annas Ankunft. Die Jungs von der Streife würden ganz schön starke Scheinwerfer benötigen, um in dieser Suppe etwas zu sehen. Ihr Magen gab ein weiteres Knurren von sich. Wenn sie nicht umfallen wollte, musste sie dringend etwas zwischen die Zähne kriegen. »Ich hol mir kurz einen Müsliriegel«, sagte sie. »Komme gleich nach.« Ohne auf eine Antwort zu warten, trabte sie zum Audi und kramte im Handschuhfach herum. Irgendwo musste sie doch noch eine Notration haben. Nach einigem Graben zwischen alten Straßenkarten und benützten Tempos fand sie schließlich den halb zerflossenen Riegel, den sie im Sommer nach einer Radtour dort gebunkert hatte. Auch wenn das Ding nach Plastik und Staub schmeckte, würgte sie es hinunter.

Sie wollte sich gerade den Kollegen vom KDD anschließen, als mehrere Autoscheinwerfer die Dunkelheit durchschnitten: Markus Hauer sowie Rainer Stemmler und seine Leute. Die Kriminaltechniker parkten den Tatortwagen gegenüber von Rolands Villa, während sich Annas Kollege Markus Hauer aus einer silbernen C-Klasse schälte. Sein blondes, halblanges Haar hatte er – wie meistens – zu einem kurzen Pferdeschwanz zusammengebunden. Die grauen Augen waren gerötet, als ob er darin gerieben hätte, und sein Vollbart wirkte weniger perfekt gestutzt als sonst.

»Wo ist Bea?«, begrüßte ihn Anna. Seit beinahe einem halben Jahr steckten Markus und die Rechtsmedizinerin buchstäblich unter einer Decke, was Anna zuerst ziemlich genervt hatte. Inzwischen hatte sie sich an das verliebte Turteln der beiden gewöhnt. Auch wenn sie täglich auf den großen Knatsch wartete, der ihrer Meinung nach nicht ausbleiben konnte. Ihrer Ansicht nach benahm sich Markus viel zu oft wie ein Zehnjähriger, der zu viel Cola intus hatte – also ganz und gar nicht so, wie Bea ihr immer ihren Traummann beschrieben hatte.

»Kommt gleich«, gab er zurück. »Sie musste noch kurz ins Krankenhaus, um ein paar Unterlagen zu holen.« Er beäugte Anna verwundert. »Warum hast du die Sache hier gemeldet?«

Anna verkniff sich ein Stöhnen. Das konnte ja heiter werden. Allerdings würde auch ihr Chef eine Antwort auf diese Frage haben wollen. Deshalb leierte sie dieselbe Erklärung herunter wie vor ein paar Minuten. Bevor Markus etwas darauf erwidern konnte, rief sie: »Rainer!«

Der Kriminaltechniker zwängte sich auf einem Bein hüpfend in einen Einwegoverall der Spurensicherung. Im Tatortwagen lagen außerdem blaue Füßlinge und zwei Paar Handschuhe, damit keine Spuren verunreinigt wurden. »Was gibt's?«, brummte er.

Anna ließ Markus stehen und ging zu ihm. »Versprich mir, dass du dich nicht aufregst«, hob sie an.

Rainer warf ihr einen misstrauischen Blick zu. Seine Brille war beschlagen. »Warum?«

»Weil ihr meine Finger- und Schuhabdrücke im Haus finden werdet.«

»Was?« Rainer hätte beinahe den Spusi-Overall zerrissen, als er das zweite Bein über seinen Schuh zog. »Sag mir, dass ich mich verhört habe!«

Anna spürte Markus im Hintergrund lauern. »Du hast dich nicht verhört«, sagte sie so ruhig wie möglich. »Ich war schon im Haus.« Sie hob beschwichtigend die Hand. »Es war nicht klar, dass es sich um einen Tatort handelt. Okay?«

»Als ob du die Regeln nicht kennen würdest!«, schimpfte Rainer. »Ich frage mich, wie oft ich euch das noch sagen muss: Haltet euch von allem fern, was auch nur im Entferntesten wie ein Tatort aussieht!« Er funkelte Anna ärgerlich an. »Manchmal komme ich mir vor wie ein Kindergärtner.«

»Hör auf zu bruddeln«, kam Markus ihr zur Hilfe. »Kann doch jedem mal passieren.«

»Mal«, brummte Rainer. Er fuchtelte in der Luft herum und stach mit dem Zeigefinger nach Anna und Markus. »Eins sage ich euch. Ab jetzt ist das *mein* Revier. Alle raus! Und glaubt mir, alles Drängen wird euch nichts helfen. Ich gebe den Tatort erst frei, wenn ich absolut sicher bin, dass wir alles abgearbeitet haben.« Er schlüpfte in die Handschuhe und zog sich die Füßlinge über die Schuhe. »Und wenn es Wochen dauert.« Er befestigte den Mundschutz. »Schafft mir alle, die sich noch im Haus aufhalten, hier weg. Sofort!«

Anna sah ihm nach, wie er mit zwei Koffern in der Hand und mehreren Kollegen im Schlepptau auf die Villa zustakste.

»Mann, der ist mal wieder mit dem falschen Fuß aufgestanden«, bemerkte Markus trocken.

Bevor Anna etwas antworten konnte, führten zwei Streifenbeamte Roland aus dem Haus.

»Wir bringen ihn auf die Dienststelle«, sagte einer der Uniformierten.

Ein Kriminaltechniker zeigte auf Rolands Kleider. »Wir fahren euch hinterher. Volles Programm?«

Anna nickte. Definitiv. Volles Programm.

Roland warf ihr einen hilfesuchenden Blick zu, den sie so gut sie konnte ignorierte. »Dann lass uns mal die lieben Nachbarn aus dem Bett klingeln«, sagte sie stattdessen zu Markus. »Die werden vermutlich entzückt sein.« Sie sah auf die Uhr. »Sonntagmorgen, kurz nach halb sieben.«

Markus lachte. »Vielleicht ist jemand Frühaufsteher und hat was gesehen. Ansonsten würde ich sagen, steht der Typ, dem das Haus gehört, ganz oben auf meiner Liste.«

Anna schluckte den Protest, der ihr auf der Zunge lag, herunter. Für einen objektiven Ermittler musste es so aussehen, als ob Roland der heißeste Tatverdächtige war. Sie hoffte inständig, dass ihm in den nächsten paar Stunden einfallen würde, wo er gewesen war. Sonst sah es verdammt düster für ihn aus. »Na, dann komm«, sagte sie und steuerte auf eines der Häuser zu, bei denen die Kollegen vom KDD noch nicht geklingelt hatten.

Als nach dem dritten Klingeln endlich das Licht im Haus anging, schob Anna alle Gedanken an Roland beiseite. »Guten Morgen«, sagte sie, sobald ein unrasierter Mittvierziger im Bademantel die Tür öffnete. »Polizei.« Sie hielt ihm ihren Dienstausweis unter die Nase. »Wir müssen Ihnen ein paar Fragen stellen.«

»Um diese Uhrzeit?«, fragte er verdattert. Er schielte an Anna und Markus vorbei zu Rolands Villa – zu den Streifenwagen und den Uniformierten, die das Gelände inzwischen mit rot-weißem Absperrband gesichert hatten. »Ist was passiert?«

»Ja«, erwiderte Markus.

»Was denn? Ist jemand verletzt?«

Obwohl Anna dem PvD gesagt hatte, dass es sich um eine Leiche handelte, hatte der offenbar den Rettungsdienst informiert. Das Blaulicht des vorfahrenden Rettungswagens und des Notarzteinsatzfahrzeuges erhellte zusätzlich zu den Scheinwerfern der Spurensicherer die Dunkelheit.

»Wir müssen Ihnen nur ein paar Fragen stellen«, sagte Anna, ohne seine Neugier zu befriedigen.

⊡

Während Anna und Markus dem Mann ins Haus folgten, nahm Rainer Stemmler das Türschloss der Villa in Augenschein. Das Holz war alt, wies reichlich Kerben auf und auf den ersten Blick war es unmöglich, zu sehen, ob sich jemand an dem Profilzylinder zu schaffen gemacht hatte. Er wartete, bis seine Kollegen auch in voller Montur steckten, dann sagte er zu einem von ihnen: »Untersuch diesen Bereich hier ganz genau. Außerdem sämtliche Fenster, durch die sich jemand Zutritt verschafft haben könnte.«

Der KTler nickte.

»Ihr zwei kommt mit mir nach oben«, wandte sich Rainer an zwei weitere Michelin-Männchen. »Und ihr nehmt euch den Garten und den Keller vor«, scheuchte er zwei Nachzügler davon. Er selbst sah sich in der kleinen Diele um. An einer Garderobe neben einem halb blinden Spiegel hing ein Mantel, der eindeutig einer Frau gehörte. Die übrigen Kleidungsstücke waren wesentlich größer – und vor allem nicht pink. »Wir fangen bei der Leiche an«, sagte Rainer. Dann konnte Dr. Schiller sie so schnell wie möglich zur Obduktion abtransportieren lassen. Die Kapuze des Einwegoveralls verursachte ein Rascheln, als er sich auf den Weg ins Dachgeschoss machte.

»Sind wir sicher, dass sich hier keiner mehr versteckt?«, wollte einer seiner Kollegen wissen.

»Sicher sind wir doch nie«, gab Rainer zurück. Wie sein Kollege dachte auch er an einen Tatort, an dem der Täter nach der Freigabe durch das SEK aus einer Versandkiste gesprungen war – mit einem Sturmgewehr bewaffnet. »Haltet einfach die Augen offen.«

Je näher sie dem Atelier kamen, umso intensiver wurde der metallische Geruch von Blut. Am letzten Treppenabsatz wurden zudem die ersten blutigen Schuhspuren sichtbar, die Rainer und seine Kollegen mit einer Digitalkamera dokumentierten. Einer der Männer blieb zurück, um sie zu vermessen.

Als Rainer die offen stehende Schiebetür erreichte, zog er mit einem Zischen die Luft durch die Zähne ein. »Mein lieber Schwan«, murmelte er. Die Gestalt, die in einer immensen Blutlache lag, war eindeutig tot. Wie Anna dem PvD bereits gesagt hatte, wies sie deutlich sichtbare Totenflecken auf. Und diese waren neben Totenstarre, Fäulnis, Hirntod und Verletzungen, die mit dem Leben nicht vereinbar sind – wie etwa ein fehlender Kopf –, eines der sicheren Todeszeichen.

Obwohl sie alle schon viel Schlimmes gesehen hatte, verschlug es auch Rainers Kollegen die Sprache. »Hat der mit ihrem Blut *gemalt*?«, fragte einer von ihnen.

Rainers Blick wanderte von einem Pinsel neben der Leiche zu dem riesigen Bild an der Stirnseite des Raumes. »Sieht so aus. Nach dem Blutvortest wissen wir es.«

»Ich weiß ja, dass man keine voreiligen Schlüsse ziehen soll«, brummte der Kriminaltechniker. »Aber, wenn ihr mich fragt, ist die Sache so klar wie Kloßbrühe.«

»Immer mit der Ruhe«, gab Rainer zurück und hob erneut die Digitalkamera. Bevor sie irgendetwas anderes taten, mussten sie den Raum zuerst komplett, im Uhrzeigersinn überlappend, fotografieren.

Kapitel 5

Stuttgart, 8. November 2015

Roland Kirchberger fühlte sich, als wäre er unter Wasser. Ein seltsamer Druck auf seinen Ohren machte ihn schwindelig, die Wirkung der verhassten Pillen war deutlich zu spüren. Wie immer raubten sie seinen Sinnen die Schärfe, benebelten ihn und sorgten dafür, dass ihm alles stumpf und blass vorkam. Trotzdem spürte er den forschenden Blick des Polizeibeamten, der neben ihm auf dem Rücksitz des Streifenwagens saß. Die Kriminaltechniker hatten Tüten über Rolands Hände gestülpt und ihn gebeten, sich so wenig wie möglich zu bewegen. Deshalb fühlte er sich noch mehr wie ein Goldfisch im Glas und widerstand nur mühsam der Versuchung, den Finger durch das Papier zu bohren.

Während vor dem Fenster des Streifenwagens die nebelige Stadt vorbeizog, spürte er sein Herz gegen die Rippen hämmern. Auch wenn die Tabletten ihn beruhigten, konnten sie die Furcht, die Aufregung und vor allem die Selbstzweifel nicht auslöschen. Wenn er sich doch nur erinnern könnte! Die Bilder in seinem Kopf machten ihm entsetzliche Angst. Alles war rot und er sah ständig die tote Marilene vor sich. Wie sie da so leblos auf dem Boden gelegen hatte. In all dem Blut ... Er verkniff sich ein Stöhnen.

Hast du sie getötet?, fragte er sich zum wohl hundertsten Mal. Hatte Anna Recht gehabt mir ihrer Frage? War es Marilenes Blut gewesen, das ihm den fehlenden Rotton geliefert hatte? Er wusste es einfach nicht! Wusste nicht einmal mehr, ob er den Pinsel tatsächlich in die Hand genommen hatte. Die gesamte letzte Nacht war wie ausgelöscht. Er konnte sich nur noch daran erinnern, dass er aus der Galerie nach Hause gefahren war. Allein. Was dann passiert war, war wie ein schwarzes Loch. Mit jeder Minute, die verstrich, wurde ihm flauer im Magen. Obwohl Anna ihm gesagt hatte, was ihn auf dem Präsidium erwarten würde, war die Ungewissheit wie eine alles zerfressende Säure.

»Auf keinen Fall darfst du ihnen sagen, dass wir verwandt sind«, hatte sie ihm eingeschärft. Wie immer hatte sie das Wort »Vater« vermieden. Ihm war es recht. Auch er fühlte sich nicht besonders väterlich in Anbetracht dessen, wie es zu Annas Zeugung gekommen war. Ganze drei Mal hatte Sabrina, ihre Mutter, ihn in ihr Bett gelassen. Dann hatte sie abrupt das Interesse an ihm verloren wie an seiner Malerei. Die Erinnerung an sie war inzwischen ziemlich verblasst. Allerdings hatte Anna sie wieder aus der Versenkung hervorgeholt. Er schloss die Augen; das grelle grüne Licht einer Ampel blendete ihn. Ob sich Anna für ihn schämte? Es bereute, dass sie auf ihn zugegangen war? Er könnte es ihr nicht einmal übel nehmen. Auch wenn es ihn unendlich traurig machen würde, sie wieder zu verlieren.

Das plötzliche Bremsen des Streifenwagens riss ihn aus den Gedanken. Er öffnete die Augen und sah, dass sie vor einem Rolltor angehalten hatten. Als der Pförtner sie einließ, fuhr der Wagen an einem Gebäude vorbei in einen Hinterhof, wo sie neben einigen Zivilfahrzeugen parkten.

»Kommen Sie«, forderte ihn der Kriminaltechniker auf, nachdem er ausgestiegen und die Hintertür des Streifenwagens geöffnet hatte.

Roland befreite seine Beine aus dem engen Zwischenraum hinter dem Beifahrersitz und beäugte die vergitterten Fenster im Erdgeschoss des Gebäudes, hinter dem sie gehalten hatten. Im Nebel wirkte das Präsidium abweisend und mehr als nur ein bisschen schaurig. Das Licht der Straßenlaternen erreichte kaum den Weinberg hinter dem Gebäude. Lediglich einige der kahlen Rebstöcke hoben sich von der Nebelwand ab.

Der Kriminaltechniker entriegelte die elektronisch verschlossene Tür und führte Roland in ein von Neonröhren beleuchtetes Treppenhaus. »Zweiter Stock«, sagte er und ging voran.

Einer der Streifenbeamten folgte – eine Hand an der Waffe.

Roland konnte es dem Mann nicht einmal verdenken. Wenn er selbst nicht sicher war, ob er Marilene getötet hatte ...

Im zweiten Stock wandten sie sich nach rechts und trotteten einen Korridor mit grauem PVC-Bodenbelag entlang. Dieser warf spiegelnd das kalte Licht der Neonröhren zurück. Zusammen mit den hellblau angestrichenen Türrahmen und einem unverkennbaren Krankenhausgeruch erweckte der Flur den Eindruck klinischer Sterilität.

»Hier entlang«, sagte der Kriminaltechniker und führte Roland in einen kleinen Raum. Dieser war spärlich möbliert – mit einem Tisch und zwei Plastikstühlen. An der Wand hing ein weißes Metermaß mit roten und schwarzen Zahlen. Gegenüber lag allerhand in Plastik eingeschweißtes Zeug in einem offenen Regalschrank. »Bin sofort wieder da«, informierte der Techniker den Uniformierten. Kurz darauf kehrte er mit Papiertüten für die Kleidungsstücke zurück. »Setzen Sie sich«, forderte er Roland auf. Dann trat er zu ihm und entfernte die Tüten an seinen Händen. »Strecken Sie bitte die Hand aus.«

Während der Techniker seine Fingernägel schnitt und eintütete, versuchte Roland, nicht an Anna zu denken. Oder an Marilene.

»Mund auf.«

Er tat widerstandslos wie geheißen und fragte sich, ob der Abstrich helfen würde, Licht ins Dunkel zu bringen. Da er und Marilene den ganzen Tag zusammen gearbeitet hatten, war seine DNA sicher überall an ihr. Schließlich teilten sie sich die gleichen Stühle, schüttelten sich morgens die Hände und tranken sogar manchmal aus dem gleichen Kaffeebecher, wenn Roland mal wieder nicht richtig aufpasste.

»Das wird ganz kurz ein bisschen weh tun«, sagte der Techniker und riss ihm mit einer Pinzette mehrere Haare aus. Als alles verpackt und beschriftet war, sagte er: »Bitte aufstehen, ich muss ein paar Fotos machen.«

Roland tat ihm den Gefallen und versuchte, ein möglichst normales Gesicht zu machen, obwohl der Blitz ihn blendete.

Der Techniker senkte die Kamera. »Jetzt bitte ausziehen.«

Roland wartete, bis der Mann von der Streife die Tür von innen geschlossen hatte, ehe er sein Hemd aufknöpfte und es in die Papiertüte legte, die ihm der KTler hinhielt.

»Die Schuhe und Socken auch«, sagte der Beamte.

»Kann ich die Unterhose anlassen?«, fragte Roland. Anna hatte ihn in diesem Punkt beruhigt: nur die Spurenträger seien von Interesse, hatte sie gemeint.

»Die können Sie anlassen«, gab der Beamte zurück und nachdem er beides verpackt hatte: »Stellen Sie sich bitte mit dem Rücken zur Messlatte.«

Roland tat wie geheißen.

Die nächsten Minuten vergingen damit, dass der Kriminaltechniker ihn fotografierte. Vor allem ein Kratzer an seinem Unterarm – von einem Nagel an einem der Bilderrahmen – interessierte den Mann. Sobald er fertig war, griff er nach einer der Plastiktüten im Regalschrank und riss sie auf. »Ziehen Sie das an.« Er legte ein Paar blaue Füßlinge auf den Tisch und warf Roland einen weißen Overall zu.

Das Ding war kalt und kratzig auf der Haut. Jede seiner Bewegungen verursachte ein Rascheln, als sich Roland bückte, um die Plastiküberschuhe über die Füße zu ziehen. Prima, dachte er. Jetzt sah er genauso aus wie die Leute, die in diesem Augenblick sein Haus auf den Kopf stellten.

»Bring ihn runter in einen Vernehmungsraum«, bat der Techniker den Uniformierten.

Der öffnete mit grimmigem Gesicht die Tür und führte Roland ans Ende des Korridors, wo sie in einen weiteren Gang abbogen. Vorbei an einer Klotür mit der Aufschrift »Oase des

Erbarmens« und einem Besprechungsraum der Spurensicherung gelangten sie zu einem Treppenhaus. Ein Stockwerk tiefer bugsierte der Streifenbeamte Roland in einen kahlen Raum mit einer vertrockneten Zimmerpflanze auf dem Fensterbrett und postierte sich schweigend neben der Tür.

Kapitel 6

Stuttgart, 8. November 2015

Markus Hauer unterdrückte ein Gähnen und sah auf die Uhr. Halb acht. Bisher hatte die Befragung der Nachbarn so gut wie nichts ergeben. Lediglich eine ältere Dame behauptete, gesehen zu haben, wie Marilene Hübner gegen elf am vergangenen Abend bei Roland Kirchberger geklingelt hatte.

»Da hat niemand aufgemacht«, sagte sie. Die Lesebrille saß so weit vorn auf ihrer Nase, dass Markus den Eindruck hatte, sie würde jeden Augenblick runterrutschen. »Irgendwann ist sie dann in den Garten verschwunden und kurz darauf wieder aufgetaucht«, informierte ihn die Frau weiter.

»Haben Sie gesehen, ob im Haus Licht gebrannt hat?«, wollte Anna wissen.

»Nein. Da war alles dunkel.« Die Zeugin legte den Kopf schief und betastete geistesabwesend mit einer Hand die mit Haarspray festzementierten grauen Löckchen. »Wissen Sie, er ist Künstler«, sagte sie mit einem verschwörerischen Unterton in der Stimme. »Und ein bisschen …« Sie ließ den Zeigefinger neben der Schläfe kreisen. »Manchmal hört er mitten in der Nacht so laut Musik, dass ich davon aufwache.«

Markus sah, wie sich Anna versteifte. Irgendwas war komisch an ihr. Seit seinem Eintreffen am Tatort hatte sie kaum ein Wort mit ihm gewechselt und vermied fast jeden Augenkontakt.

»Was ist dann passiert?«, fragte Anna.

Die Frau zuckte mit den Achseln. »Sie kam wieder zur Tür, hat geklopft und ist dann reingegangen.«

»Hatte sie einen Schlüssel?«

»Das habe ich nicht gesehen. Macht aber nicht viel Sinn. Warum hätte sie dann vorher klingeln sollen?«

Die Frage leuchtete Markus ein. Auch Anna schien die Sache merkwürdig vorzukommen.

»Und den Hausherrn haben Sie nicht gesehen? Den ganzen Abend?«, hakte Markus nach.

»Nein. Um halb zwölf bin ich ins Bett gegangen.« Die Hand wanderte erneut zu den Löckchen. »In meinem Alter braucht man seinen Schlaf.«

Markus schluckte die Antwort, die ihm auf der Zunge lag. Er hatte immer gedacht, in ihrem Alter litte man unter seniler Bettflucht.

»Was ist denn los da drüben?«, fragte die Frau. »Ist ihr was zugestoßen?«

Anna erhob sich ohne eine Antwort. »Vielen Dank für Ihre Aussage. Wir melden uns, falls wir noch mehr Fragen haben.« Sie zog eine Visitenkarte aus ihrer Tasche und legte sie auf den Tisch. »Wenn Ihnen noch etwas einfällt, rufen Sie mich an.«

»Wollen Sie nicht noch einen Kaffee?«, rief die Frau ihnen nach.

Markus lehnte dankend ab. Noch mehr Kaffee und er würde abheben. »Komische Story«, sagte er, als sie das Haus verlassen hatten.

»So komisch finde ich das gar nicht«, gab Anna zurück. »Wenn es stimmt, was Herr Kirchberger behauptet ...« Sie brach mitten im Satz ab, da Bea Schillers Wagen um die Ecke bog und zwischen zwei Streifenwagen parkte.

Obwohl Markus seit fast einem halben Jahr mit Bea zusammen war, machte sein Herz einen Sprung, als sie ausstieg. Sie steckte in einer hautengen schwarzen Jeans, einem beigen Rollkragenpulli und einem pinkfarbenen Kamelhaarmantel. Ihre vollen Lippen waren im selben Ton geschminkt, die Haare zu Rastazöpfchen geflochten. Ihre Haut hatte die Farbe von cremigem Cappuccino. Als sie Markus und Anna sah, schenkte sie ihnen ein strahlendes Lächeln. »Na, ihr beiden«, begrüßte sie sie, kam zu ihnen und kniff Markus in den Po.

Augenblicklich meldete sich sein bestes Stück zur Stelle. Er legte den Arm um ihre Schulter und zog sie besitzergreifend an sich. Jeder Tag, jede Nacht, die sie mit ihm verbrachte, war einfach unglaublich. Noch nie hatte er sich einer Frau so hilflos ausgeliefert gefühlt.

»Könnt ihr mal aufhören, zu turteln«, brummte Anna.

»Oh, was ist dir denn für einen Laus über die Leber gelaufen?«, fragte Bea.

»Gar keine«, war die patzige Antwort.

Markus sah, dass Anna zu ihm schielte und eine Grimasse in Beas Richtung schnitt, als wolle sie ihr etwas mitteilen, ohne dass er es mitbekam. Was war denn das schon wieder für ein Frauending? Manchmal taten die beiden das und trieben ihn damit zur Weißglut, weil er sich plötzlich ausgeschlossen fühlte.

»Der Verdächtige heißt Roland Kirchberger«, sagte Anna mit einem merkwürdigen Unterton.

»Was?« Bea riss die Augen auf.

»Kennst du ihn?«, wollte Markus wissen.

»Nein«, beeilte sich Anna, für Bea zu antworten.

Die wirkte verwirrt.

»Hast du ...?«, hob sie an.

»Ich habe den Kollegen schon gesagt, dass er mich zuerst angerufen hat, weil ich ihn aus seiner Galerie kenne. Als Künstler«, unterbrach Anna sie.

Markus hätte schwören können, dass der eigentliche Austausch zwischen den beiden nonverbal ablief. Irgendwas ging hier ganz gewaltig an ihm vorbei.

»*Okay*«, erwiderte Bea. »Sollen wir kurz ...?« Sie zeigte mit dem Daumen über die Schulter zu ihrem Auto.

Anna schüttelte den Kopf.

Bea warf ihr einen seltsamen Blick zu. Dann schnappte sie sich ihren Arm und zog sie von Markus weg. »Ich muss kurz was mit Anna besprechen. Weiberkram.« Sie zeigte auf ihren Bauch und lächelte verkrampft. »Gleich wieder da.«

Ohne auf Annas Protest zu achten, zog sie die Freundin auf den Wagen zu, öffnete die Tür und gab ihr einen Schubs. Sie selbst ging ums Auto herum und ließ sich auf den Beifahrersitz fallen.

Mit gerunzelter Stirn verfolgte Markus, wie die beiden die Türen zuzogen. Anna lehnte den Kopf an die Kopfstütze und verschränkte die Arme, während sich Bea zu ihr hinüberbeugte und heftig gestikulierend auf sie einredete.

Was zum Geier war da los? War Anna schwanger? Oder Bea? Oder wollte sie ihn verlassen?

Der Gedanke war Markus so plötzlich in den Kopf geschossen, dass ihm die Knie weich wurden. Hör auf mit dem Scheiß!, schalt er sich. Das hat nichts mit dir zu tun! Hoffte er. Mit einem mulmigen Gefühl in der Magengegend beobachtete er die beiden. Immer wieder schüttelte Anna den Kopf. Schließlich hob Bea resigniert die Hände, fasste Anna am Kinn und zwang sie, sie anzusehen. Markus kniff die Augen zusammen und versuchte, von ihren Lippen abzulesen. »Versprich mir ...« Versprich mir was? Im echten Leben war das bei Weitem nicht so einfach wie im Film. »Mist«, murmelte er. Allerdings war er sich aufgrund der Körpersprache der beiden jetzt sicher, dass die Sache wirklich nichts mit ihm zu tun hatte. Die beiden kochten irgendeinen Brei, in dem er nicht mit herumrühren sollte. Auch wenn ihn Beas Beziehung zu Anna auch heute wieder eifersüchtig machte, zwang er sich, das Gefühl zu schlucken. Er würde schon aus Anna herauskitzeln, wo der Hase im Pfeffer lag. Oder aus Bea. Spätestens, wenn er mit ihr alleine war.

Als die beiden Anstalten machten, wieder aus dem Auto zu steigen, setzte er ein unbeteiligtes Gesicht auf. »Na, fertig mit Weiberkram?«

»Ja ja«, brummte Anna.

Bea verdrehte die Augen, dann schnappte sie sich ihren Laptop und ihren Einsatzkoffer. »Ich frage Rainer, ob er mich zu der Leiche lässt«, sagte sie, ohne auf Markus' neugierigen Blick einzugehen. »Damit ihr so schnell wie möglich einen vorläufigen Todeszeitpunkt kriegt.«

»Hab ich was verpasst?«, fragte Markus.

»Nö«, gab Anna zurück. »Wie kommst du darauf?«

Täuschte er sich, oder klang sie schuldbewusst?

»Bis später«, sagte Bea. Mit einem letzten Stirnrunzeln in Annas Richtung machte sie sich auf den Weg zur Villa und ließ sich dort von den Kriminaltechnikern einen Spusi-Overall geben.

Bevor Markus weitere neugierige Fragen stellen konnte, klingelte Annas Telefon. »Benz.«

Kapitel 7

Stuttgart, 8. November 2015

»Alex hier.« Es war Annas Chef. »Wie weit seid ihr am Tatort?«

»Bea ist gerade reingegangen, um sich die Leiche anzuschauen.«

»Obduktion?«

»Wenn Rainer die Leiche freigibt. Der Obduktionssaal ist heute noch nicht belegt, hat Bea gesagt.« Anna machte einen Schritt zur Seite, weil Markus ihr auf die Pelle gerückt war, um mitzuhören. Sie nahm das Handy vom Ohr und schaltete es auf Lautsprecher.

»Haben die Aussagen der Zeugen schon was ergeben?«, wollte Alex Wolf wissen.

»Bisher nicht viel.« Anna erzählte ihm, was die grau gelockte Nachbarin ihnen mitgeteilt hatte.

»Wenn ihr mit den Nachbarn fertig seid, kommt auf die Dienststelle«, sagte der SOKO-Leiter. »Kirchberger wartet in einem Vernehmungszimmer auf euch. Ich will, dass du in diesem Fall Sachbearbeiterin bist.«

Anna verkniff sich ein Stöhnen. Einerseits war sie froh, weil sie so alle Fäden in der Hand halten konnte. Andererseits wurde ihre Situation dadurch noch unmöglicher. Wenn Alex herausfand, dass Roland mit ihr verwandt war ... Sie brach den Gedanken ab. »Ist Okay.«

»Gut. Erste SOKO-Besprechung, sobald ihr mit der Vernehmung fertig seid. Ich schicke Helmut und Eva zum Tatort, damit sie übernehmen können.«

Als er aufgelegt hatte, steckte Anna das Telefon zurück in die Tasche. »Waaas?«, fragte sie, weil Markus sie immer noch anglotzte, als wolle er ihre Gedanken lesen. Warum hatte Bea sie auch ins Auto zerren müssen? War doch klar, dass Markus jetzt vor Neugier platzte. Aber ganz egal, was Bea meinte, sie würde ihren Kollegen ganz sicher nicht auf die Nase binden, dass Roland ihr leiblicher Vater war. No-Go. Basta. Ende der Debatte.

»Muss ich wissen, was du und Bea da getuschelt habt?«

»Keine Angst, es ging nicht um dich«, schoss Anna zurück. Logisch, dass das seine größte Sorge war. »Und jetzt komm. Vielleicht bringt der Zeuge Licht in die Angelegenheit.«

Markus schnaubte. »Zeuge. Echt jetzt?«

»Solange wir nicht mehr haben als ein paar blutige Kleider, ist der Mann ein Zeuge. Weißt du doch genauso gut wie ich.« Sie spürte Ärger in sich aufsteigen. Gott, warum musste dieser Scheiß ausgerechnet Roland passieren?

»Schon gut«, beschwichtigte sie Markus. »Guck, die Aasgeier sind auch schon da.« Er zeigte auf zwei Pressefahrzeuge.

»Dann nichts wie weg. Ich hab keine Lust, mein Gesicht wieder auf allen Titelseiten zu sehen.«

Markus lachte. »Immer noch besser als das Foto, das sie neulich von Rainer geschossen haben. Das mit der blutigen Axt.«

»Den erkennt man wenigstens nicht in seinem Ganzkörperkondom.« Anna machte, dass sie zu ihrem Auto kam. »Wir treffen uns im Präsidium«, sagte sie, ließ den Motor des Audi an und brauste davon.

Der Nebel hing immer noch wie eine Glocke über der Stadt. Die Sonne war zwar inzwischen aufgegangen, trotzdem war es so dämmrig, dass die Straßenlaternen weiter brannten. Ohne den sonst üblichen Berufsverkehr brauchte Anna knapp zehn Minuten zum Polizeipräsidium am Pragsattel, das ebenfalls tief im Nebel steckte. Seit sie die Tote in Rolands Atelier gefunden hatte, brummte es in ihr. Als sie das Drehkreuz passierte und die Treppen zum Eingang hoch rannte, verwandelte sich das Brummen in das eines ausgewachsenen Hornissenschwarms. Und die Zweifel kehrten zurück. Was, wenn Roland seine Assistentin doch getötet hatte? Konnte man so was einfach vergessen? Wusste er wirklich nichts mehr? Oder verarschte er sie nach Strich und Faden?

Um kurz nach acht betrat sie den langen Flur des D11, des Dezernats für Todesermittlungen. Nachdem sie ein paar Sachen aus ihrem Spind geholt hatte, mopste sie ein paar Gummibärchen aus dem verwaisten Geschäftszimmer und stopfte sie in den Mund. Was Vernünftiges würde sie vermutlich so schnell nicht zwischen die Zähne bekommen. Dann ging sie in ihr Büro, um nachzusehen, ob Markus schon da war.

Er war.

»Hab schon mit Alex gesprochen«, begrüßte er sie. »Wir sollen sofort loslegen. Vernehmungszimmer 2. Julia kommt gleich.«

Da es in dem winzigen Kabuff bestimmt wieder viel zu heiß sein würde, schlüpfte Anna aus ihrer Jacke und hängte sie über ihren Drehstuhl. Dann griff sie nach Block und Kuli und holte unauffällig Luft. Jetzt kam es voll und ganz auf ihr Pokerface an. Und auf Roland. Wenn er sich nicht an das hielt, was sie ihm eingeschärft hatte, würde der ganze Fall den Bach runtergehen. »Los geht's«, sagte sie so salopp wie möglich.

»Da bin ich jetzt aber gespannt, was der uns für eine Geschichte auftischt.« Markus bewaffnete sich ebenfalls mit Papier und Stift und folgte Anna auf den Korridor.

Beim Vernehmungszimmer angekommen, schluckte Anna die Aufregung runter und öffnete die Tür. Roland saß in einen Spusi-Overall gehüllt am Tisch – zusammengesunken wie ein Häuflein Elend. Wie erwartet gab die Heizung alles, sodass Anna als erstes zum Fenster ging, um es einen Spalt weit zu öffnen.

»Kann ich jetzt gehen?«, fragte der Uniformierte, der Roland bewacht hatte.

Anna nickte. Dann zog sie einen Stuhl vom Tisch und setzte sich Roland gegenüber. Bevor sie den Mund öffnen konnte, kam Julia Heininger, die Schreibkraft des Dezernats, in den Raum.

»Sorry, die Kinder ...«, entschuldigte sie sich. Mit einem Lächeln in Markus' Richtung nahm sie ebenfalls am Tisch Platz und klappte einen Laptop auf. Nach ein paar Sekunden sagte sie: »Von mir aus können wir anfangen.«

»Möchten Sie ein Glas Wasser?«, fragte Anna an Roland gewandt. Die förmliche Anrede fiel ihr schwerer, als sie gedacht hatte.

Roland schüttelte den Kopf.

Markus setzte sich ebenfalls. »Sagen Sie uns fürs Protokoll erst mal ihren Namen«, bat er.

Roland antwortete monoton.

Der Unterschied zwischen dem Zustand, in dem Anna ihn angetroffen hatte, und der Verfassung, in der er sich jetzt befand, war immens. Offenbar wirkten die Pillen. Zum Glück hatte Anna das Döschen eingesteckt, bevor die Kollegen eingetroffen waren. Sobald sich eine Gelegenheit bot, würde sie es Roland zustecken.

»Als Zeuge haben Sie das Recht, die Auskunft zu verweigern, wenn die Beantwortung einer Frage Sie selbst oder einen Ihrer Angehörigen belasten würde«, ließ Markus ihn wissen.

Rolands Blick zuckte von Markus zu Anna. Der Ausdruck der Hilflosigkeit in seinen Augen schnitt ihr ins Herz. Bleib professionell!, hämmerte sie sich ein. Er ist ein Tatverdächtiger! Egal, wie sehr sie sich einreden wollte, dass er lediglich als Zeuge fungierte, sie konnte die Tatsachen nicht ignorieren. Die Erfahrung sagte, dass ein Mann, der mit blutigen Kleidern und Händen in der Nähe einer Leiche angetroffen wurde, höchstwahrscheinlich der Täter war.

»Als Zeuge sind Sie aber auch verpflichtet, die Wahrheit zu sagen«, fuhr Markus fort

Roland starrte auf die Tischplatte.

»Es ist jetzt acht Uhr fünfzehn am Sonntag, dem 8. November 2015.«

Die Tastatur klapperte, als Julia alles mit tippte.

»Bitte sagen Sie uns, was letzte Nacht passiert ist«, übernahm Anna das Gespräch. »Wie Sie die Leiche gefunden haben.«

Roland sah sie hilfesuchend an.

Halte dich an das, was ich dir gesagt habe!, dachte sie und nickte ihm ermunternd zu.

»Mir ist etwas eingefallen, als ich hier auf Sie gewartet habe.«

Anna hätte am liebsten laut geflucht. Gleich mit dem ersten Satz wich er von dem ab, was sie ihm eingetrichtert hatte. Das durfte doch nicht wahr sein!

»Was ist Ihnen eingefallen?«, hakte Markus nach.

»Wo ich gewesen bin.«

Anna starrte ihn ungläubig an.

Kapitel 8

Stuttgart, 8. November 2015

Während Anna und Markus Roland Kirchberger verhörten, versuchte Rainer Stemmler Sinn in das blutige Chaos im Atelier des Malers zu bringen. Da er inzwischen die Leiche freigegeben hatte, kniete Bea Schiller auf einem Teil der Trasse, die quer durch den Tatort lief, und hantierte mit einem Thermometer. Vorher hatte sie mit einem Holzstab auf dem Bizeps der Toten herumgeklopft und die dunklen Verfärbungen ihrer Haut betastet. Ihre Befunde tippte sie in ein Todeszeitpunktprogramm ein, das auch die Umgebungstemperatur bei seinen Berechnungen mit in Betracht zog. Wie immer wirkte sie eher wie ein Modell als wie eine Medizinerin. Aber von ihrem Äußeren ließ Rainer sich schon lange nicht mehr täuschen. Sie war eine der besten und nahm ihre Arbeit genauso ernst wie er selbst. Anders als für Anna, Markus und die übrigen Ermittler, waren auch für sie die winzigen Details, der objektive Tatbefund, ausschlaggebend.

»Wie sieht's aus?«, fragte er schließlich.

Dr. Schiller zog das Thermometer aus dem Rektum der Toten und las es ab. Nachdem sie das Ergebnis notiert hatte, sagte sie: »Wenn ich von den Totenflecken und der Kerntemperatur ausgehe, ist sie irgendwann zwischen zweiundzwanzig Uhr und ein Uhr früh gestorben. Genaueres kann ich erst nach der Obduktion sagen.« Sie verstaute ihre Utensilien wieder in ihrem Koffer und kam auf die Beine. »Kann ich sie wegschaffen lassen?«

Rainer nickte und winkte einen seiner Leute zu sich. »Sag Bescheid, dass sie weggebracht werden kann«, bat er.

»Der Bestatter wartet unten«, informierte ihn Bea. »Ist das ihr Blut?«, fragte sie mit Blick auf das riesige Bild an der Wand.

Rainer zuckte die Achseln. »Der Blutvortest war positiv. Aber das heißt noch nicht, dass es ihr Blut ist. Oder überhaupt menschliches Blut.«

Bea Schiller ließ den Blick durch den Raum schweifen. »Er ist gut«, sagte sie bewundernd.

»Tja, wäre nicht das erste Genie, das übergeschnappt ist«, erwiderte Rainer trocken.

Die Rechtsmedizinerin seufzte. »Ich hoffe, er ist unschuldig«, murmelte sie.

»Ganz ehrlich«, sagte Rainer, »wenn ich mir diese Schweinerei hier anschaue, kann ich mir nicht vorstellen, dass er davon nichts mitgekriegt hat.« Er zeigte auf die Blutlache und das Zickzack an Schuhspuren, das quer durch den Raum ging. »Allerdings könnte es sein«, er hob den Zeigefinger, »*könnte* es sein, dass ihn die Abdruckspuren entlasten.«

»Wieso?«

»Weil die Abdrücke, die von der Leiche wegführen, diejenigen überdecken, die zu ihr hinführen.« Er wies auf einen Teilabdruck. »Außerdem ist er beim Hinlaufen schon in ihr Blut getreten.«

»Aha.«

»Es könnte natürlich auch sein, dass ihr Blut wichtige Spuren verdeckt hat.«

»Hm.« Dr. Schiller klemmte sich den Koffer unter den Arm und balancierte die Trasse entlang zurück zur offenen Schiebetür. »Vielleicht bringt die Obduktion Klarheit«, sagte sie. Nach einem kurzen Winken verschwand sie die Treppen hinab.

Rainer sah ihr nach, dann konzentrierte er sich wieder auf seine Arbeit. Der Pinsel, mit dem der Maler offenbar das Blut des Opfers auf sein Bild aufgetragen hatte, war bereits eingetütet und beschriftet. Ebenso die diversen Rahmenhölzer, Bürsten, Spatel und Paletten. »Nimm dir als nächstes die Farbeimer vor«, bat Rainer einen seiner Kollegen. Er selbst steuerte auf den kleinen Nebenraum zu, dessen Tür nur angelehnt gewesen war.

»Das kann ja heiter werden«, brummte er, als er das Durcheinander in dem Kabuff erblickte. Der Raum hatte kaum mehr als sechs Quadratmeter. Wegen der Dachschräge musste Rainer den Kopf einziehen, um sich nicht zu stoßen. In einem Metallregal türmten sich weitere Farbeimer und kleinere Töpfe, Pappbecher und -teller. Ein Kasten Mineralwasser stand daneben, außerdem drei Flaschen Rotwein. An den beiden anderen Wänden lehnten leere Leinwände. Ein Hammer und ein Päckchen Nägel verrieten, dass der Maler die Leinwände selbst aufzog. Mehrere Rahmenhölzer in unterschiedlichen Größen schienen umgefallen zu sein, sodass sie jetzt mitten im Weg lagen. Interessant!, dachte Rainer. Es sah ganz danach aus, als hätte hier ein Kampf stattgefunden. Diese Vermutung wurde durch zwei kleine Blutspritzer auf dem Boden untermauert.

»Dann wollen wir mal«, murmelte Rainer. Er stellte seinen Tatortkoffer ab und begann, auch diesen Raum im Uhrzeigersinn zu fotografieren. Im Anschluss bestäubte er alle Oberflächen mit Rußpulver und machte Bilder von jedem einzelnen Fingerabdruck, bevor er die Abdrücke auf Klebefolie sicherte und auf Spurenkarten klebte. Name des sichernden Beamten, Datum, Uhrzeit, Sicherungsort und ein Aktenzeichen sorgten dafür, dass man die Abdrücke später zuordnen konnte. Sobald er mit den daktyloskopischen Spuren fertig war, zog er weitere Klebebandrollen, eingeschweißte Wattestäbchen und Maßbandaufkleber aus dem Koffer und setzte die zeitraubende Arbeit fort. Jedes Haar wanderte in ein separates Tütchen, jede Faser wurde mit

Mikrospurenklebefolie gesichert. Er wollte gerade damit beginnen, den Boden mit dem Streiflicht eines *Crimelite*-Scheinwerfers nach weiteren Schuhabdruckspuren abzusuchen, als der Beamte im Nebenraum nach ihm rief.

»Was ist?«

»Das solltest du dir ansehen.« Der Kollege klang aufgeregt.

Mit einem Seufzen legte Rainer den Scheinwerfer zur Seite und kam auf die Beine. Ein Knie protestierte mit einem Knacken. Man wird nicht jünger, dachte er, als er den Kopf einzog und sich unter dem niedrigen Türsturz hindurchduckte.

»Was gibt's?«

»Das hier«, erwiderte der Techniker, der vor einem Farbeimer kniete. In der behandschuhten Hand hielt er ein farbtriefendes Messer mit einer langen Klinge.

Kapitel 9

Stuttgart, 8. November 2015

Anna zuckte zusammen, als das Handy in ihrer Tasche anfing zu dudeln. Die Situation im Vernehmungszimmer grenzte ans Absurde. Und sie wusste nicht, wie lange sie die Täuschung noch aufrecht erhalten konnte. Mehr als einmal wäre ihr um ein Haar ein »Du« herausgerutscht. Auch Roland hatte sichtlich Mühe so zu tun, als ob sie nicht mehr wären als ein Maler und die Besucherin seiner Vernissagen. Seit einer halben Stunde spielten sie und Markus jetzt schon Fragen-Ping-Pong mit Roland, um herauszufinden, ob ihn irgendjemand im *King's Club* gesehen hatte. Dort war er nämlich angeblich gestern Abend gewesen. Wie lange wusste er nicht. Auch nicht mit wem. Oder warum. Aber offensichtlich konnte er sich daran erinnern, *dass* er dort gewesen war.

»Hallo Rainer. Was Neues?«, fragte sie nach einem kurzen Blick aufs Display. Sie gab Markus ein Zeichen, stand vom Tisch auf und verließ das Vernehmungszimmer.

»Wir haben was gefunden, bei dem es sich um die Tatwaffe handeln könnte«, informierte sie Rainer Stemmler.

Anna verkniff sich ein Stöhnen. Scheiße!, dachte sie. Damit wurde Roland auf Platz eins der Liste der Tatverdächtigen katapultiert. »Wo?«

»In einem Eimer mit roter Farbe.«

»Keine Fingerabdrücke, nehme ich an.«

»Kannst du vergessen. Nach dem Bad in der Farbe werden die vom KTI wahrscheinlich auch keine DNA mehr finden.«

Jede der von Rainer und seinem Team gesicherten Spuren wurde zur Auswertung ans Kriminaltechnische Institut des LKAs geschickt.

»Das könnte jemand dort platziert haben, um den Verdacht auf Roland Kirchberger zu lenken.« Anna hörte selbst, wie lahm das klang. Sie musste aufpassen. Für ihre Kollegen gab es keinen einzigen Grund, Roland nicht für den Schuldigen zu halten. Sie kannten ihn schließlich nicht. Kennst *du* ihn denn wirklich?, meldete sich eine Stimme in ihrem Kopf zu Wort.

»Glaube ich nicht«, gab Rainer zurück. »Wir haben nämlich auch das Handy der Toten gefunden. In ihrem Mantel. Und eine SMS von eurem Verdächtigen.«

»Eine SMS?«

»Ja. Soll ich sie dir vorlesen?«

»Frag doch nicht so doof!«, brauste Anna auf, entschuldigte sich aber gleich für ihren schroffen Tonfall. »Sorry, ich hab Hunger. Wenn ich Hunger hab, bin ich unausstehlich.«

»Erzähl mir was Neues«, frotzelte Rainer.

Anna hörte das Rascheln einer Tüte im Hintergrund, dann war Rainers Stimme wieder in ihrem Ohr.

»Hier steht: ›Muss was mit dir besprechen. Komm zu mir

nach Hause. Roland.‹ Gesendet wurde die Nachricht um halb elf gestern Abend von der Nummer, die laut Telefonrechnung zu seinem Handy gehört.«

»Das passt zu der Aussage der Zeugin«, murmelte Anna.

»Welche Zeugin?«

»Die Oma, die das Opfer um elf gesehen hat, als es bei Roland Kirchberger geklingelt hat.«

»Das ist zwar euer Spezialgebiet«, sagte Rainer, »aber für mich bleiben da kaum mehr Fragen offen. Ach ja, das hätte ich fast vergessen. Dr. Schiller schätzt den Todeszeitpunkt auf irgendwann zwischen zweiundzwanzig und ein Uhr letzte Nacht.«

Anna schluckte ein Schimpfwort, das ihr auf der Zunge lag. »Ruf mich an, falls ihr noch was Wichtiges findet«, sagte sie. Dann steckte sie ihr Handy in die Tasche und kaute auf der Unterlippe herum. Nach dem, was Rainer ihr eben gesagt hatte, blieb ihr keine andere Wahl mehr. Egal, wie sie es drehte und wendete, spätestens jetzt war Roland ihr Hauptverdächtiger. »Was für ein Scheißtag«, murmelte sie, holte tief Luft und ging zurück in den Verhörraum.

»Was Wichtiges?«, fragte Markus.

Anna setzte eine steinerne Miene auf. »Herr Kirchberger«, sagte sie, »ab jetzt müssen wir sie als Beschuldigten befragen.«

»Was?«, fragten Roland und Markus zeitgleich.

»Es sind Hinweise aufgetaucht, die Sie direkt in Zusammenhang mit der Tat bringen«, fuhr Anna fort. Das Brummen und Vibrieren in ihrem Inneren schien immer schlimmer zu werden. Sie legte die Hand auf den Bauch und setzte sich zurück an den Tisch. »Sie werden verdächtigt, Marilene Hübner am vergangenen Samstagabend zu sich nach Hause gelockt und dort getötet zu haben.« Sie wiederholte, was Rainer Stemmler ihr berichtet hatte.

Anstatt vehement zu widersprechen, senkte Roland den Kopf und starrte auf seine Hände.

»Laut Gesetz steht es Ihnen frei, sich zu der Beschuldigung zu äußern oder nicht zur Sache auszusagen. Sie können sich jederzeit mit einem von Ihnen gewählten Verteidiger besprechen«, sagte Anna tonlos. »Wollen Sie einen Anwalt anrufen?«

Roland schüttelte den Kopf. »Nein.«

»Sind Sie sicher?« Anna hätte ihn am liebsten geschüttelt. So dämlich konnte man doch gar nicht sein!

»Ja«, war Rolands frustrierende Antwort. »Mir ist nämlich gerade noch was eingefallen.« Er zog sein Handy aus der Tasche und tippte darauf herum.

»Legen Sie das Telefon bitte aus der Hand«, sagte Markus.

Roland tat wie geheißen.

»Das ist jetzt ein Beweisstück«, informierte ihn Markus.

»Was ist Ihnen eingefallen?«, fragte Anna. »Und sind Sie wirklich sicher, dass Sie nicht doch einen Anwalt anrufen wollen?« Sie spürte Markus' forschenden Blick.

»Bin ich«, gab Roland zurück. Er runzelte die Stirn. »Gucken Sie in das Handy, da muss irgendwo eine SMS sein. Ich erinnere mich daran, dass mich jemand in den Club bestellt hat. Warum, weiß ich nicht mehr, vielleicht steht das in der SMS.«

Markus verzog abfällig das Gesicht. Es war ihm deutlich anzusehen, dass er Roland kein Wort glaubte. »Bin gleich zurück«, sagte er und verließ das Vernehmungszimmer mit dem Handy.

Die plötzliche Stille war Anna unangenehm. Allerdings wollte sie mit der Befragung nicht fortfahren, bevor Markus wieder da war. Deshalb mied sie Rolands Blick und starrte aus dem Fenster.

Als Markus nach einer gefühlten Ewigkeit mit einem Laptop wieder auftauchte, sagte er: »Ich habe Ihr Handy spiegeln lassen. Hier ist die Nachricht, die Sie an Marilene Hübner geschickt haben. Und hier ist eine SMS von einer unbekannten Nummer. Empfangen um sieben Uhr gestern Abend. Meinen Sie die?«

Roland zuckte die Achseln. »Lesen Sie sie vor«, bat er.

»Wichtige Informationen für Sie. Jemand klaut Ideen für Bilder von Ihnen. Antwort, wenn Interesse.«

»Das ist alles?«, fragte Anna.

Markus nickte.

»Ja.« Roland runzelte die Stirn. »Ich glaube, ich habe geantwortet und dann hat mich jemand angerufen«, sagte er.

Markus scrollte weiter durch das Telefon. »Ein Anruf von derselben Nummer um viertel nach sieben.«

»Das muss es sein!« Roland wirkte erleichtert.

»Das bedeutet nicht, dass Sie ein Alibi haben«, erwiderte Markus kühl. »Wir müssen Ihre Aussage erst einmal überprüfen. Haben Sie sonst noch Informationen, die die gegen Sie vorliegenden Verdachtsgründe beseitigen könnten?«

Roland schüttelte den Kopf. »Das ist alles, an das ich mich erinnern kann.«

Anna spürte, wie sich ihr Herzschlag beschleunigte. Sie wusste, was jetzt kommen würde.

»Wir müssen Sie jetzt zur erkennungsdienstlichen Behandlung bringen.«

Roland sah Anna hilfesuchend an. Sie wich seinem Blick aus.

»Wir werden einen Haftbefehl gegen Sie beantragen«, fuhr Markus fort. »Dann werden Sie so bald wie möglich dem Haftrichter vorgeführt. Wollen Sie jetzt einen Anwalt anrufen?«

»Nein.«

Anna hielt die Luft an, um Roland nicht einen Volltrottel zu heißen. Stattdessen überlegte sie fieberhaft. »Ich bringe ihn zum Erkennungsdienst«, sagte sie schließlich so ruhig wie möglich. »Du kannst Alex informieren und den Haftbefehl beantragen.«

Markus zuckte die Achseln. »Wie du willst.« Er kam federnd auf die Beine. Es war ihm anzusehen, dass er den Fall für abgeschlossen hielt.

Nicht so schnell!, dachte Anna. Diese SMS, die wirre Geschichte vom Besuch im *King's Club,* die Tatwaffe im Farbeimer – das stank gewaltig zum Himmel. »Kommen Sie«, forderte sie Roland auf. Eigentlich hätte sie ihm jetzt Handschließen anlegen müssen. Aber da Markus schon halb zur Tür raus und Julia mit ihrem Laptop beschäftigt war, fasste sie ihn lediglich leicht beim Oberarm.

Kapitel 10

Stuttgart, 8. November 2015

Sobald sie auf dem Korridor vor dem Vernehmungszimmer waren, schloss Anna die Tür hinter ihnen und sah sich um. Kein Mensch weit und breit. Markus war schon im Büro des SOKO-Leiters verschwunden und von den anderen Kollegen war keine Spur zu sehen. »Was hast du dir dabei gedacht, auf den Anwalt zu verzichten?«, zischte sie. »Jetzt bleibt dir nur noch eine Chance. Du musst vor dem Haftrichter auf deine Krankheit hinweisen. Dann beantragt er eine Haftfähigkeitsuntersuchung im Katharinenhospital und der Arzt dort bestätigt, dass du an einer affektiven Störung leidest. So kommst du vielleicht um die U-Haft in Stammheim herum.«

Roland blieb stehen und musterte sie mit hochgezogenen Brauen. »Das werde ich ganz sicher nicht tun. Denkst du im Ernst, ich will, dass diese Sache an die große Glocke gehängt wird?« Er schnaubte. »Ich sehe schon die Schlagzeilen: ›Irrer Maler tötet Assistentin‹. Außerdem kann ich darauf verzichten, dass schon wieder so ein vermaledeiter Seelenklempner in meinem Kopf rumstochert und sie mich in eine Irrenanstalt stecken!«

»Bist du von allen guten Geistern verlassen? Du hast schon verstanden, dass wir dich so oder so einsperren müssen? Ich kann da nichts tun. Alles spricht gegen dich, verdammt!« Anna funkelte ihn an. »Glaub mir, das Justizvollzugskrankenhaus Hohenasperg ist tausend Mal besser als Stammheim.«

Roland sah sie traurig an. »Wenn ich wüsste, was passiert ist, würde ich es dir sagen«, seufzte er. »Ich habe Marilene gemocht. Sie war die beste Assistentin, die ich je hatte. Aber ich habe euch alles gesagt, was ich weiß. Wenn sich in dem Club jemand an mich erinnern kann, müsste das doch genügen, oder?« Er rieb sich mit der Hand das unrasierte Kinn. »Aber in so ein verdammtes Krankenhaus lasse ich mich nicht noch mal stecken!«

Anna schnitt eine Grimasse. Zum Teil konnte sie ihn verstehen. Schließlich hatte sie ihm in genauso einem Krankenhaus die DNA-Probe geklaut, die ihr Sicherheit über ihre Abstammung verschafft hatte. Ohne, dass er davon wusste. Es war kein schöner Ort gewesen. Das war das Untersuchungsgefängnis allerdings auch nicht. Sie zog ihn weiter den Gang entlang bis zum Treppenhaus. »Wieso ein Schwulenclub?«, fragte sie schließlich.

Roland zuckte die Achseln.

»War der Typ, mit dem du dich getroffen hast, schwul? Kannst du dich denn nicht mal mehr daran erinnern, wie er ausgesehen hat? Das gibt's doch alles gar nicht!«

»Ich hab das öfter«, gestand Roland. »Wenn ich die Medikamente absetze. Aber so schlimm war es noch nie.«

»Scheiße! Die Pillen.« Anna zog sie aus der Jackentasche und steckte sie ihm zu. »Nimm die Dinger und lass sie dir ja nicht abknöpfen.« Sie waren bei der Doppeltür angekommen, die in den Bereich des Erkennungsdienstes führte. Anna stieß sie auf. Zwar spiegelten sich auch hier die Neonröhren in dem sterilen PVC-Bodenbelag, aber wenigstens sorgten einige lustige Fotos an den Wänden für Auflockerung. Eines der Bilder zeigte eine Gruppe von Kollegen mit bunten Perücken und falschen Bärten, auf anderen hatten sich die Beamten vom Erkennungsdienst künstlich altern lassen. Mehrere Pflanzen brachten Grün in das graue Einerlei, und ein antik wirkender Aktenschrank verlieh der Abteilung ein weniger strenges Aussehen.

Als Anna mit ihm auf eine weitere Treppe am Ende des Ganges zusteuerte, hielt Roland an und sah sie beinahe traurig an. »Du wirst sicher herausfinden, was passiert ist. Und wenn ... Falls ...« Er brach den Satz ab und schluckte. »Beeil dich, ja?«

Anna spürte einen Kloß im Hals aufsteigen. »Das tue ich«, sagte sie. »Darauf kannst du dich verlassen.« Sie drückte seinen Arm und führte ihn die Treppe hinunter in den Raum, in dem die erkennungsdienstliche Erfassung von Straftätern stattfand. Eine rothaarige Frau saß an einem Computerterminal mit mehreren Bildschirmen. Ein Mann mit einer grellgelben Brille und graumeliertem Haarkranz kam aus dem Nebenraum, als Anna und Roland den Raum betraten. Ein Uniformierter vom Polizeigewahrsam war ebenfalls anwesend.

»Hast du Arbeit für mich?«, fragte Dieter Epple, der Kollege vom Erkennungsdienst.

Anna nickte und schob Roland auf ihn zu. »Roland Kirchberger«, sagte sie. »Ich muss zur SOKO-Besprechung«, fügte sie hinzu und floh so schnell wie möglich zurück auf den Korridor.

⊡

Roland sah ihr nach, dann wanderte sein Blick über die Einrichtung des Raums. Außer den Computern und einem Scanner – für die Fingerabdrücke, nahm er an – gab es eine Messlatte an der Wand, eine Waage und eine Leinwand. Vor dieser würden vermutlich Fotos von ihm geschossen werden, und ohne Vorwarnung tauchte ein Bild der vier Daltons aus *Lucky Luke* in seinem Kopf auf. Wie sie in einem Western-Gefängnis standen, mit einem Holzschild mit einer Nummer drauf vor der Brust. Wenn seine Lage nicht so ernst gewesen wäre, hätte er laut gelacht.

»Dann wollen wir mal«, sagte der Mann mit der gelben Brille. »Ihren Ausweis haben die Kollegen?«

Roland nickte.

»Gut.« Er ließ sich in einen Drehstuhl fallen und rollte zu einem der Computer. »Fangen wir mit der Personenbeschreibung an.« Er klickte auf einer Maus herum. »Das kann ein bisschen dauern«, informierte er Roland. »Die Kollegin wird sie derweil wiegen und ihre Körpergröße messen.«

Die Rothaarige stand auf und kam auf ihn zu. Sie dirigierte ihn erst zur Waage, dann zur Messlatte. »Achtundneunzig Kilo, einen Meter sechsundneunzig«, informierte sie den Kollegen am Computer. »Jetzt hierhin, bitte.« Sie schob Roland vor die Leinwand. Nachdem sie ihn im Porträt, im Profil und im Halbprofil abgelichtet hatte, machte sie noch eine Ganzaufnahme, bevor sie die Kamera sinken ließ.

Währenddessen versuchte sich Roland daran zu erinnern, was genau er im *King's Club* getan hatte. Er kannte diese Art von Gedächtnislücken. Allerdings war das Vergessen dieses Mal hartnäckiger als sonst. Normalerweise kehrte die Erinnerung irgendwann zurück, vor allem, wenn er wieder seine Medikament nahm.

»Kommen Sie«, sagte die Frau. »Fingerabdrücke.« Sie zeigte auf einen Scanner neben den Computern und bat Roland, die Handfläche auf die kalte Oberfläche zu drücken. Danach trat sie neben ihn, nahm seine Hände und rollte jeden Finger einzeln über das Scanfeld. »Fertig«, sagte sie schließlich mit einem Strahlen.

»Ich hab's auch gleich.« Der Mann mit der Brille hatte die ganze Zeit mit der Computermaus irgendwelche Kästchen angeklickt, wie Roland jetzt sah.

»Kann ich normale Kleider haben?«, fragte er.

Die Rothaarige zuckte die Achseln. »Ich sage den Kollegen Bescheid«, sagte sie. Dann übergab sie Roland an den Uniformierten, der ihn auf eine Tür zu führte. Dahinter lagen die Gewahrsamszellen des Präsidiums. »Sie sind der Einzige«, beruhigte ihn der Beamte, als er sich versteifte. Er zog eine der Türen auf und schob ihn hinein. »Hier ist ein Notfallknopf.« Er tippte auf eine Gegensprechanlage neben einem Edelstahlklo in der Ecke. »Da ist eine Wolldecke.«

Rolands Einwegoverall raschelte, als er den kleinen Raum betrat und sich auf die dünne Matratze fallen ließ. Durch ein vergittertes Fenster fiel das trübe Licht des Morgens hinein.

»Wenn Sie Probleme haben ...« Der Uniformierte musterte ihn mit einem Blick, der auf Roland wie Mitleid wirkte.

Offenbar war er nicht die typische Sorte Gefangener, sonst wäre der Mann wohl kaum so freundlich zu ihm.

Er nickte.

Nach einem letzten Blick in Rolands Richtung verließ er die Zelle und steckte von außen den Schlüssel ins Schloss. Das Geräusch ging Roland durch Mark und Bein. Eine Zeitlang starrte er auf die Tür, dann blies er die Wangen auf und lehnte sich mit dem Rücken gegen die kalte Wand. Was kam jetzt? Was würde Anna im *King's Club* herausfinden? Die Furcht, die sich seit der Entdeckung von Marilenes Leiche in sein Herz fraß, verstärkte sich in dem kahlen, beengten Raum. Was, wenn das, was er getan hatte, so furchtbar war, dass sein Verstand sich weigerte, sich daran zu erinnern? Mit einem Stöhnen zog er die Beine an die Brust und vergrub den Kopf zwischen den Knien.

Kapitel 11

Stuttgart, 8. November 2015

Als Anna im SOKO-Raum ankam, herrschte dort schon reger Betrieb. Die zahllosen Computerlüfter surrten und ihr Chef Alex Wolf hatte den üblichen Kampf mit dem Beamer bereits gewonnen. Von der Leinwand an der Stirnseite des Raums blickte ihnen Rainer Stemmler entgegen – im Hintergrund Rolands Wohnzimmer. Die Kontrollleuchte des Kommunikationssystems auf dem langen Tisch blinkte grün vor sich hin. Markus Hauer gautschte wie immer auf seinem Stuhl hin und her.

Der SOKO-Leiter begrüßte Anna mit einem Nicken und zeigte auf einen Platz ganz vorne, dort wo die Leiter der Abschnitte »Ermittlungen« und »Operative Maßnahmen« saßen. Auch der Leiter des Abschnitts »Operative Auswertungen« war schon da, genau wie eine Handvoll IT-Spezialisten und der Kriminaltechniker, der Roland Kirchberger ins Präsidium gebracht hatte.

Auf dem Whiteboard neben der Leinwand stand bereits »SOKO Villa«, darunter: »Einsatzabschnitt Ermittlungen: Auftrag, beauftragte Person, Erreichbarkeit und erledigt (Zeit)«

Auf dem Flipchart daneben hatte Alex Wolf »Problemerfassung« geschrieben. Darunter:

»Objektiver Tatbefund«
»Subjektive Tatumstände«
»Tatort/e«
»Zeugen/Verdächtige«
»Opfer« und
»Erkenntnisse bzgl. des Tatverdächtigen (Täter/Motiv)«

Mehrere Kaffeetassen hatten dunkle Ränder auf den weißen Tischen hinterlassen und einer der Kollegen rührte in einem streng riechenden Kräutertee.

Als Anna sich setzte, knurrte ihr Magen so laut, dass alle sie ansahen. »Hatte noch kein Frühstück«, brummte sie.

»Hier.« Der Kriminaltechniker schob ihr einen Schokoriegel über den Tisch. »Weißt ja, ohne Mampf kein Dampf.«

Die Kollegen lachten.

Obwohl es Anna noch schlecht war von dem klebrigen *Powerbar*, den sie vor der Zeugenbefragung gegessen hatte, befreite sie das Ding und biss in den mit Schoko und Karamell überzogenen Keks.

»Okay, dann wollen wir mal«, sagte Alex Wolf. »Anna, Markus – ihr fangt an. Was hat die Vernehmung ergeben?«

Da Anna mit vollen Backen kaute, übernahm es Markus, die Anwesenden über Rolands Geschichte zu informieren.

»Ich hab mir das Handy noch genauer angeschaut«, sagte einer der IT-Spezialisten, der es für Markus gespiegelt hatte. »Die SMS und der Anruf, mit dem er angeblich in den *King's Club* bestellt worden ist, kommen von einer nicht registrierten Nummer.«

»Ein Wegwerfhandy?«, fragte Alex Wolf.

Der ITBler nickte.

»Sehr praktisch«, brummte Rainers Stimme aus dem Lautsprecher. »Vielleicht finden wir es, wenn wir hier noch eine Weile alles auf den Kopf stellen.«

»Viel interessanter ist die SMS, die er an das Opfer geschickt hat«, fuhr der Mann fort. »‹Muss was mit dir besprechen. Komm zu mir nach Hause. Roland.›«

»Das hat Rainer uns schon gesagt«, warf Markus ein.

»Ja, aber jetzt könnt ihr ganz sicher sein, dass sie auch wirklich von ihm ist«, gab der andere zurück.

»Oder von jemandem, der sein Telefon benutzt hatte.«

Alle Augen richteten sich auf Anna.

»Findet ihr es nicht merkwürdig, dass er sich einerseits eine Nachricht von einem Wegwerfhandy schickt, die SMS an das

Opfer aber von seinem eigenen Telefon abging? So bescheuert kann man doch gar nicht sein!«

»Du weißt doch selber, dass Leute, die Verbrechen begehen, nicht unbedingt Kandidaten für einen Nobelpreis sind«, sagte der SOKO-Leiter.

»Ja, schon. Aber mir kommt das alles ein bisschen zu einfach vor. Dass er sich an nichts erinnern kann, dann diese SMS, die Tatwaffe.« Sie sah auf die Leinwand. »Habt ihr irgendwelche Fingerabdrücke darauf sichern können?«

Rainer Stemmler schüttelte den Kopf. »Wie vermutet, nichts.«

»Was ist mit dem Pinsel?«

»Da waren nur seine Abdrücke drauf. Ein paar deutliche, ein paar verwischte.«

Anna runzelte die Stirn. »Also könnte jemand mit Handschuhen den Pinsel nach ihm in der Hand gehabt haben?«

Rainer wiegte den Kopf hin und her. »Könnte sein. Das ist aber ein ganz fettes *Könnte.* Allerdings sind die Schuhabdruckspuren auch nicht ganz eindeutig.« Er erklärte das, was er vorher schon Bea Schiller erläutert hatte. »Was ich mit Sicherheit sagen kann, ist, dass der Täter das Opfer in diesem kleinen Raum überwältigt hat.« Er hielt ein Bild von dem Kabuff mit Rolands Materialien in die Laptopkamera.

»Warum hätte er sich verstecken sollen, wenn er sie zu sich bestellt hat?«, wollte Anna wissen.

»Keine Ahnung.« Rainer zuckte mit den Achseln.

Alex Wolf stand auf und trug die Erkenntnisse auf dem Flipchart ein. Dann sagte er: »Diese Geschichte mit dem *King's Club* müssen wir überprüfen. Wenn er wirklich dort war und ein Alibi hat, müssen wir ihn wieder gehen lassen. Ich schlage vor, wir behalten ihn so lange hier, wie es geht. Bis morgen Abend sollten wir was herausgefunden haben.«

Anna verkniff sich ein Stöhnen. Falls nicht, stand Roland ein ganz besonderer Spaß bevor. Denn wenn er nach vierzehn Uhr in Stammheim eingeliefert wurde, erwartete ihn das verkürzte Aufnahmeprozedere der Haftanstalt. Und das war beinahe so gruselig wie man es immer wieder in Filmen zu sehen bekam.

»Außerdem sollten wir die Familie, die Finanzen, Vorstrafen, Lebensgefährten und so weiter überprüfen«, sagte Alex Wolf. »Von Kirchberger und dem Opfer.«

Anna hoffte inständig, dass dabei niemand auf sie stieß.

Der SOKO-Leiter überlegte kurz. »Die Obduktion können Eva und Helmut übernehmen. Anna, du und Markus fahrt nach dem Club noch zur Wohnung des Opfers und seht euch dort um.«

»Soll ich ein Spurensicherungsteam hinschicken?«, fragte Rainer Stemmler.

»Kann vielleicht nicht schaden.« Alex Wolf blätterte in seinen Unterlagen. »Ihr beiden«, er zeigte auf zwei jüngere Kollegen, »schaut mal bei der Galerie vorbei und versucht, herauszufinden, ob da noch mehr Leute arbeiten. Auch wenn heute Sonntag ist, vielleicht ist jemand da.«

»Er hat noch eine zweite Assistentin«, warf Anna ein. Als ihr Chef sie verwundert ansah, sagte sie: »Ich habe ein Bild von ihm gekauft. Deshalb hat er mich ja auch angerufen.«

»Weißt du, wie sie heißt?«

Das wusste Anna zwar, aber für eine normale Kundin war das nicht besonders plausibel. Sie schüttelte den Kopf. »Das kann euch Herr Kirchberger sicher sagen.«

»Kooperativ ist er ja«, flachste Markus. »Auch wenn er sich an so gut wie nichts erinnern kann. Den Namen seiner zweiten Assistentin hat er vielleicht nicht vergessen.«

Anna spürte Ärger in sich aufsteigen. Für ihre Kollegen schien der Fall sonnenklar. Auch wenn der Kriminaltechniker keine eindeutigen Kampfspuren an Rolands Körper gefunden hatte. Sie schluckte die bissige Erwiderung und war froh, als Alex Wolf die Besprechung wenig später beendete.

Zurück auf dem Flur des D11, machte sie gute Miene zum bösen Spiel und zeigte auf Markus' Pferdeschwanz. »Du wirst sicher gut ankommen bei den Jungs vom *King's Club.*«

»Das ist ein Schwulen- *und* Lesbenclub«, schoss der zurück. »Vielleicht stehen die auch auf dich.«

»Ha, ha.« Anna holte sich ihre Jacke aus dem Büro. »Du fährst«, sagte sie. »Aber halt irgendwo bei einem Bäcker an. Wenn ich nicht bald was Vernünftiges zwischen die Zähne und einen Kaffee kriege, beiße ich jemanden.«

Der belegte Bagel, den sie zehn Minuten später in sich hineinstopfte, schmeckte himmlisch. Markus knabberte lustlos an einer trockenen Brezel und rührte in einem schwarzen Kaffee.

»Ist doch gar kein Zucker drin«, wunderte sich Anna.

»Blöde Angewohnheit.«

Anna grinste. »Bist wohl immer noch auf Diät.« Seit Markus mit Bea liiert war, trimmte er sich beinahe sklavisch.

Er schnitt eine Grimasse. »Weißt du, wie unfair das ist? Bea kann essen, was sie will, sie nimmt kein Gramm zu. Und ich brauch das Zeug bloß anzugucken, schon ...« Er zeigte auf seinen Bauch.

Anna prustete Krümel über den Tisch, schob den letzten Bissen ihres Bagels in den Mund und spülte ihn mit einer Latte Macchiato hinunter. Dann kramte sie ihr Telefon aus der Tasche und schob Markus einen Fünf-Euro-Schein zu. »Kannst du mir noch eine Flasche Mineralwasser kaufen?«, bat sie. »Ich versuche kurz, den Clubmanager zu erreichen, damit wir nicht vor verschlossenen Türen stehen.«

Kapitel 12

Stuttgart, 8. November 2015

Auch wenn der Geschäftsführer des *King's Clubs* wenig erbaut war von Annas Anruf, erwartete er sie bereits, als sie eine Viertelstunde später auf der gegenüberliegenden Straßenseite parkten. Inzwischen hatte sich der Nebel ein bisschen gelichtet, aber Anna wusste nicht, was besser war. Der alles weich zeichnende Schleier oder die graue Trostlosigkeit des Viertels, in dem sich der Club befand. Alles wirkte an diesem Morgen wie ausgestorben, was vermutlich daran lag, dass die mehrgeschossigen Zweckbauten zum Großteil Büros beherbergten. Die bunten Werbetafeln priesen außerdem ein Elektrogeschäft, eine Bank und eine große Immobilienfirma an. Der Club selbst machte von außen einen recht seriösen Eindruck mit seiner schwarzen Fassade und der großen Glasfront. Das gewölbte schwarze Vordach mit der goldenen Krone und dem Schriftzug des Clubs erinnerte Anna an Hotels in amerikanischen Filmen. Unwillkürlich sah sie sich um, ob irgendwo ein Livrierter lauerte, der ihren Wagen parken wollte.

»Was ist denn jetzt schon wieder passiert?«, begrüßte sie der Manager knurrig. Er wirkte übernächtigt, hatte tiefe Ringe unter den Augen. »Ich bin erst um sechs ins Bett gekommen, machen Sie's kurz.« Er blinzelte, als ob ihn die nicht vorhandene Sonne blenden würde. »Wissen Sie, es kotzt mich echt an, dass man immer zuerst bei uns Schwulen anklopft.«

Markus hob beschwichtigend die Hand. »Keine Angst, wir sind nur hier, um die Angaben eines«, er zögerte kurz, »Zeugen zu überprüfen.«

Anna zeigte auf das Schild mit den Öffnungszeiten. »Hier steht, dass sie samstags erst um zehn aufmachen.« Hatte Rainer nicht gesagt, dass Bea den Todeszeitpunkt auf zwischen zehn und ein Uhr schätzte? Wenn der Club erst um zehn aufmachte und Roland wirklich hier war, war er vielleicht aus dem Schneider. Sie spürte, wie das Vibrieren in ihrem Inneren zurückkehrte.

Der Geschäftsführer nickte. »Vorher geht doch kein Mensch aus.«

Markus zog die Augenbrauen hoch. »Aha«, war alles, was ihm dazu einfiel.

Auch Anna war schon lange nicht mehr der Typ von Nachtschwärmer, der hier vermutlich anzutreffen war. »Haben Sie Kameras?«, fragte sie.

»Natürlich. Es ist nicht das erste Mal, dass jemand wie Sie hier auftaucht. Und bisher sind all meine Kunden zu Unrecht verdächtigt worden. Wenn hier mit Drogen gedealt wird, dann nicht vom Stammpublikum!« Er schloss die große rote Doppeltür auf und lud sie wortlos ein, den Club zu betreten. »Warten Sie, ich mache kurz Licht.«

Sobald die trübe Funzel im Eingangsbereich aufflackerte, betraten Anna und Markus einen überwiegend in rot gehaltenen Korridor. An einem Stehtisch vorbei, an dem abends vermutlich ein Türsteher Gesichtskontrolle machte, ging es eine Treppe hinunter. Auch hier waren die Wände wie im Eingangsbereich rot gestrichen und stellenweise mit Plakaten zugeklebt. Nachdem sie die Klos, die Garderobe und eine Fahne in Regenbogenfarben passiert hatten, betraten sie den schummrigen Barbereich des Clubs.

Alles rot, dachte Anna und ließ den Blick durch den Raum schweifen. Eine große Bar, viele Nischen, zahllose Scheinwerfer an der Decke, schwarzes Leder. Sämtliche Oberflächen waren auf Hochglanz poliert und es roch nach Reinigungsmittel. Die Putzfrau war offenbar schon da gewesen. Spiegel an den Wänden sorgten dafür, dass sich die Besucher bewundern konnten. Das Ganze, inklusive der indirekten Beleuchtung und der bullaugenförmigen Löcher in den Trennwänden, erinnerte Anna stark an die Achtzigerjahre. Genauer gesagt an ihre Tanzschulzeit.

»Haben Sie einen Durchsuchungsbeschluss?«, fragte der Manager.

»Nein, aber den können wir ganz schnell telefonisch anfordern«, gab Markus zurück.

Der Mann winkte ab. »Ach, vergessen Sie's«, brummte er »Die Monitore sind im Büro. Wenn Sie sich das Zeug alleine angucken, kann ich zurück ins Bett.« Er gähnte.

»Waren Sie gestern Abend auch hier?«, fragte Anna.

»Ich bin jeden Abend da«, sagte er.

»Haben Sie diesen Mann gestern gesehen?« Anna hielt ihm ihr Handy mit einem Bild von Roland vor die Nase.

Der Geschäftsführer zuckte die Achseln. »Keine Ahnung. Ich kann mir nicht jeden merken, der hier reinkommt.« Er legte den Kopf schief. »Der sieht aber nicht aus, wie einer von uns.«

Markus zog erneut die Brauen hoch. »Das können Sie anhand eines *Fotos* sagen?«

»Ja. Glauben Sie's oder lassen Sie's. Mir egal.«

Als sie eine – ebenfalls rote – Tür erreichten, schloss er sie auf und führte Anna und Markus in einen zum Glück weiß gestrichenen Raum. Anders als der Barbereich wirkte hier nicht alles wie aus einer anderen Zeit. Mehrere Flachbildschirme teilten sich auf einem Schreibtisch den Platz mit einem Drucker und einem Telefon. An der Wand hing ein Erste-Hilfe-Kasten.

Nachdem der Manager einen der Computer eingeschaltet und sich durch mehrere Fenster geklickt hatte, sagte er schließlich: »Das sind die Aufnahmen von gestern Abend. Fahren Sie den Rechner runter, wenn Sie fertig sind.« Er unterdrückte ein weiteres Gähnen. »Wenn Sie mit mir zur Tür kommen und hinter mir abschließen, lasse ich Ihnen den Schlüssel da. Wenn Sie fertig sind, einfach in den Briefkasten um die Ecke werfen mit dem Namen ›Schuster‹ drauf.«

Markus ging mit ihm, während sich Anna einen Stuhl heranzog und anfing, die Aufnahmen durchzusehen. Sie wählte zuerst die Kamera aus, die den Eingangsbereich filmte. Um Punkt zehn Uhr öffneten zwei Türsteher den Club und ließen die ersten Nachtschwärmer ein. Einige von ihnen wirkten ganz normal, trugen Anzüge und Hemden. Anderen sah man dagegen schon von weitem an, dass sie vom anderen Ufer waren. Glitzernde Ohrringe, wiegende Hüften, Pelzkragen. Küsschen links, Küsschen rechts. Auch einige Frauen trippelten auf Stöckelschuhen die Treppen hinunter – jedenfalls sahen sie aus wie Frauen.

»Und? Hast du schon was?«, fragte Markus, als er zurückkam.

Anna schüttelte den Kopf.

»Dachte ich mir.« Markus stellte sich hinter sie und guckte ihr über die Schulter. »Boah! Was für eine Klamotte!«, prustete er.

Ein Kerl mit knallrot geschminkten Lippen, dunklem Lidschatten und einer scharfen Nase warf auf dem Monitor dem Türsteher einen Luftkuss zu. Seine schlanken Beine steckten in Netzstrümpfen, die Arme in schwarzen Handschuhen, die bis zum Ellenbogen reichten. Da er mit dem Türsteher auf Augenhöhe war, nahm Anna an, dass er mindestens einen Meter neunzig maß. Sein Dekolleté sah erstaunlich echt aus, auch wenn man an seinem Kinn den dunklen Bartschatten durch das Makeup schimmern sah. Die Uhr am linken unteren Bildschirmrand zeigte zweiundzwanzig Uhr zwölf an, als Roland Kirchberger auftauchte. Er wirkte selbstbewusst und völlig normal und zog sofort die Blicke einiger Dragqueens auf sich. Er war allein.

»Na, also«, murmelte Anna.

»Das heißt noch gar nichts«, sagte Markus. »Von hier bis zu ihm nach Hause sind es keine zehn Minuten mit dem Auto. Erst mal sehen, wann er wieder rauskommt.«

Anna wusste, dass er recht hatte. Trotzdem ärgerte sie sein Einwurf. Wortlos starrte sie weiter auf den Bildschirm.

»Da!«, krähte Markus ihr ins Ohr, als Roland zum zweiten

Mal auftauchte. »Zehn Uhr fünfundvierzig. Das war wohl nur eine Stippvisite. Der wusste, dass er ein Alibi braucht. Pech für ihn, dass der Club das alles aufzeichnet.«

Fassungslos verfolgte Anna, wie Roland Arm in Arm mit einem bulligen Typen mit kurzem Haar die Treppen hinauf wankte. Offensichtlich hatte er in der kurzen Zeit ordentlich einen gepichelt.

»Das Alibi kannst du vergessen«, bemerkte Markus.

Anna hielt das Video an und widerstand der Versuchung, sich die Augen zu reiben. War Roland schwul? Oder stützte der andere ihn nur, weil er betrunken war? Konnte man in einer halben Stunde überhaupt so viel trinken, dass man in Schieflage geriet? Sie verzog das Gesicht, als sie sich an einen Abend erinnerte, an dem sie nach dem Spinning im Fitness-Studio eine halbe Flasche Wein getrunken hatte. Man kann, beantwortete sie sich die Frage. Wer war der andere? »Vielleicht gehen die nur kurz vor die Tür eine rauchen«, sagte sie.

»Wäre möglich, glaub ich aber nicht.« Markus zog sich einen Hocker heran und setzte sich neben sie. »Mach weiter. Ist ziemlich unterhaltsam.«

Anna hatte Mühe, sich nicht anmerken zu lassen, wie wenig unterhaltsam sie die Angelegenheit fand. Wenn Roland nicht zurückkam, würde sie nichts für ihn tun können. Verdammt! Sie biss sich auf die Lippe und klickte erneut auf »Play«. Augenblicklich ging die Prozession der Paradiesvögel weiter. Eine Gruppe Lesben mit bunten Strähnchen in den Haaren tänzelte die Treppen hinab, gefolgt von weiteren völlig überschminkten Kerlen. Verspiegelte Fliegersonnenbrillen, lange Fingernägel, kokett abgespreizte Finger, Lederhosen und zahllose Fummel im Tiger- oder Leopardendesign. Aber kein Roland. Als die Uhr auf dem Display kurz vor eins anzeigte, gab Anna auf und beendete die Show.

»Das war's«, stellte Markus fest.

Anna verspürte einen plötzlichen Druck im Magen. Das durfte doch einfach alles nicht wahr sein! Bisher hatte sie Roland zwar für einen spleenigen Künstler gehalten. Aber das, was sie gerade gesehen hatte, ließ keine Zweifel zu. Er hatte sie belogen! Der Druck löste sich in Wut auf. Wie hatte sie nur so dämlich sein können, anzunehmen, dass Roland eine bessere Wahl war als ihre Mutter und ihr Bruder? Sie verkniff sich ein Stöhnen. Was sie am meisten gefürchtet hatte, war eingetreten. Nicht nur, dass er sie belogen hatte. Er hatte außerdem das Chaos in ihr Leben zurückgebracht, das sie gehofft hatte, für immer verdrängt zu haben. »Mach eine Kopie von dem Ding«, sagte sie tonlos. »Ich warte draußen. Ich brauch frische Luft!« Während Markus tat wie ihm geheißen, floh sie aus dem Club und lehnte sich draußen erst einmal mit dem Rücken gegen die Wand. Kein Wunder, konnte sich Roland an nichts erinnern. So, wie er sich an dem Bulligen festklammerte, war er voll gewesen wie eine Haubitze. Sie drückte mit Daumen und Zeigefinger gegen die Nasenwurzel, um den sich anbahnenden Kopfschmerz im Keim zu ersticken. Warum hatte er ihr nicht gesagt, dass er schwul war? Was war denn daran so wild? Grundgütiger, er war Künstler! Waren die nicht alle ein bisschen unkonventionell? Immerhin lebte er in Stuttgart, nicht in irgendeinem spießigen Dorf auf der Alb. Ein anderer Verdacht zog an einer ihrer Synapsen. War er wirklich betrunken gewesen? Oder hatte der Typ, der ihn aus dem Club geschleppt hatte, ihm etwas in den Drink getan? Ohne lange zu überlegen, zückte sie ihr Handy und rief einen Kriminaltechniker an. »Bitte Roland Kirchberger um eine Blutprobe«, sagte sie ohne lange Erklärungen. »Sag ihm, dass ich die Idee hatte.«

»Kann ich gern machen«, erwiderte der KTler. »Irgendein spezieller Verdacht?«

»Das Labor soll sie auf Flummis überprüfen«, bat Anna. Das Wanken, die Gedächtnislücken ... Warum hatte sie es nicht gleich gesehen? Diese Symptome waren typisch für Pillen mit Flunitrazepam, *die* Date-Rape-Droge schlechthin.

»Du weißt, dass da vermutlich nichts mehr nachzuweisen ist, oder?«, fragte der Techniker.

»Ja. Aber versuchen sollen sie es.«

Kapitel 13

Stuttgart, 8. November 2015

»Das war's, du kannst die Organe reinlegen.« Bea Schiller trat vom Obduktionstisch zurück und zog die papageiengelben Gummihandschuhe aus. Während der Assistent die entnommenen Organpakete wieder in der Leiche verstaute, damit der Präparator sie im Anschluss zunähen konnte, wandte sie sich an Eva Hägele und Helmut Baumann.

»Die Todesursache war eindeutig Blutverlust infolge der Durchtrennung der Carotis, der Halsschlagader«, sagte sie. »Die kleineren Schnittverletzungen an ihren Armen und Händen sind Abwehrverletzungen.«

Es klapperte, als der Assistent die diversen Scheren, Skalpelle, Klemmen, Messer, die Säge und die Kelle für die Entnahme des Herzblutes in einen Korb legte und diesen in den Spüler stellte.

»Das war ein sehr präziser Schnitt. Kein Zögern, kein vorsichtiges Herumsägen. Glatt und gekonnt«, fügte Bea hinzu.

Eva Hägele nickte. »Eher untypisch für einen Künstler.«

»Was ist schon typisch?«, fragte Helmut Baumann. »Was wir nicht schon alles gesehen haben ...«

»Hm.« Bea schürzte die Lippen. Sie trat einen Schritt zurück, damit der Assistent das Blut von dem weißen Fliesenboden spritzen konnte. Die Luftabsaugung über ihren Köpfen lief auf vollen Touren, dennoch war der typische Geruch des Todes sehr präsent. Wie immer glänzten sämtliche Edelstahloberflächen wie frisch poliert. »Wollt ihr Anna und Markus Bescheid sagen oder soll ich das tun?«, fragte sie. Sie sah ein Lächeln über Eva Hägeles Gesicht huschen und musste selber grinsen. »Vergesst die Frage, ich mach es. Fahrt ihr zurück zur Dienststelle. Das vorläufige Gutachten maile ich an Alex Wolf.«

»Alles klar.« Helmut Baumann war deutlich anzusehen, dass er froh war, den Sektionssaal endlich verlassen zu können.

Bea wartete, bis die beiden die Tür hinter sich geschlossen hatten, dann ging sie zu dem langen Stahltisch, der vollgestellt war mit Computern, Aktenordnern, einem Telefon und den persönlichen Habseligkeiten der Obduzenten. Nachdem sie ein paar Notizen gemacht hatte, sah sie kurz aus dem Fenster, in dem sich das kalte Licht des Raumes spiegelte. Es war immer noch beinahe genauso eklig wie am Morgen. Sie fischte ihr Handy aus der Handtasche, die über ihrem Stuhl hing, und verließ ebenfalls den Raum. Draußen, in einem kleinen Vorraum, schob sie einen Gitterkorb auf Rädern aus dem Weg und wählte Markus' Nummer.

»Hallo Sonnenschein«, begrüßte er sie.

Bea lachte. Er schaffte es einfach immer wieder, sie zum Strahlen zu bringen. Als sie ihn das erste Mal mit Anna zusammen bei einer Autopsie gesehen hatte, war er ihr wie ein Lackaffe vorgekommen mit seinem modischen Vollbart und den halblangen Haaren. Wie ein zu kurz geratener Wikinger, hatte sie mit Anna gelästert. Inzwischen wusste sie, dass er ganz und gar nicht zu kurz war. Nirgends. Ihr Grinsen wurde breiter. »Bist du mit Anna unterwegs?«, fragte sie.

»Mhm. Hast du was für uns?«

Sie hörte, wie er auf Lautsprecher umschaltete. »Ja. Die Todesursache war Verbluten.«

»Hi, Bea«, mischte sich Anna ein. »Kannst du bei der toxikologischen Untersuchung auf Flummis achten?«

»Flummis? Du denkst, ihr hat jemand K.O.-Tropfen in den Drink gekippt? Das müsste dann vor Ort passiert sein, sie ist mit dem Auto gekommen. Das Zeug wirkt rasend schnell.«

»Achtet einfach darauf, ja?« Anna klang seltsam.

Kein Wunder, dachte Bea. Ob sie ihre Meinung inzwischen geändert und Markus reinen Wein eingeschenkt hatte? Dem war ihr Gespräch unter vier Augen definitiv seltsam vorgekommen und Bea hatte keine Lust, ihn nach Feierabend anlügen zu müssen. Andererseits hatte sie Anna versprochen, ihr Geheimnis für sich zu behalten. Vorerst. Sie wollte sich gar nicht vorstellen, wie sich Anna fühlte. Einerseits konnte sie verstehen, dass sie die Ermittlungen leiten wollte. Immerhin war Roland ihr Vater. Und sie ein Kontrollfreak. Aber wenn Alex Wolf herausfand, was da lief ... »Was steht bei euch jetzt auf dem Programm?«, fragte sie.

»Wir sehen uns in der Wohnung von Marilene Hübner um«, erwiderte Markus. »Vielleicht finden wir da einen Anhaltspunkt, warum das passiert ist.«

»Was ist mit ... dem Verdächtigen?« Beinahe wäre Bea sein Vorname rausgerutscht.

»Den verhören wir später nochmal«, sagte Markus.

Bea konnte sich Annas Gesicht bildhaft vorstellen. Im Auto hatte sie deutlich gemacht, dass sie keine Sekunde lang glaubte, dass Roland der Täter war. Dazu sei er nicht in der Lage. Nach dem, was Bea bei der Obduktion gesehen hatte, glaubte sie auch nicht mehr so richtig daran. Sie teilte den beiden mit, dass der Schnitt professionell wirkte.

»Vielleicht ist er auch Bildhauer«, munkelte Markus. »Dann kann er sicher auch ziemlich gut mit einem Messer umgehen.«

Nachdem sie das Gespräch beendet hatte, zog Bea Schiller die durchsichtige Plastikschürze und den blauen Kasack aus und stopfte alles in einen Mülleimer. Die Füßlinge folgten. Dann machte sie sich auf den Weg zur Cafeteria des Robert-Bosch-

Krankenhauses, um sich einen Espresso aus dem Automaten zu lassen. Koffein half ihr beim Denken. Und dieser Fall, in den sie als Annas beste Freundin persönlich verstrickt war, gab reichlich Rätsel auf.

Kapitel 14

Stuttgart, 8. November 2015

»Glaubst du wirklich, dass dem jemand Flummis in den Drink gekippt hat?«, fragte Markus, nachdem er den Schlüssel zum *King's Club* in den Briefkasten des Managers geworfen hatte. Er sah Anna über das Dach des Dienstwagens hinweg skeptisch an.

»Hast du gesehen, wie er geschwankt hat? So betrunken kann man in so kurzer Zeit nicht werden.« Da war sie sich inzwischen sicher. Bei ihr hatte das nach dem Spinning zwar geklappt, aber Roland wog fast doppelt so viel wie sie und hatte vor dem Besuch im Club sicher nicht zwei Stunden Sport getrieben.

»Für mich sah es eher so aus, als ob die beiden sich ziemlich gut kannten«, gab Markus zurück. »Wenn du mich fragst, ist Kirchberger schwul und war so voll, dass er nicht wusste, was er tat, als ihn das Opfer zu Hause besucht hat.«

»Wie erklärst du dir dann die SMS und den sauberen Schnitt?«, schoss Anna zurück. »Wenn er so betrunken war, hätte er sie wohl kaum überwältigen können. Geschweige denn ihr so die Kehle durchzuschneiden, dass es auf Bea professionell wirkt.«

»Vielleicht hat er seinen Lover mit nach Hause genommen und der war's«, meinte Markus.

Anna zog eine Schnute. Sie glaubte zwar inzwischen nicht mehr, dass Roland schwul war – es hätte Anhaltspunkte geben müssen – aber wer der andere Kerl war, interessierte sie brennend. »Hast du den Geschäftsführer die Freigabe für die Videos unterschreiben lassen?«, wollte sie wissen.

Markus schüttelte den Kopf. »Der hatte es vorhin so eilig, wieder ins Bett zu kommen …«

Anna dachte einen Moment nach. »Klingel ihn noch mal aus dem Schlaf. Wir brauchen die Genehmigung. Außerdem will ich wissen, ob er den Mann kennt, mit dem … Herr Kirchberger den Club verlassen hat.«

»Mann, der wird jubeln«, bemerkte Markus mit einem Feixen. Allerdings hielt ihn das nicht davon ab, kurz darauf den Finger mehrfach auf den Klingelknopf des Managers zu drücken.

»Was denn jetzt schon wieder?«, knurrte der, nachdem er den Türöffner betätigt und sie in seine abgedunkelte Bude gelassen hatte. Er wirkte noch verknitterter als vorhin. In der Wohnung roch es nach ungewaschenen Füßen und Zwiebeln, außerdem lag der Gestank von kaltem Zigarettenrauch in der Luft.

»Wir brauchen Ihre Genehmigung, um die Videos von gestern Abend offiziell auswerten zu können«, sagte Anna. Sie lehnte mit einem Kopfschütteln ab, als er sie mit einer Geste einlud, in einem Sessel in seinem Wohnzimmer Platz zu nehmen.

»Hätte Ihnen das nicht schon vorhin einfallen können?«, brummte er. »Geben Sie her, den Wisch.« Er nahm Markus das Blatt Papier aus der Hand und suchte nach einem Stift.

»Hier«, Markus hielt ihm einen Kuli unter die Nase.

Nachdem er unterschrieben hatte, fragte der Manager: »War's das? Kann ich jetzt wieder ins Bett?«

»Noch nicht«, sagte Anna. »Eine Frage habe ich noch.« Sie tippte auf ihrem Handy herum, bis sie das Foto fand, das sie von dem Bulligen gemacht hatte. »Kennen Sie den Mann, der ihn«, sie tippte auf Roland, »stützt?«

Der Manager kniff die Augen zusammen. »Warten Sie«, murmelte er und fing an, in dem Chaos auf dem Couchtisch zu wühlen.

»Suchen Sie das hier?« Markus hielt eine Lesebrille in die Höhe, die er mit spitzen Fingern von einem Stapel Zeitschriften aufgehoben hatte.

»Ja, danke.« Der Clubmanager setzte sich die Brille auf die Nase und betrachtete den Screenshot. »Hm«, brummte er schließlich, »man kann sein Gesicht nicht richtig erkennen. Könnte aber Lenny sein. Oder Chico.«

»Lenny oder Chico?«, fragte Anna ungläubig. Was waren denn das für bescheuerte Namen?

»Kann sein, ich bin mir aber nicht sicher.«

»Kennen Sie ihre Nachnamen?«, hakte Markus nach.

»Nö. Bei uns muss man sich nicht mit vollem Namen vorstellen.« Er grinste. »Ich schätze, das sind nicht ihre richtigen Namen. Lenny ist Zahnarzt, glaube ich. Bei Chico bin ich mir nicht sicher.«

Anna stöhnte. »Na, super.«

»Warum kommen Sie nicht heute Abend vorbei, da ist Neunziger-Party. Ich bin mir ziemlich sicher, dass die beiden kommen. Bei so was fehlen sie nie.« Der Geschäftsführer des *King's Clubs* unterdrückte ein Gähnen.

»Neunziger-Party?« Markus schien ähnlich begeistert wie Anna.

»Ja, ab halb neun, weil Sonntag ist. Und jetzt wäre ich Ihnen wirklich dankbar, wenn Sie mich schlafen ließen. Ich muss in ein paar Stunden wieder fit sein und alles vorbereiten.« Der Manager setzte die Brille ab und erhob sich. »Ach ja, ich wäre Ihnen außerdem dankbar, wenn Sie ... Also ... Wie soll ich sagen?«, druckste er herum.

»Wenn wir gegenüber der Presse nicht erwähnen, dass wir in Ihrem Club ermitteln«, beendete Anna seinen Satz. »Schon klar.« Sie zuckte die Achseln. »Wenn wir Lenny und Chico heute Abend hier treffen, wird das sicher nicht nötig sein.« Sie gab Markus mit einem Blick zu verstehen, dass sie fertig waren.

»Neunziger-Party«, sagte Markus, als sie wieder auf der Straße waren. »Du willst heute Abend echt auf eine Neunziger-Party in einem Schwulenclub gehen, um einen Typen ausfindig zu machen, den man nur von hinten auf einem Video sieht?«

Anna nickte. »Was anderes wird uns wohl kaum übrig bleiben, wenn Herr Kirchberger uns nicht sagen kann, wer der Kerl ist.«

»Bitte, lieber Gott, lass ihn sich daran erinnern, mit wem er in diesem Schuppen war«, blödelte Markus.

Anna lachte. »Hör auf, dich zu zieren. Du kommst sicher großartig an.«

Markus schnitt eine Grimasse. Er ließ sich auf den Fahrersitz fallen und startete den Wagen. »Wohin jetzt?«

Anna las ihm die Adresse von Marilene Hübner vor. »In Bad Cannstatt«, sagte sie, als Markus fragend die Brauen hob.

Zwanzig Minuten später parkten sie vor einem vierstöckigen Jugendstilgebäude, dessen rote Backsteinfront durch helle Stucksimse aufgelockert wurde. Hinter den meisten Fenstern brannte Licht. Nur hier und da zeugten geschlossene Rollläden von Langschläfern. Auf beiden Seiten der Straße standen die Fahrzeuge der Anwohner Stoßstange an Stoßstange. Als Anna ausstieg, fielen ihr ein paar tote Blätter eines Ahorns vor die Füße, der in einem kleinen Gitterrondell vor sich hin vegetierte.

»Ist hier nicht gleich das LKA um die Ecke?«, fragte Markus.

Anna nickte. »Da hinten.« Sie wies mit dem Kinn nach Osten. Dann sah sie sich um. Die Wohngegend war zwar nicht besonders nobel, aber auch nicht besonders heruntergekommen. Solider Durchschnitt, was man auch an den geparkten Autos sah. Familienvans, Kombis, ein Mini und haufenweise Golfs.

»Da ist Jörg.« Markus zeigte auf eine weitere C-Klasse, die verkehrswidrig zwischen zwei Betonpfosten gequetscht worden war.

Der Kriminaltechniker war in Begleitung eines Neulings, dessen Namen Anna noch nicht kannte. »Wart ihr schon drin?«, begrüßte sie die beiden.

Jörg Huber schüttelte den Kopf. »Wir waren noch kurz bei Rainer, den Schlüssel holen.«

»Hallo, ich bin Pierre«, sagte der Neue.

Anna griff nach der ausgestreckten Hand. Sie war kühl und ein bisschen feucht. Vermutlich war der Knabe aufgeregt, weil es sein erster echter Tatort war. Sie musterte ihn unauffällig von oben bis unten. Fünf- oder sechsundzwanzig, ziemlich schlaksig, mit einer dieser Frisuren, die sie nicht verstand. Warum plagten sich die Männer heutzutage stundenlang mit Gel und Haarspray ab, nur um danach etwas auf dem Kopf zu haben, das aussah wie ein überfahrener Igel? Zum Glück war Jens unkompliziert und hatte schon vor Jahren aufgehört, sich mit seiner schwindenden Haarpracht abzuplagen. Deshalb rasierte er sich jeden zweiten Tag den Kopf, was Anna gefiel und sich auch gut anfühlte. Wenn sie sich vorstellte, morgens einen Kampf um das Badezimmer ausfechten zu müssen weil ihr Partner eitler war als sie ... Sie brach den Gedanken ab und zeigte auf das Haus. »Wisst ihr, welcher Stock?«

Jörg Huber schüttelte den Kopf. »Die Nachbarn werden es uns sicher sagen können.« Er schnappte sich zwei Koffer aus dem Auto, drückte einen davon dem hübschen Pierre in die Hand und klemmte sich einen starken Scheinwerfer unter den Arm. Dann trotteten alle zu dem Gebäude und suchten auf den Klingelschildern nach Marilene Hübners Namen.

»Da.« Markus hatte ihn entdeckt. »Ich würde sagen, dritter Stock, oder?«

»Sieht so aus.« Anna nahm dem Kriminaltechniker den Schlüssel ab und öffnete die Haustür.

»Oben lässt du uns aber zuerst unser Ding machen, ja?«, sagte er.

»Würde ich euch jemals nicht euer Ding machen lassen?«, witzelte Anna.

Markus und Jörg lachten. Pierre guckte ein bisschen unsicher aus der Wäsche.

Das Treppenhaus wirkte frisch geputzt, das Holzgeländer edel und ein bisschen antik. Vor einigen Wohnungen standen Pflanzen, andere Bewohner mochten es eher kahl. Wie vermutet, befand sich Marilene Hübners Wohnung im dritten Stock gegenüber von einer Familie Unterrieder, wie auf dem Klingelschild zu lesen war. »Legt ihr los«, sagte sie zu den Technikern, »Markus und ich fragen bei den Nachbarn nach.« Sie drückte den Klingelknopf von Familie Unterrieder.

Es dauerte nicht lange, bis eine Frau mittleren Alters die Tür öffnete. Sie steckte in einer Sporthose und einem engen Oberteil, das ihre gute Figur betonte. Die Turnschuhe an ihren Füßen verrieten, dass sie entweder gerade vom Joggen kam oder auf dem Weg aus dem Haus war. »Ja?« Ihre wasserblauen Augen musterten Anna und Markus forschend.

»Kriminalpolizei.« Anna zeigte ihr ihre Dienstmarke. »Dürften wir Ihnen ein paar Fragen zu Ihrer Nachbarin stellen?«

Die Frau runzelte die Stirn. »Zu Marilene? Ist ihr was passiert?« Echte Sorge schwang in ihrer Stimme mit. »Hat es was mit ihrem Freund zu tun?«

Anna horcht auf. »Ihrem Freund?«

»Ja, diesem ...« Die Frau machte eine vage Handbewegung. »Aber kommen Sie doch erst mal rein.« Sie trat einen Schritt zurück, um Markus und Anna in die Wohnung zu lassen.

Kapitel 14

Stuttgart, 8. November 2015

Frau Unterrieder führte sie in einen großen, hohen Raum, dessen Fenster zum Hof lagen. Dunkler Parkettboden, helle Kiefernholzschränke und ein orientalischer Läufer verrieten einen exklusiven Geschmack. Es gab keine Polstermöbel, nur einen Holztisch mit vier bequemen Stühlen. Anna sah sich verstohlen um. Auf den ersten Blick war kein Fernseher zu entdecken, dafür ein an der Decke befestigter Beamer und etwas, das aussah wie eine zusammengerollte Leinwand. Offenbar bevorzugten die Unterrieders Heimkino.

»Setzen Sie sich«, sagte die Frau.

»Was ist los, Schatz?« Ein hochgewachsener Mann mit kurzem graumeliertem Haar kam ins Zimmer und musterte Anna und Markus mit unverhohlener Neugier. Auch er steckte in Sportkleidung. An einem Gürtel waren vier kleine Plastikflaschen befestigt, wie auch Anna sie benutzte, wenn sie joggen ging. Wie es aussah, hielten sie die beiden von ihrer sonntäglichen Laufrunde ab.

»Die Polizei«, informierte Frau Unterrieder ihren Mann. »Wegen Marilene.«

Er hob die Brauen. »Ist etwas mit ihr?«, fragte auch er.

Anna überlegte einen Augenblick. Nachdem die Presse schon am Tatort war, würde es nicht mehr lange dauern, bis die Nachricht von Marilenes Tod überall zu lesen war. Deshalb sagte sie: »Es tut mir leid, aber sie ist heute Morgen tot aufgefunden worden.«

Die beiden sahen sich erschrocken an. »Tot?«

»Sind Sie sicher?«, fragte die Frau.

Markus nickte. »Leider. Sie als Ihre Nachbarn können uns vielleicht bei unseren Ermittlungen helfen. Ist Ihnen in letzter Zeit etwas aufgefallen? Oder haben Sie Marilene gestern Abend in Begleitung gesehen?«

Herr Unterrieder stellte sich hinter den Stuhl seiner Frau und stützte die Hände auf der Lehne ab. »Denkst du auch, was ich denke?«

»Ja. Dieser Sami kam mir überhaupt nicht geheuer vor.«

»Ihr Freund?«, hakte Markus nach.

Frau Unterrieder bejahte. »Der hat auf mich irgendwie zwielichtig gewirkt«, gestand sie. »Ich habe ihn nur zwei Mal gesehen und beide Male hatte ich den Eindruck, dass es ihm unangenehm war. Der konnte einem nicht in die Augen schauen.«

»Wissen Sie, wie er mit Nachnamen heißt«, wollte Markus wissen.

»Nein«, antwortete Herr Unterrieder. »Ich habe ihn nur ein Mal gesehen, als er aus einer Zuhälterkarre ausgestiegen ist.«

»Zuhälterkarre?« Anna ahnte zwar, was er meinte, aber vielleicht hatte er sich zufällig den Fahrzeugtyp oder das Kennzeichen gemerkt.

»Ja, irgend so ein tiefer gelegter Mercedes mit getönten Scheiben und Heckspoiler. Hab mir die Kiste nicht genau angesehen, aber laut war das Ding, hatte vermutlich einen Sportauspuff.« Herr Unterrieder zuckte mit den Achseln. »Ich fand, dass der Typ überhaupt nicht zu Marilene gepasst hat.«

»Warum nicht?«, fragte Markus.

»Na ja, Marilene hat Kunst studiert, Mozart und Vivaldi gehört und ganz selten mal die Musik aufgedreht. Dieser Sami war von oben bis unten mit Goldkettchen behängt und sah aus wie ein Zuhälter.«

»Wie sah er denn genau aus?«, wollte Anna wissen.

»Groß, ungefähr eins neunzig, ziemlich schlank«, sagte Frau Unterrieder. »Schwarze Haare, immer sonnengebräunt und hier«, sie zeigte auf den linken Wangenknochen, »ein kleines Muttermal.«

»Fast wie Sean Connery in den alten Bondfilmen«, warf ihr Mann ein. »So ein Schönling mit zwei Grübchen eben.«

Anna konnte sich ein Bild machen.

Markus offenbar auch. »Und warum kam er Ihnen zwielichtig vor? Wegen des Autos und weil er schüchtern war?«

Frau Unterrieder schüttelte den Kopf. »Weil Marilene zwei Mal im letzten Jahr ein blaues Auge hatte und sich komisch verhalten hat. Ich glaube, er hat sie geschlagen.«

Nachdem sie den Unterrieders noch ein paar Fragen gestellt und herausgefunden hatten, dass sie Marilene gestern nicht zu Gesicht bekommen hatten, ließen Markus und Anna sie zu ihrer Joggingrunde aufbrechen. Von den anderen Bewohnern im Haus erfuhren sie nicht viel Brauchbares. Nur eine ältere Dame im Erdgeschoss fand »Sami« ebenfalls seltsam.

»Das klingt nach schlechtem Männergeschmack«, sagte Markus. »Aber die Beschreibung passt nicht auf den Typ vom Video.«

»Das heißt doch gar nichts!«, brauste Anna auf, fing sich aber sofort wieder. Sie musste ihre Gefühle im Zaum halten. »Für mich klingt ein Kerl, der seine Freundin vermöbelt, wesentlich plausibler als Tatverdächtiger als ihr Chef.«

»Blöd nur, dass man ihre Leiche im Haus ihres Chefs gefunden hat und nicht in dem ihres Freundes«, gab Markus zurück.

»Und wenn er wusste, dass Herr Kirchberger ...«, sie suchte nach den richtigen Worten, »... Probleme hatte? Wäre doch der perfekte Sündenbock, wenn man seine Freundin töten und von sich ablenken will. Inzwischen weiß doch jeder aus dem Fernsehen, dass der Ehemann oder der Freund immer die heißesten Verdächtigen sind.«

Markus gab einen Grunzlaut von sich. »Ganz ehrlich? Bei mir steht immer noch Kirchberger ganz oben auf der Liste. Leiche im Haus, Tatwaffe, Blut an der Kleidung, angebliche Gedächtnislücke, SMS auf dem Handy.« Er zählte es an den Fingern ab. »Da braucht der Haftrichter keine zwei Minuten.«

Anna biss die Zähne aufeinander. Markus hatte recht. Trotz des geheimnisvollen Freundes, der den Nachbarn »zwielichtig« vorgekommen war, deutete immer noch alles auf Roland. Wenn sie heute Abend im *King's Club* nicht fündig wurden, konnte Anna nicht verhindern, dass er nach Stammheim verfrachtet wurde. Sie zog fröstelnd die Schultern hoch.

»Lass uns gucken, ob Jörg uns schon in die Wohnung lässt«, schlug Markus vor.

Der ließ sie, allerdings wieder nur in voller Tatortmontur.

»Habt ihr schon irgendwas entdeckt?«, wollte Anna wissen, sobald sie sich in einen Spusi-Overall gezwängt und die Füßlinge übergezogen hatte.

Der Techniker schüttelte den Kopf. »Sieht nicht so aus, als ob hier auch ein Kampf stattgefunden hätte. Alles ganz normal.« Er führte sie durch den Flur in ein geräumiges Zimmer, das offenbar als Wohn- und Schlafraum fungierte. Die Bettcouch war zusammengeklappt und mit einem Überwurf bedeckt, die restlichen Möbel sahen aus, als wären sie von IKEA. Als Annas Blick auf die Bilder an den Wänden fiel, schnappte sie hörbar nach Luft.

»Was ist?«, fragten Jörg und Markus gleichzeitig.

»Das sind echte Kirchberger.« Anna trat an eines der Gemälde und kniff die Augen zusammen, um die Signatur besser lesen zu können. Kein Zweifel. Das war eines von Rolands Originalen.

»Davon stehen in der Abstellkammer noch mehr rum«, sagte Jörg.

»Wie bitte?« Anna glaubte, sich verhört zu haben.

»Was ist denn daran so ungewöhnlich?«, fragte Markus.

Anna wirbelte zu ihm herum. »Daran ist *ungewöhnlich*, dass so ein Bild einen Preis im fünf- bis sechsstelligen Bereich hat!« Zu spät bemerkte sie ihren Fehler.

»Für dieses Gekleckse?«, wunderte sich Jörg.

»Wow!« Markus legte den Kopf schief, um eines der Bilder näher in Augenschein zu nehmen. »Und so was hast du dir gekauft? Habt ihr im Lotto gewonnen?«

Anna hätte sich am liebsten die Zunge abgebissen. »Es war ein kleines Bild«, log sie. »Das hat nicht mal ein zehntel von diesen hier gekostet.« Hoffentlich kaufte Markus ihr die Lüge ab und besuchte sie nie zu Hause. Dort hing nämlich ein riesiges Gemälde von Roland, das er für sie gemalt hatte, nachdem er erfahren hatte, wie sehr sie Sommerwiesen liebte.

»Ich wusste gar nicht, dass du so ein Kunstfan bist.« Markus beäugte sie verwundert.

»Bin ich auch nicht«, versuchte Anna, sich aus der Scheiße zu rudern. »Aber Jens.«

Jörg und Markus tauschten einen Blick, der verriet, was sie von Rolands Malerei hielten.

»Zeig mir die Abstellkammer«, bat Anna und holte erneut hörbar Luft, als Jörg sie in einen kleinen Raum neben dem Bad führte. »Das sind mindestens zwanzig Bilder«, hauchte sie. »Mein lieber Schwan!«

Markus zog eines der Gemälde hervor. Es war ganz in Blau und Grün gehalten – ein tosendes Meer, das den Betrachter in die Tiefe zu reißen schien. »Von wie viel Geld reden wir hier?«, fragte er.

»Bei Bildern in der Größe? Von mindestens einer oder zwei Millionen«, sagte Anna tonlos.

Kapitel 15

Stuttgart, 8. November 2015

»Jetzt müssen wir Kirchberger erst recht nochmal vernehmen«, sagte Markus, nachdem sie sich den Rest der Wohnung angesehen und Fotos von den Bildern in der Abstellkammer gemacht hatten. »Wenn das Opfer ihn im großen Stil beklaut hat, ist das ein Motiv.« Er versetzte Anna einen Knuff. »He, hörst du mir überhaupt zu?«

Sie schrak zusammen.

Irgendwas stimmt nicht mit ihr, dachte Markus. So neben der Spur wie heute hatte er sie noch nie erlebt. Wenn er doch nur endlich mit Bea reden könnte. Dann würde er sicher erfahren, was es war.

»Ja, sicher«, erwiderte Anna. Wie es aussah, war sie in Gedanken meilenweit entfernt.

Markus hörte ihren Magen knurren. Vielleicht hatte sie einfach nur schon wieder Hunger und benahm sich deshalb so komisch. So ein Bagel hielt nicht lange vor. »Sollen wir auf dem Weg zur Dienststelle was essen?«

Anna verzog lustlos das Gesicht.

Jetzt machte Markus sich wirklich Sorgen. Wenn Anna nichts futtern wollte, war definitiv etwas nicht in Ordnung. »Also, ich hab Hunger«, sagte er, als sie wieder im Auto saßen. »Nicht weit von hier gibt's einen Imbiss.«

Anna nickte geistesabwesend. Während Markus ausparkte und in Richtung Bahnhof fuhr, sah sie schweigend aus dem Fenster.

Die Currywurst, die sie sich wenig später kauften, verputzte Anna bis auf den letzten Bissen. Aber sie mopste Markus nicht eine einzige Pommes.

»Was jetzt?«, fragte er. »Gleich zum Verhör oder vorher nochmal zum Tatort?«

»Verhör«, sagte Anna. Doch anders als gewöhnlich verriet nichts an ihrer Körperhaltung den Jagdinstinkt, den Markus so an ihr bewunderte. Ein Verdacht keimte in ihm auf. Kannte sie diesen Roland Kirchberger vielleicht besser als sie zugab? War da mehr zwischen den beiden? Er runzelte die Stirn. Hatte

Anna mal was mit ihm gehabt? War sie deshalb die erste gewesen, die er angerufen hatte? Er knickte den Pappteller und warf ihn in den Mülleimer neben der Bank, auf der sie saßen. Dann fasste er einen Entschluss. »Warte eine Sekunde«, bat er. »Ich muss nur kurz telefonieren. Was Privates.« Ohne auf ihre Antwort zu warten, wählte er Beas Nummer und begab sich außer Hörweite.

»Na, habt ihr schon wieder Sehnsucht nach mir?«, scherzte Bea.

Markus lachte. »Da kannst du Gift drauf nehmen, Süße«, schoss er zurück, wurde aber sofort wieder ernst. »Hör mal, ich weiß, dass du und Anna Freundinnen seid«, sagte er, »aber du musst mir die Wahrheit sagen.« Er hörte Bea am anderen Ende tief einatmen.

»Ich habe Anna was versprochen«, war die Antwort, die ihn nicht verwunderte. »Was willst du wissen? Vielleicht kann ich dir helfen. Aber nur vielleicht.«

»Hatte sie mal ein Verhältnis mit Roland Kirchberger?« Markus warf Anna einen Blick über die Schulter zu. Sie saß immer noch am Tisch und drehte die Colaflasche hin und her.

Beas Lachen überraschte ihn. »Nein«, kam es wie aus der Pistole geschossen. »Ganz sicher nicht. Da bist du völlig auf dem Holzweg.«

»Bist du dir sicher?«

»So sicher, dass ich dafür meine Hand ins Feuer legen würde.«

»Was hattet ihr beiden dann heute Morgen zu tuscheln«, fragte Markus.

»*Das* kann ich dir nicht sagen«, erwiderte Bea. »Ich habe es Anna versprochen, also bohr erst gar nicht weiter. Wenn du was wissen willst, frag sie selber.«

»Verdammt!«

»Du kannst fluchen, so viel du willst«, gab Bea ungerührt

zurück. »Ein Versprechen ist ein Versprechen. Und jetzt muss ich weiterarbeiten. Alex Wolf will sicher nicht ewig auf den Obduktionsbericht warten.«

»Heute Abend kann es spät werden. Anna und ich müssen in den *King's Club.*«

»Was sucht ihr denn da?«

»Zwei Leute, die wir gerne befragen würden.«

»Na, dann viel Spaß«, erwiderte Bea trocken.

Markus legte auf und ging zurück zu Anna. »Bist du fertig?«

Sie setzte die Flasche an den Mund und leerte sie in einem Zug. »Jetzt schon.«

Den Weg zum Präsidium legten sie schweigend zurück. Bevor sie Roland Kirchberger zum Verhör abholten, schauten sie kurz beim SOKO-Leiter vorbei.

»Habt ihr schon Informationen zu Marilene Hübners Finanzen?«, fragte Anna. Mit Betreten der Dienststelle schien sie sich wieder gefangen zu haben.

»Noch nicht.« Alex Wolf rieb sich die Augen. »Auch nichts von Interesse, was die Familie angeht.«

»Was ist mit Rainer?«

»Der meinte, sie brauchen mindestens eine Woche, um das gesamte Haus abzuarbeiten.«

Anna stöhnte. »Na, prima.«

»Wie sieht's bei euch aus?«, erkundigte sich Alex Wolf.

Markus fasste zusammen, was sie herausgefunden hatten.

»Ich sage Eva und Helmut, sie sollen versuchen, mehr über diesen Sami in Erfahrung zu bringen«, sagte der SOKO-Leiter. »Findet ihr raus, woher die Bilder in der Wohnung stammen. Und ob Kirchberger wusste, dass das Opfer die Dinger gehortet hat.«

»Mich interessiert im Moment vor allem, wer der Typ aus dem Club ist«, sagte Markus.

»Mich auch«, murmelte Anna. »Ich hole Kirchberger aus

dem Gewahrsam, du sagst Julia Bescheid«, setzte sie hinzu, bevor sie aus Alex Wolfs Büro verschwand.

⊡

Während sich Anna sich auf den Weg zu den Gewahrsamszellen machte, starrte Roland Kirchberger mit leerem Blick an die gegenüberliegende Wand. Dort hatten sich mehrere Insassen mit dämlichen Sprüchen verewigt, die sie mit irgendwas in die Wand geritzt hatten. Das Ganze war zwar schon ein paar Mal überstrichen worden, doch die eine oder andere Weisheit konnte man immer noch lesen. Inzwischen hatte Roland jegliches Zeitgefühl verloren und war einfach nur froh, dass das sterile Weiß das Meer aus roter Farbe in seinem Kopf übertünchte. Nachdem einer der Beamten ihm etwas zu trinken gebracht hatte, hatte er eine weitere Pille genommen. Einerseits, weil es den Aufruhr in seinem Inneren beruhigte, andererseits, weil er Anna sein Wort gegeben hatte. Er wusste nicht, wie lange er schon so dasaß und die Wand ansah, als sich Schritte seiner Zelle näherten. Wenig später wurde ein Schlüssel ins Schloss gesteckt und Anna erschien auf der Schwelle.

»Wir müssen Sie noch mal befragen«, sagte sie förmlich.

Hinter ihr lauerte der Uniformierte vom Polizeigewahrsam.

Roland suchte ihre Augen, doch Anna wich seinem Blick aus. Hatte sie etwas herausgefunden, das ihn entlastete? Oder glaubte sie inzwischen das, was Roland fürchtete: dass er tatsächlich etwas mit Marilenes Tod zu tun hatte? Er unterdrückte ein Seufzen und erhob sich von der Plastikmatratze.

»Kommen Sie«, sagte Anna.

»Soll ich euch begleiten?«, wollte der Uniformierte wissen.

Anna schüttelte den Kopf. »Alles in Ordnung, ich schaffe das.« Sie griff nach Rolands Oberarm und führte ihn durch den Raum mit den Computern hinaus auf den Korridor. Sobald sie ein paar Schritte gegangen waren und sie sicher war, dass die Luft rein war, hielt sie an und sah zu Roland auf. »Bist du schwul?«, fragte sie ohne Umschweife.

Roland zog verdattert die Augenbrauen hoch. »Was? Wie kommst du denn darauf?«

»Bist du oder bist du nicht?«

»Nein. Noch nie gewesen. Ist nicht mein Ding.« Er schüttelte den Kopf. »Was hat das denn mit Marilene zu tun?«

»Du warst mit einem Mann zusammen im *King's Club*«, sagte Anna. Sie hielt ihm ihr Handy vor die Nase. »Mit diesem hier. Wer ist das?«

Roland kniff die Augen zusammen. Beim Anblick des Kerls, der den Arm um ihn gelegt hatte, klingelte absolut nichts bei ihm. »Den hab ich noch nie gesehen«, sagte er, hob aber sofort die Hand. »Bewusst.«

Anna schnaubte. »Andere Frage: Wusstest du, dass Marilene haufenweise Bilder von dir bei sich zu Hause hat?«

Das überraschte Roland beinahe noch mehr als der Typ auf dem Foto. »Bilder von mir? Wieso denn das?«

»Das solltest du uns sagen«, brummte Anna. »Komm, wir können Markus nicht ewig warten lassen. Sag nichts, womit du dich noch tiefer in den Schlammassel reinziehst. Verstanden?«

Roland nickte. »Ich werd's versuchen.«

Kapitel 16

Stuttgart, 8. November 2015

Die Befragung brachte nicht viel Neues. Zu Annas Erleichterung hielt sich Roland an ihren Rat und hatte auf beinahe alle Fragen dieselbe Antwort: er konnte sich nicht erinnern. Die einzige neue Erkenntnis war, dass er sich in letzter Zeit öfter verfolgt gefühlt und dass Marilene sich manchmal komisch verhalten hatte. Daran war ihr neuer Freund schuld, hatte Roland angenommen, da Marilene ihn zwar erwähnt aber ihm nie vorgestellt hatte. Wie die Bilder zu ihr nach Hause gekommen waren, konnte er sich nicht erklären.

Den Rest des Tages drehten sie sich mehr oder weniger im Kreis, weshalb Anna froh war, als es endlich Zeit war für den *King's Club*.

»Willst du dich nicht ein bisschen aufbrezeln?«, scherzte Markus, als sie um kurz vor neun das Büro verließen.

Anna schnitt eine Grimasse. »Ganz sicher nicht. Ich bin froh, wenn wir da so schnell wie möglich wieder raus sind. Ich bin müde, hab die Schnauze voll und würde jetzt tausendmal lieber mit Jens einen Film angucken.«

Markus lachte. »Glaub mir, ich würde auch lieber mit Bea ...« Er brach den Satz ab, als Anna ihm einen bösen Blick zuwarf.

»Show time«, brummte sie. »Ich hoffe, Lenny und Chico sind so richtige Partytiger.«

Als sie beim *King's Club* ankamen, war da allerdings noch ziemlich tote Hose. Den mangelnden Andrang nutzte Anna, um den beiden Türstehern den Screenshot zu zeigen.

»Kann mich nicht an die beiden erinnern«, sagte der Größere, nachdem er das Foto eingehend betrachtet hatte. Sein Hals war beinahe so dick wie Annas Oberschenkel, was Markus sichtlich beeindruckte.

Auch sein Kollege war gebaut wie eine Schrankwand. »Hat Ähnlichkeit mit Lenny«, sagte er und bestätigte damit die Vermutung des Geschäftsführers.

Den trafen Anna und Markus hinter der Bar an, wo er eigenhändig Cocktails mixte. Anders als am Morgen sah er jetzt nicht mehr verknittert aus, sondern ziemlich schick.

Was eine Rasur und ein paar Stunden Schlaf ausmachen können, dachte Anna. »Haben Sie Lenny oder Chico schon gesehen?«, fragte sie und warf einen Blick in die Runde. Die Lichtorgel an der Decke tauchte alles abwechselnd in grünes, rotes, gelbes und blaues Licht, was bei der knallroten Einrichtung in den Augen weh tat. Aus den Lautsprechern plärrte »Zombie« von den Cranberries.

»Nein.« Der Manager goss Ananassaft in einen Shaker und gab einen Löffel Kokosmilch und Eis dazu. Dann schüttelte er das Ganze, füllte es in ein Glas mit einer Scheibe Ananas am Rand um und stellte es vor Anna auf den Tresen. »Geht aufs Haus.«

Anna wollte protestieren, aber er winkte ab. »Für Sie auch was?«, fragte er Markus. Der bestellte sich einen Orangensaft und nuckelte wenig später an seinem Strohhalm. »Was hältst du von Kirchbergers Theorie, dass ihm jemand nachspioniert hat?«

Anna zuckte die Achseln. Was sie wirklich davon hielt, wollte sie Markus nicht sagen. Denn je tiefer sie in den Fall eindrangen, desto mehr zweifelte sie an Rolands Schuld. Wieso hatte Marilene Hübner so viele Bilder von ihm zu Hause gehortet? Und wer zum Geier war dieser Sami? Von der Beschreibung her passte er nicht zu dem Typen in dem Überwachungsvideo des Clubs. Aber die Sache mit den blauen Flecken gab Anna zu denken. Wenn sie doch nur schon die Ergebnisse des Bluttests hätten!

»Ich glaube, die Nachbarin hatte Recht«, unterbrach Markus ihre Gedanken. »Und Kirchberger ist ...« Er ließ den Zeigefinger neben der Schläfe kreisen genau wie die Graugelockte.

Anna nahm hastig einen Schluck Virgin Colada, um nichts Unüberlegtes zu sagen. Zum Glück trudelten in diesem Moment die ersten Paradiesvögel ein und lenkten Markus von ihr ab. Mit unverhohlener Neugier beäugte er eine Gruppe von Männern in enganliegenden Schlauchkleidern, deren Perücken zu Turmfrisuren toupiert waren. Dunkler Lidschatten und violetter Lippenstift dominierten, nur eine der »Damen« hatte sich in grellem Pink geschminkt. Dieser Gruppe folgten zwei Vollbusige in neonfarbenen Leggins, Basketballstiefeln und bauchfreien Tops. Ihre Figur ließ Anna neidisch werden. Im Hintergrund ermahnte inzwischen Oasis, dass man nicht im Ärger zurückschauen sollte, und erinnerte sie an ihre Schulzeit. Überhaupt brachten all die Haartollen, Dauerwellen, Hüfthosen, Arschgeweihe und Blümchenoberteile Bilder mit sich, die sie das Gesicht verziehen ließen. Als ein paar Kerle in Holzfällerhemden und Cowboystiefeln auftauchten, hätte sie beinahe gestöhnt. Tattookettchen, Netzshirts, Jeanskleider und Hüte in allen Formen und Farben folgten. Nicht einmal die getönten Sonnenbrillen fehlten, obwohl sie im Schummerlicht des Clubs absolut keinen Sinn machten. Von Lenny oder Chico war allerdings weit und breit keine Spur zu entdecken.

Während es immer voller und lauter wurde, behielt Anna den Eingang im Auge. Markus sah sich im Club um. Überall wurde geknutscht und gefummelt, geflirtet und gekichert. Ein Kleeblatt Lesben im Fußballer-Outfit musterte Anna interessiert, der Rest schien zu spüren, dass Markus und sie nicht dazugehörten.

Es war bereits kurz nach zehn, als der Geschäftsführer Anna zuraunte: »Sie haben Glück. Da sind sie. Alle beide.« Er zeigte unauffällig zum Eingang, wo in diesem Moment zwei hochgewachsene Männer in Latzhosen auftauchten; weiße T-Shirts betonten ihre muskulösen Oberarme.

»Latzhosen? Ehrlich?« Markus verzog das Gesicht, als ob er in eine Zitrone gebissen hätte.

»Können wir die beiden in Ihrem Büro befragen?«, erkundigte sich Anna.

Der Clubmanager nickte. »Sie wissen ja, wo.« Er schob Anna einen Schlüssel über den Tresen.

»Na, dann auf ins Vergnügen«, sagte sie und rutschte vom Barhocker. Mit Markus im Schlepptau schlängelte sie sich durch die bunte Menge, bis sie die beiden Neuankömmlinge erreicht hatten. »Guten Abend«, sagte sie und hielt ihren Dienstausweis hoch. »Wir würden Ihnen gerne ein paar Fragen stellen.«

Sowohl Lenny, als auch Chico – wer war wer? – guckten entgeistert aus der Wäsche. »Uns?«, fragte der Kleinere. »Warum?«

»Das würden wir Ihnen gerne in Ruhe sagen«, mischte sich Markus ein. »Würden Sie uns bitte folgen.« Obwohl die beiden Männer nicht aggressiv wirkten, stellte er sich so hin, dass er ihnen den Weg nach draußen abschnitt. »Bitte.« Er machte eine einladende Handbewegung in Richtung Büro.

Anna bat sie, sich zu setzen und wählte selbst die Schreibtischkante. Markus blieb mit verschränkten Armen an der Tür stehen. Im Dämmerlicht des Barbereiches hatte sie die Männer auf Anfang dreißig geschätzt. Hier, unter der grellen Neonröhre, sah sie jedoch, dass sie mindestens Mitte vierzig sein mussten.

»Also, was gibt es?«, fragte der Ältere.

»Sind Sie Lenny?«

»Nein, ich bin Chico.«

»Würden Sie uns bitte Ihre bürgerlichen Namen sagen?« Anna zückte ihren Notizblock.

»Erst, wenn wir wissen, worum es hier geht. Wird uns etwas vorgeworfen? Oder ist das wieder die übliche Schikane?« Lenny wirkte eher genervt als ärgerlich.

»Es kann sein, dass wir Ihre Zeugenaussage in einer Sache brauchen, in der wir im Moment ermitteln«, erklärte Markus.

»Also, bitte, Ihre Namen«, Anna hob demonstrativ den Stift.

»Markus Bauer«, brummte Lenny.

»Jan Bauer.«

»Sind Sie …?«

»Nein. Wir sind Brüder.« Chico fuhr sich mit der Hand übers Kinn. »Ich bin Zahnarzt, er ist Krankenpfleger. Reicht das?«

Anna nickte. Das sollte vorerst genügen. Jetzt, wo sie die beiden aus der Nähe sah, war sie nicht mehr sicher, ob einer von ihnen tatsächlich der Kerl auf dem Video sein konnte. Irgendwie wirkten sie zu zahm. »Waren Sie gestern auch hier?«, fragte sie.

Die beiden nickten.

»Von neun bis halb zwei«, informierte Lenny sie.

»Ich nur bis halb eins.« Chico lächelte, als er sich offenbar an etwas erinnerte. »Brauchen Sie Alibis von uns?«

»Kann jemand bezeugen, dass Sie hier waren?«, hakte Markus nach.

Lenny lachte. »Klar. Ich habe mit mindestens drei Typen geflirtet, bevor ich mit Ivo nach Hause gegangen bin.«

»Ich war den ganzen Abend mit jemandem zusammen.« Chico streckte die Hand aus. »Geben Sie mir Ihren Block, dann schreibe ich Ihnen den Namen auf.

Lenny tat es ihm gleich.

Anna warf einen Blick auf die Namen und überlegte kurz. Dann zog sie ihr Handy aus der Tasche, um den beiden den Screenshot zu zeigen. »Erkennen Sie einen der beiden?«, fragte sie.

Lenny und Chico beugten sich über das Bild und betrachteten es beinahe eine Minute lang. Dann schüttelten sie den Kopf. »Der Große wäre mir sicher aufgefallen, wenn er öfter hier wäre«, gab Chico zu. »Der andere ...« Er zuckte die Achseln. »Nicht mein Typ.«

Nachdem sie den beiden, dem Geschäftsführer und dem Besucher, noch ein paar Fragen zum Club gestellt hatten, ließen sie sie gehen.

»Das überprüfen wir morgen«, sagte Anna mit einem Gähnen. »Ich will nur noch ins Bett.« Da sie mit ihrem Audi zum Club gefahren war, musste sie nicht nochmal zurück zur Dienststelle und war eine gute halbe Stunde später in Tübingen.

Jens war noch auf und wartete auf dem Sofa auf sie. »Wie schlimm ist es?«, wollte er wissen.

Anna streifte ihre Schuhe ab und winkte ab. »Frag nicht.«

Kapitel 17

Stuttgart, 9. November 2015

Als Anna am nächsten Morgen um kurz nach sieben das Präsidium betrat, erwartete sie eine böse Überraschung. »Komm in mein Büro, sobald du da bist. Allein«, stand auf einem Zettel, den Alex Wolf auf ihre Computertastatur geklebt hatte. Augenblicklich kehrte das dumpfe Vibrieren in Annas Bauch zurück. Was war denn jetzt los? Wollte ihr Chef, dass sie Roland dem Haftrichter vorführte? Oder war über Nacht irgendwas mit ihm passiert? Hatte er in der Zelle randaliert? Oder Schlimmeres? Sie fuhr sich mit der Zungenspitze über die plötzlich trockenen Lippen und versuchte, die Sorge im Zaum zu halten. Dann gab sie sich einen Ruck und machte sich auf etwas unsicheren Beinen auf zum Büro ihres Chefs. »Du wolltest mich sprechen«, sagte sie, als sie den Raum betrat.

Der SOKO-Leiter saß mit einer steilen Falte zwischen den Brauen an seinem Schreibtisch und bedachte sie mit einem grimmigen Blick. »Mach die Tür zu«, brummte er.

Keine Begrüßung, kein Lächeln. Das konnte ja heiter werden.

»Setz dich«, sagte er kühl.

Annas Handflächen fühlten sich mit einem Mal feucht an. Irgendetwas stimmte nicht. So brummig hatte sie Alex Wolf schon lange nicht mehr erlebt. »Was gibt's?«, fragte sie. »Hat sich was Neues ergeben?«

Ihr Chef setzte die Lesebrille ab, rieb sich die Augen und schnaubte. »Das kannst du laut sagen.« Er lehnte sich in seinem Schreibtischstuhl zurück und verschränkte die Arme vor der Brust. »Ich habe vorhin einen überaus interessanten Anruf erhalten«, fuhr er fort, bevor Anna etwas erwidern konnte. »Der Anrufer wollte zwar seinen Namen nicht nennen, aber was er mir zu sagen hatte, fand ich äußerst aufschlussreich.«

Anna schluckte mühsam. Sie ahnte, was jetzt kommen würde.

»Stimmt es, dass Roland Kirchberger dein leiblicher Vater ist?«

Obwohl sie die Frage erwartet hatte, traf sie sie wie ein Schlag.

Alex Wolfs Blick war wie ein Suchscheinwerfer, der die Tiefe ihres Lügengespinsts ausloten wollte. »Entspricht das der Wahrheit?«, wiederholte er die Frage. »Und, falls ja, wann wolltest du mich darüber informieren?«

Anna räusperte sich. Sollte sie alles abstreiten? Das hatte vermutlich wenig Sinn. »Wer …?«, hob sie an, dann fiel ihr ein, dass Alex gesagt hatte, der Anruf sei anonym gewesen.

»Es stimmt also.« Die Enttäuschung war nicht zu überhören. »Was soll der Mist, Anna? Du weißt, dass ich dich sofort von dem Fall abziehen muss. Was hast du dir dabei gedacht?« Er holte tief Luft und schüttelte den Kopf. »Hast du dir überhaupt was gedacht?«

Anna hob hilflos die Schultern. »Er hat mich angerufen«, murmelte sie schließlich. »Er war völlig durcheinander. Zuerst dachte ich, er würde sich was zusammenspinnen. Aber als tatsächlich eine Leiche in seinem Atelier lag, hab ich nicht viel nachgedacht, nein. Ich wollte nur so schnell wie möglich rausfinden, wer Marilene Hübner getötet hat.«

»Und da fandest du, es wäre hilfreich, wenn die Tochter im Fall ihres Vaters ermittelt?« Alex Wolf klang fassungslos. »Herrgott, Anna! So dämlich kann man doch gar nicht sein!« Er schüttelte ärgerlich den Kopf. »Du weißt, was ich jetzt tun muss.«

Anna nickte.

»Geh nach Hause und bau Überstunden ab. Du bist ab sofort von dem Fall abgezogen. Ich will dich nicht mal in der Nähe der Dienststelle sehen, bis die Angelegenheit geklärt ist oder wir einen anderen Fall haben. Hast du das verstanden?«

»Bin ja nicht taub«, patzte Anna. Bevor Alex Wolf mit seiner Tirade fortfahren konnte, fragte sie: »Was hat der Anrufer gesagt? Kannst du dich an den genauen Wortlaut erinnern?«

»*Das* ist jetzt wirklich nicht wichtig!«

Für mich schon, dachte Anna. Wenn ihr Verdacht stimmte, wusste sie, wem sie den Schlammassel zu verdanken hatte. Diese verdammte Presse! »Interessiert dich, was wir gestern Abend im Club rausgefunden haben?«, fragte sie trotzig.

»Ja, das interessiert mich«, gab ihr Chef zurück. »Aber das kann Markus uns in der SOKO-Besprechung erzählen. Du. Gehst. Nach. Hause. Mach was mit Jens, fahr Rad oder tu sonst irgendwas. Aber mach, dass du hier raus kommst.«

Anna konnte verstehen, dass er wütend war. Wäre sie an seiner Stelle auch gewesen. Aber sie konnte nicht zulassen, dass die anderen vorschnell über Rolands Schuld urteilten. »Er war es nicht«, sagte sie, als sie sich erhob. »Das sage ich nicht nur, weil er mein Vater ist.« Sie legte die Hand auf ihren Bauch. »Sonst verlässt du dich auch auf mein Bauchgefühl. Und das sagt mir eindeutig, dass hier etwas ganz anderes gespielt wird. Roland ist nur der Sündenbock.« Die Genugtuung, ihn endlich beim Vornamen nennen zu können, war seltsam. Trotzdem fühlte es sich gut an.

»Das wird sich im Lauf der Ermittlungen rausstellen«, gab Alex Wolf zurück. »Bis dahin haben wir keine andere Wahl, als ihn nach Stammheim zu schicken. Das weißt du«, setzte er hinzu, als Anna protestieren wollte.

»Kann ich wenigstens noch kurz mit ihm sprechen?«, wollte sie wissen.

»Nur, wenn Markus dabei ist.«

Na, super, dachte Anna. Der würde ganz sicher schmollen, wenn er jetzt erst erfuhr, dass Roland und Anna verwandt waren. »Hast du ihm schon gesagt …?«

»Nein. Das überlasse ich dir.«

Zu Annas Erstaunen war Markus nicht halb so überrascht, wie sie vermutet hatte. Zwar bedachte er sie mit einem vorwurfsvollen Blick, die Vorhaltungen blieben jedoch aus.

»Ganz ehrlich? Nach dem Getuschel, das du und Bea am Tatort abgezogen haben, dachte ich mir schon, dass irgendwas nicht stimmt«, gestand er. »Und als ich gestern versucht habe, Bea den Grund dafür aus der Nase zu ziehen, hat sie mich abblitzen lassen. Allerdings hatte ich eher vermutet, dass ihr beiden mal was miteinander hattet. Dass er dein Vater ist, darauf wäre ich nie gekommen.«

»Ging mir genau so«, murmelte Anna, als sie sich an den Moment erinnerte, an dem ihre Mutter ihr die Neuigkeiten eröffnet hatte. »Tust du mir einen Gefallen?«, fragte sie.

»Wenn ich kann.«

»Sorg bitte dafür, dass er vor zwei Uhr eingeliefert wird. Du weißt, was ihm sonst bevorsteht.«

Markus nickte. »Das sollte machbar sein.«

»Und noch was«, setzte Anna hinzu, der just in diesem Augenblick etwas eingefallen war. »Ich brauche kein Kindermädchen. Lass mich alleine mit Roland reden. Bitte.«

Markus stöhnte. »Mann, du weißt echt, wie man andere in die Bredouille bringt«, schimpfte er. »Wenn Alex davon erfährt, reißt er mir den Kopf ab.«

»Geh solange in die Kantine und trink einen Kaffee«, schlug Anna vor. »Ich brauche nicht lange. Ich will Roland nur darauf vorbereiten, was ihm bevorsteht.« Außerdem wollte sie ihm ohne neugierige Dritte versprechen, dass sie sich nicht einfach von dem Fall abziehen ließ. Wenn sie nicht offiziell ermitteln durfte, musste sie es eben inoffiziell tun!

»Meinetwegen«, sagte Markus. »Aber beeil dich. Die SOKO-Besprechung fängt bald an.«

»Hast was gut bei mir.« Im Laufschritt begab sich Anna ins Erdgeschoss zum Erkennungsdienst und fiel bei Dieter Epple sofort mit der Tür ins Haus. »Ich brauche so schnell wie möglich ein Phantombild«, sagte sie.

»Dir auch einen guten Morgen«, scherzte Dieter. Er hatte

seine gelbe Brille gegen eine grüne getauscht und schien guter Dinge zu sein.

»Ja, sorry, Morgen.« Anna warf einen kurzen Blick in Richtung der Zellen. Erst das Phantombild, dann Roland. Wenn sie nichts in der Hand hatte, das sie herumzeigen konnte, würden ihre Ermittlungen in einer Sackgasse landen. »Können wir das schnell machen?«, fragte sie. »Ich brauche es für die SOKO-Besprechung.« Sie konnte nur hoffen, dass die Lüge nicht aufflog.

»Du weißt aber schon, dass ich nicht hexen kann.« Dieter Epple erhob sich von seinem Stuhl und gab Anna zu verstehen, ihm zu folgen. In einem kleinen Nebenraum setzte er sich vor einen Rechner mit *Photoshop* und sagte: »Leg los.«

Es dauerte keine Viertelstunde, bis ein Bild aus dem Drucker kam, das Anna zufriedenstellte. So hatten die Unterrieders diesen Sami beschrieben. »Danke, du bist unschlagbar.« Sie klopfte Dieter auf die Schulter. »Jetzt muss ich nur noch kurz mit dem Gefangenen reden, dann bist du mich los.«

Als sie die Tür zu Rolands Zelle aufschloss, saß der an dem kleinen Tischchen und kritzelte auf einem Blatt Papier herum, das er sich vermutlich von den Kollegen hatte geben lassen. Er steckte immer noch in dem Spusi-Overall.

»Kann ich gehen?«, fragte er, nachdem er Anna begrüßt hatte. »Hast du andere Sachen für mich dabei?« Er zupfte am Ärmel des Einweganzuges.

Anna schüttelte den Kopf. »Leider nicht.« Sie suchte nach den richtigen Worten. »Es tut mir leid«, sagte sie schließlich, »mein Chef hat herausgefunden, dass du ... dass wir verwandt sind. Er hat mich von dem Fall abgezogen. Ich habe meinen Kollegen gebeten, dafür zu sorgen, dass sie dich nicht zu spät nach Stammheim bringen.«

Roland zog die Unterlippe zwischen die Zähne und kaute darauf herum; in der gleichen Art und Weise, wie Anna es immer tat.

»Hör zu«, sagte sie, »ich bleibe an dem Fall dran. Egal, was die anderen denken, ich weiß, dass du es nicht warst.« Sie hielt das Phantombild hoch. »Erkennst du den Typen jetzt?«

»Ist das Marilenes Freund?« Roland kniff die Augen zusammen, um besser sehen zu können.

»Ja. Hast du den schon mal gesehen?«

»Kann sein, dass er sie mal in der Galerie abgeholt hat, irgendwie kommt er mir bekannt vor. Ich bin mir aber nicht sicher, woher ich ihn kenne.«

»Vielleicht weiß Carla etwas über ihn«, sagte Anna. Rolands zweite Assistentin kannte Marilene vielleicht besser als ihr Chef. »Bist du immer noch sicher, dass du keinen Anwalt willst?«

Roland nickte. »Absolut.«

Seine Sturheit war enervierend. Nachdem Anna ihm kurz erklärt hatte, wie die Sache mit dem Haftrichter und der Überstellung in die JVA ablaufen würde, sagte sie: »Ich werde versuchen, dich so schnell wie möglich wieder da raus zu holen. Versprochen. Und wenn dir etwas einfällt, versuch, mich anzurufen.«

»Wenn du wüsstest, wie sehr ich mir wünsche, mich endlich erinnern zu können«, seufzte Roland. »Habt ihr schon Ergebnisse zu meinem Bluttest.«

»Leider nicht.«

Roland nahm ein Blatt Papier vom Tisch und schrieb etwas darauf. »Zeig das Carla. Sie soll dir die Schlüssel für die Galerie geben. Vielleicht findest du da irgendwelche Hinweise, wieso Marilene die Bilder zu Hause hatte.« Er kramte einen weiteren Zettel hervor. »Das sind die Titel der Bilder, die du mir gezeigt hast. Marilene hat die Buchhaltung gemacht. Vielleicht tauchen sie da auf.« Einen Augenblick schien es, als wolle er noch etwas hinzufügen. Doch er schwieg.

Die Situation war skurril. Auch Anna wusste nicht, was sie sagen sollte. Als Roland einen Schritt auf sie zumachte und sie unvermittelt an sich zog, wurde ihr die Kehle eng.

»Falls du rausfindest, dass ich es war«, murmelte er, »tut es mir leid.«

KAPITEL 18

STUTTGART, 9. NOVEMBER 2015

Anna war schon lange nicht mehr so den Tränen nah gewesen wie in dem Moment, in dem sie Rolands Zelle verließ. Seine Hilflosigkeit und seine Selbstzweifel schnitten ihr ins Herz und machten sie unglaublich wütend. Wer tat jemandem wie Roland und Marilene so etwas an? Was war das Motiv? Wer profitierte von Marilenes Tod und davon, dass Roland ins Gefängnis musste? War das geplant? Oder war er zur falschen Zeit am falschen Ort gewesen? Anna biss die Zähne aufeinander, um einen Fluch zu unterdrücken. Was sollte die SMS? Und warum hatte man ihn in den Club gelockt? Wenn Marilene und ihr Freund seine Bilder stahlen, warum waren sie dann noch in ihrer Wohnung? Und weshalb hätte dieser Sami sie töten sollen? Es war einfach zum Auswachsen! Je mehr sie die Fakten drehte und wendete, desto weniger Sinn schienen sie zu ergeben. Auf dem Weg zurück zum D11 machte sie eine Kopie von dem Phantombild, das sie bei Markus auf den Schreibtisch legte. »Das ist Sami. Ruf mich nach der Besprechung kurz an«, schrieb sie auf einen Zettel und klebte ihn darauf. Dann verließ sie sein Büro.

Das Dezernat war wie ausgestorben. Aus dem SOKO-Raum drang das gedämpfte Gemurmel von Stimmen in den Korridor. Obwohl die Versuchung, an der Tür zu lauschen, groß war, widerstand Anna dem Drang und legte stattdessen ihre Dienstwaffe in den Spind. Bei Julia im Geschäftszimmer klebte sie die kleine Magnetpalme hinter ihren Namen.

»Urlaub? Jetzt?«, fragte Julia erstaunt.

»Überstundenabbau«, war Annas knappe Antwort. Sie hatte jetzt wirklich keine Lust, Julia zu erklären, warum Alex Wolf sie von dem Fall abgezogen hatte. Zurück auf dem Korridor überlegte sie einen Augenblick, bevor sie zum Klo ging, um sich eine Handvoll kaltes Wasser ins Gesicht zu klatschen. Sie fühlte sich erhitzt, beinahe fiebrig. Nachdem sie sich abgetrocknet hatte, starrte sie einige Sekunden in den Spiegel. Was sollte sie jetzt tun? Zuerst zu den Unterrieders oder in die Galerie? Oder …? Die Wut war wie ein Strudel, der sie ergriff und mit sich zog. Sie sah auf die Uhr. Wenn sie Glück hatte, waren die Unterrieders noch nicht bei der Arbeit. Sie verließ die Toilette und machte sich auf den Weg zum Ausgang. Währenddessen versuchte sie, sich nicht auszumalen, was ihre Kollegen in der SOKO-Besprechung über sie sagten. Innerhalb von wenigen Stunden war sie von der Hauptsachbearbeiterin zur Angehörigen eines Beschuldigten geworden. »Was für ein Mist!«, zischte sie, als sie die Treppen hinunter zum Drehkreuz stürmte. Wenig später saß sie im Audi und widerstand nur mühsam der Versuchung, Jens anzurufen. Der steckte nämlich mit Sicherheit mitten im Unterricht und konnte ohnehin nicht ans Handy gehen.

Obwohl ihr Alex Wolf den Marsch blasen würde, wenn er herausfand, dass sie auf eigene Faust ermittelte, fuhr sie vom Parkplatz und reihte sich in die Autoschlange an der Ampel ein. Aufgrund des dichten Berufsverkehrs dauerte es beinahe eine halbe Stunde, bis sie endlich die Tölzer Straße erreichte. Dort war von den Kriminaltechnikern zum Glück keine Spur zu entdecken, weshalb keine Gefahr bestand, dass sie jemand bei ihrem Chef verpetzte. Ohne lange über die Konsequenzen nachzudenken, drückte Anna den Klingelknopf der Unterrieders.

»Ja?« Offensichtlich war Frau Unterrieder zu Hause.

»Anna Benz von der Kripo.«

»Kommen Sie rauf.« Der Türöffner summte.

Frau Unterrieder erwartete Anna bereits, als sie im dritten

Stock ankam. Anders als gestern steckte sie in einem eleganten Kostüm und hatte die Haare hochgesteckt. »Ich habe nicht viel Zeit«, sagte sie. »Ich muss gleich zur Arbeit. Mein Mann ist schon weg.«

Anna zog das Phantombild aus der Tasche. »Ich halte Sie nicht lange auf«, versprach sie. »Ist das der Mann, den Sie mit Marilene Hübner zusammen gesehen haben?«

Frau Unterrieder betrachtete das Bild kritisch. »Ja«, sagte sie schließlich. »Bis auf das Kinn stimmt alles. Das war ein bisschen breiter. War's das?«

»Ja, danke.« Anna zögerte einen Augenblick. Dann setzte sie hinzu: »Sie haben nicht zufällig einen Schlüssel für Marilenes Wohnung?«

Frau Unterrieder verneinte. »Ihre Kollegen waren doch gestern drin. Haben die keinen Schlüssel?«

»Die kommen erst später«, sagte Anna. Sie musste der Frau nicht auf die Nase binden, dass die Kriminaltechniker sie nicht in die Wohnung lassen würden, weil sie nicht mehr am Fall arbeitete.

»Tut mir leid«, sagte Frau Unterrieder.

Anna zuckte mit den Achseln. Dann musste Markus ihr eben sagen, was die Spurensicherung sonst noch in Marilenes Wohnung gefunden hatte. Wenn sie sich gestern doch nur genauer umgesehen hätte! Da Frau Unterrieder nervös auf die Uhr sah, bedankte sie sich und verabschiedete sich. Zurück bei ihrem Wagen wollte sie gerade den Motor anlassen, als das Telefon klingelte. Markus.

»Wann hast du das Phantombild machen lassen?«, fragte er ohne Umschweife.

»Vorhin«, gab Anna zurück. »Ihr hättet sowieso eins gebraucht und so hab ich es auch.«

Sie hörte Markus scharf die Luft einziehen. »Du weißt schon, dass du nicht nur dich in die Scheiße reitest, wenn du weiter in dem Fall rumpfuschst«, sagte er. Es war eine Feststellung, keine Frage.

»Ich pfusche nicht«, brauste Anna auf. »Aber was erwartest du denn von mir? Dass ich einfach aufgebe? Herrgott, Roland ist mein Vater!«

»Und genau aus diesem Grund hat Alex dich abgezogen.« Markus klang resigniert. »Du bist nicht objektiv.«

»Ist doch scheißegal, ob ich objektiv bin oder nicht. Er war es nicht. Wenn ihr die Fakten betrachtet, müsst ihr das auch sehen.«

»Leider nicht«, sagte Markus. »Alex sieht es genau wie ich. Die Leiche im Haus, das Blut an der Kleidung, die Tatwaffe im Farbeimer, die SMS, die angebliche Gedächtnislücke. Wenn Rainer nicht noch was Entlastendes findet ...«

»Was ist mit dem Bluttest?«, fragte Anna so ruhig sie konnte.

»Noch keine Ergebnisse. Auch nicht vom Opfer.«

»Haben Eva und Helmut was zu diesem Sami rausgefunden?«

»Auch nicht.«

»Schick sie nochmal mit dem Phantombild los.« Anna hörte selbst, wie verzweifelt sie klang. »Irgendjemand *muss* den Typen kennen! Und was ist mit Marilene Hübners Finanzen?«

Markus seufzte. »Anna, gestern war Sonntag. Jetzt ist es gerade mal halb neun. Die Bank hat noch nicht mal geöffnet.«

»Verdammt!« Anna schlug mit der Faust aufs Lenkrad. »Weißt du, was mit jemandem wie Roland in Stammheim passiert?« Sie hörte, wie belegt ihre Stimme klang, was sie nur noch wütender machte.

»Da gibt es Vollzugsbeamte«, versuchte Markus, sie zu beruhigen. »Außerdem kann er den ganzen Tag in seiner Zelle bleiben, wenn er will. Du solltest dir keine Sorgen um ihn machen. Vielleicht ist er da sogar besser aufgehoben als in einem Hotel. Oder bei Verwandten.« Er räusperte sich. »Wenn es so ist, wie du denkst, und er auch ein Opfer ist, dann ist er dort sicher. Vielleicht hat man ihn wirklich verfolgt. Das wird sich zeigen.«

Anna hörte deutlich, dass Markus nicht eine Sekunde daran glaubte. Für ihn war Roland schuldig.

»Ich weiß, dass es nichts bringt«, setzte er hinzu, »aber es wäre wirklich besser, wenn du dich raushältst.«

»Vertraust du mir?«, fragte Anna.

»Ja, schon …«

»Dann vertrau mir einfach auch jetzt. Roland war es nicht.«

Markus seufzte. »Du bist ein Dickschädel.« Damit legte er auf.

Anna starrte eine Weile auf das Telefon, ehe sie nochmal auf die Uhr sah. Zu früh für die Galerie. Aber auf keinen Fall zu früh für einen Anruf bei ihrem Bruder, den sie damit hoffentlich aus dem Bett holte. Sie scrollte durch das Telefonbuch, bis sie seine Nummer fand. Der Anblick seines Namens genügte, um sie wieder in Rage zu bringen. Ihre Hand zitterte vor Wut, als sie das Handy ans Ohr presste.

Es klingelte über zwanzig Mal, bis er endlich abnahm. »Kannst du nicht zu vernünftigen Zeiten anrufen?«, blaffte er. »Was willst du?«

Vor ihrem inneren Auge sah Anna sich, wie sie ihm die Hände um den Hals legte und zudrückte. Sie war froh, dass sie sich gegen einen persönlichen Besuch entschieden hatte. »Du weißt ganz genau, was ich will«, zischte sie. »Woher wusstest du, dass ich den Fall übernommen habe?«

Ihr Bruder lachte. Dieses widerliche, gehässige Lachen, das er schon als Kind perfektioniert hatte. Das Lachen, das sie gehört hatte, als er sie vom Fahrrad gestoßen oder mit seiner Luftpistole bedroht hatte. Das Lachen, das sie ihm als Teenager so oft am liebsten aus dem Gesicht geprügelt hätte. Wenn er nicht größer, gemeiner und brutaler gewesen wäre als sie.

»Du liest wohl keine Nachrichten im Internet?«, höhnte er. »Tolles Bild von dir und Wicki.«

»Er heißt Markus.« Anna war so wütend, dass ihre Stimme bebte. Wie hatte sie nur so dämlich sein können, anzunehmen, dass die Abreibung, die Jens ihrem Bruder im Sommer verabreicht hatte, ihn aus ihrem Leben vertreiben würde? Dass die Drohung, die blutige Nase würde ein Nachspiel haben, eine leere gewesen sein könnte? Dazu kannte sie ihn doch viel zu gut! Anderen Leid zuzufügen, machte ihn offenbar immer noch glücklich.

»Dann eben Markus, mir doch Wurst. Und *Roland* ist auch sehr fotogen.« Er betonte den Namen spöttisch. »Schade, dass er ein Mörder ist. Und noch ein größerer Jammer, dass du seinen Fall leider nicht aufklären wirst. Weil ihr ja verwandt seid. Oh, oh.« Er lachte erneut.

Anna sah Rot. »Du bist das widerlichste Arschloch, das ich kenne«, presste sie hervor.

»Aua, das tut mir auch weh.«

»Wenn du mir noch einmal unter die Augen trittst«, drohte Anna nur mühsam beherrscht, »schwöre ich dir, dass du nie wieder ein Instrument anfassen kannst.«

»Ei, genauso aufbrausend wie der Papa«, höhnte ihr Bruder. »Der Apfel fällt …«

Er kam nicht dazu, den Satz zu beende; Anna beendete den Anruf mit einem Fluch. »Ficker! Ficker! Ficker! Ficker!«, stieß sie heftig hervor. Speicheltröpfchen landeten auf dem Lenkrad. Ihr Herz hämmerte so wild, als wolle es ihren Brustkorb sprengen. Die ungezügelte Wut, die sich, als sie ein Kind war, in Tobsuchtsanfällen geäußert hatte, machte ihren Mund trocken und die Handflächen feucht. Die Mordlust war wie eine Droge. Wenn er sich doch nur endlich zu Tode saufen würde! Der Tag, an dem das Schicksal, oder was auch immer, sie von ihm erlöste, würde ein Freudentag sein. Sie umklammerte das Lenkrad und legte die Stirn auf das kühle Leder. Sie musste sich beruhigen. Wenn sie nicht mit klarem Verstand an die Lösung des Falles heranging, würde Roland vielleicht für sehr lange Zeit aus ihrem Leben verschwinden. Und das konnte sie auf keinen Fall zulassen!

Kapitel 19

Stuttgart, 9. November 2015

Roland Kirchberger starrte mit leerem Blick aus dem Fenster des blauen Dienstfahrzeuges, in das man ihn vor einigen Minuten verfrachtet hatte. Die Straßen waren vollgestopft mit Pendlern, aber Roland sah nur das deprimierende Grau des Novembermorgens. Der Streifenbeamte neben ihm musterte ihn neugierig. Roland tat so, als würde es ihm nicht auffallen. Mit einem Anflug von Neid sah er eine Gruppe Jugendlicher an einer Ampel albern – Handys in der Hand, Stöpsel im Ohr. Auch wenn er nicht begriff, warum man sich permanent mit irgendetwas berieseln lassen musste, war ihre Unschuld faszinierend. Er war nie so unschuldig gewesen. Oder vielleicht doch? War es das gewesen, was Sabrina, Annas Mutter, an ihm angezogen hatte? Oder war es sein Talent? Wie so oft in letzter Zeit tauchte ihr Gesicht vor ihm auf, die langen schwarzen Haare, die feurigen dunklen Augen. Sie war eine schöne Frau gewesen. Eine schöne Frau mit einer Seele so kalt wie Eis. Als ihr Schüler hatte er jahrelang für sie geschwärmt, hatte feuchte Träume gehabt, in denen sie die Hauptrolle gespielt hatte. Als sie ihn dann eines Tages zu einer Privatstunde eingeladen hatte, konnte er sein Glück kaum fassen. An diesem Nachmittag, einem schwülen Tag im Juni, hatte sie ihn ins Paradies entführt. So war es ihm jedenfalls vorgekommen, als er in dem abgeschlossenen Kunstraum die Hand unter ihren Rock stecken durfte. Drei Mal hatte sie ihm gestattet, sich zu nehmen, was vorher so unerreichbar erschienen war. Dann hatte sie das Interesse an ihm verloren und ihn in einen bodenlosen Abgrund gestoßen.

Wenn er jetzt daran dachte, kam es ihm beinahe unwirklich vor. Damals hatte er versucht, sich umzubringen. Allerdings hatte ihm für einen Schnitt durch die Pulsadern der Mut gefehlt. Auch mit der sorgfältig geknüpften Vorhangkordel hatte er nicht das anfangen können, was er vorhatte. Und nach einigen Monaten und zahllosen Bildern war der Schmerz schließlich ein wenig verblasst. Dass Anna aus dieser unseligen Verbindung hervorgegangen war, konnte er an manchen Tagen immer noch nicht glauben. Dass auch sie unter Sabrinas Kälte und Narzissmus gelitten hatte, machte ihn nur noch wütender auf seine ehemalige Muse. Ihr früher Tod schien beinahe wie eine Wiedergutmachung, eine neue Chance.

Das abrupte Bremsen des Wagens riss ihn aus den Gedanken. Inzwischen waren sie in einem Stadtteil angekommen, in dem sich altmodische Konditoreien und längst aus der Mode gekommene Geschäfte entlang einer Hauptstraße drängten. Vereinzelte Hausfrauen schleppten Einkaufstaschen und eine S-Bahn sammelte im Schneckentempo Fahrgäste ein. Sobald der alte Mann mit dem Rollator, wegen dem der Fahrer angehalten hatte, die Straße überquert hatte, fuhr er weiter. Wenig später tauchte ein hässlicher Betonklotz am Ende der Straße auf. Links davon befanden sich olivfarbene Wohnblöcke, rechts ein großer Parkplatz. Der Wagen steuerte direkt auf eines von drei riesigen Metalltoren zu, über dem eine rote Ampel leuchtete.

»Bin gleich wieder da«, sagte der Fahrer und stieg aus, um zu einem Glaskasten zu gehen, in dem sich mehrere Justizbeamte befanden.

Der graue Beton hob sich kaum vom farblosen Himmel ab, an dem ein einsamer Vogel Kreise zog. Wie man es von einem Gefängnis erwartete, wirkte alles abweisend und bedrohlich und plötzlich fühlte sich Roland in seinem verknitterten Einwegoverall mehr als unwohl. Ob die Geschichten stimmten, die man immer wieder hörte? Er spürte einen kalten Schauer über seinen Rücken kriechen. Seine Hand umklammerte das Tablettendöschen in seiner Tasche – als könne es ihm Halt geben.

»Grünes Licht«, sagte der Fahrer, als er kurz darauf wieder einstieg.

Und tatsächlich schaltete die Ampel über dem Metalltor von Rot auf Grün.

Viel zu schnell kam der Wagen wieder zum Stehen und der Beamte neben Roland stieg aus, um ihm die Tür zu öffnen. Dem Tor gegenüber erhob sich ein mehrgeschossiger Bau mit kleinen vergitterten Fenstern, links schloss ein flacheres Gebäude an. Gejohle scholl über den Hof, kehlig und aggressiv, sodass Roland ein Prickeln im Nacken spürte.

Von dem Flachbau kam ein Justizvollzugsbeamter auf sie zu, der Rolands Habe von den Polizisten übernahm. Nachdem er die Papiere auf Vollständigkeit überprüft hatte, nickte er. »Ab jetzt übernehmen wir.«

»Alles klar.« Ohne einen weiteren Blick auf ihren Gefangenen stiegen die beiden Polizisten wieder in den Wagen, wendeten und fuhren zurück zum Tor.

»Kommen Sie mit«, forderte der Justizbeamte Roland auf. Er führte ihn auf das flache Gebäude zu, ein paar Treppen hinauf zu einer halb verglasten weißen Gittertür. Dahinter lag ein anthrazitfarben gefliester Korridor, dessen Wände mit braunen Fliesen und quadratischen Glasbausteinen gekachelt waren. Der Beamte führte ihn den Korridor entlang, bis zu einer Tür mit einem Schild »Kammer Aufnahme«. Darunter prangte ein Rauchen-verboten-Schild. Der Raum dahinter war dank einer breiten Front vergitterter Fenster hell und freundlich – und erstaunlich chaotisch. In der Mitte standen zwei Schreibtische – keine Computer –

unter den Fenstern türmten sich Papiere auf braunen Aktenschränken. Links neben der Eingangstür führte eine Tür in einen weiteren Raum, daneben befand sich ein offenes Regal mit Kleidern. Gegenüber der Fensterfront sah Roland eine Reihe von Kabinen, wie man sie aus Kaufhäusern oder aus dem Schwimmbad kannte. Am Kopfende des Raumes stapelten sich Handtücher neben einer Tür, die offensichtlich in einen Duschbereich führte.

»Ziehen Sie sich in einer der Kabinen aus«, bat ihn der Beamte, nachdem er die Papiere bei seinen Kollegen abgegeben hatte. »Warten Sie dort, bis man sie ruft. Ihre Kleider können Sie einfach liegen lassen.«

Roland tat wie geheißen und betrat eine der Kabinen. Darin befanden sich eine Holzbank und ein Haken, der mit einem Holzbrett an der Wand befestigt war.

Es dauerte nicht lange, bis jemand die Tür öffnete. Der Uniform nach handelte es sich um einen Sanitäter. Als der Blick des Mannes auf Rolands Unterhose fiel, sagte er: »Bitte alles ausziehen. Wir müssen Sie untersuchen.«

Widerwillig zog Roland auch die Unterhose aus und versuchte, sich gegen die Erinnerungen aus seiner Schulzeit zu wehren. Der Schwimmunterricht war für ihn immer etwas besonders Furchtbares gewesen, weil er einer der wenigen Jungen gewesen war, denen schon früh Körperbehaarung gesprossen war. Obwohl der Sanitäter diskret weg sah, fühlte er sich wie von einem Röntgengerät durchleuchtet.

»Sind das Ihre Tabletten?«, fragte der Mann, als sein Blick auf die Pillen fiel, die Roland auf die Bank gestellt hatte.

»Ja.«

»Wofür brauchen Sie die?«

»Ich brauche sie eben«, gab Roland zurück. Inzwischen waren drei Vollzugsbeamte im Raum und in der Dusche schien sich auch jemand zu befinden. Er hatte keine Lust, seine Krankheit hier, nackt, vor allen auszubreiten.

»Die müssen Sie erst mal abgeben.«

»Nein!« Panik wollte sich in Roland breit machen, aber er kämpfte erfolgreich dagegen an.

»Wenn unsere Ärztin sie Ihnen verschreibt, bekommen Sie neue aus der Anstaltsapotheke«, versuchte der Sanitäter, ihn zu beruhigen. Er nahm das Döschen an sich und überflog das Etikett. Seine Augenbrauen wanderten nach oben. »Wann haben Sie die letzte Tablette genommen?«, wollte er wissen.

Roland sagte es ihm.

»Gut. Jetzt treten Sie bitte vor, damit ich Sie untersuchen kann.«

Zu seinem Entsetzen sah Roland, dass sich der Mann Latexhandschuhe überzog. »Was ...?« Er zeigte auf die Handschuhe.

»Tut mir leid, das ist Standard. Wir müssen sie komplett ansehen. Inklusive aller Körperöffnungen.«

Kapitel 20

Stuttgart, 9. November 2015

Als Roland eine Viertelstunde später aus der Dusche kam, war die Scham zwar nicht abgewaschen, aber nicht mehr ganz so präsent. Dennoch mied er die Blicke der Anwesenden, trocknete sich so schnell wie möglich ab und riss dem Vollzugsbeamten fast die frische Unterhose aus der Hand.

»Haben Sie private Kleidung dabei?«, fragte ein Beamter, der vorher nicht im Raum gewesen war.

Roland schüttelte den Kopf.

»Dann werden Sie von uns eingekleidet.«

»Darf man denn seine eigenen Kleider tragen?«, fragte Roland.

»Ja. Aber nur, wenn Sie zwölf komplette Garnituren haben. Also zwölf Unterhosen und zwölf Paar Socken«, erklärte der Beamte.

Da Roland nicht einmal eine eigene Hose, geschweige denn Schuhe dabei hatte, schlüpfte er in Jeans und Hemd. Socken und Schuhe, erklärte der Beamte, gab es nebenan in der »Ausstattung«.

»Zuerst müssen wir aber im Fotoraum noch Bilder von Ihnen machen und Ihnen ein paar Fragen stellen. Wollen Sie Zigaretten oder Briefmarken kaufen?«

Roland schüttelte den Kopf. Was sollte er mit Zigaretten oder Briefmarken? »Gibt es irgendwo Papier und Stifte?«, fragte er. Wenn er hier schon festsaß, konnte er eventuell an ein paar Skizzen arbeiten. Vielleicht lenkte ihn das von den grässlichen Bildern in seinem Kopf ab.

»Die können Sie über den Einkauf beziehen. Zweimal im Monat besteht die Möglichkeit, sich alle Annehmlichkeiten über einen Warenkorb kommen zu lassen«, informierte ihn der Mann.

»Einen Warenkorb?«

»Eine Liste mit dem, was Sie brauchen. Vorausgesetzt, Sie verfügen über genügend Geld.« Er lächelte dünn.

Na, dann, dachte Roland. Hoffentlich war er bis zum Herumreichen dieser Liste längst wieder hier raus. Papier und Stifte konnte er sich auch von Anna bringen lassen.

»Gehen Sie dort hinein und setzen Sie sich«, sagte der Beamte. Er zeigte auf eine Tür mit dem Schild »Büro/Aufnahme«. Er selbst verschwand nebenan. Als sich Roland kurz darauf auf den Klappsitz in dem winzigen Raum setzte, blickte ihm das Gesicht des Mannes hinter einer Glasscheibe entgegen.

»Schauen Sie in die Kamera«, sagte der Aufseher. Nachdem er einige Bilder von Roland gemacht hatte, fragte er ihn nach seinen persönlichen Daten, seinem Wohnsitz, seinen Angehörigen, seinem Glaubensbekenntnis und ob er jemanden anrufen wolle.

Roland verneinte. Die einzige, die er hätte anrufen wollen, wusste, dass er hier war.

»Sind Sie mit einer Einzelzelle einverstanden?«, wollte der Beamte wissen.

Was war denn das für eine Frage. »Natürlich.« Auf keinen Fall wollte sich Roland eine Zelle mit irgendeinem Verbrecher teilen. Dem Gebrüll im Hof nach zu urteilen, hielt sich hier nicht unbedingt die Art Zeitgenossen auf, mit der man in einem engen Raum eingepfercht sein wollte.

»Unterschreiben Sie hier für die Sachen, die man Ihnen abgenommen hat«, forderte der Mann ihn auf. Er schob ein Blatt Papier und einen Kuli unter der Abtrennung hindurch. Nachdem er es abgeheftet hatte, sagte er: »Durch die Tür links in den Warteraum. Es kommt gleich jemand.«

Roland gehorchte und betrat den Raum. Helle Holzbänke an den Wänden unter hellgrauen Fliesen, anthrazitfarben gekachelter Boden. Das Ganze erinnerte ihn immer mehr an ein Schwimmbad.

Kaum hatte er sich gesetzt, tauchte ein weiterer Beamter auf und führte ihn in ein angrenzendes Kabuff, in dem sich Kleider und andere Utensilien auf mehreren Tischen stapelten. Nachdem Roland eine Hose, Hemden, ein Gürtel, ein Pullover, ein Parka, ein Schlafanzug, Handtücher, Schuhe, Badelatschen, ein Geschirrtuch, ein Spüllappen und Bettzeug ausgehändigt worden waren, ließ ihn der Beamte in der Ausgabe eine Kleiderkarte unterschreiben. Als Roland im Anschluss daran ratlos auf den Stapel Kleider sah, sagte der Mann: »Am Einfachsten ist es so.« Er klappte die blau-weiß karierte Bettdecke auf und warf alles hinein. Dann drückte er Roland die vier Ecken in die Hand.

Mit diesem Bündel ging es zurück in den Warteraum, wo sich Roland einen Platz in einer Ecke suchte. Außer ihm waren inzwischen noch vier andere Gefangene im Raum, die ihn neugierig beäugten. Alle vier sahen nicht aus, als ob sie aus der Gegend stammten. Da Roland keine Lust auf Machtspielchen hatte, senkte er den Blick, als einer der Männer begann, ihn aggressiv anzustarren. Beinahe eine halbe Stunde rutschte er nervös auf der Bank hin und her, bis sie endlich jemand abholte und in einen Flur im ersten Stock führte. Dort stand etwa ein Dutzend Männer mit blau-weiß-karierten Bündeln herum und wartete.

»Die Ärztin ruft Sie, wenn Sie dran sind«, erklärte der Beamte.

Der Korridor war an beiden Enden mit einer Gittertür abgesperrt, an der jeweils ein Vollzugsbeamter stand. Die Männer, die mit Roland gewartet hatten, stießen zu anderen Gefangenen, bildeten kleine Grüppchen, die sich tuschelnd austauschten. Irgendwie schienen sich alle zu kennen. Nur Roland und ein weiterer Gefangener – ein nervöser Ausgezehrter mit tiefen Ringen unter den Augen – standen verloren da und klammerten sich Halt suchend an ihren Bettdecken fest.

Mit jeder Minute, die verstrich, spürte Roland, wie die Beklemmung zunahm. Er war noch nie gerne unter Menschen gewesen, besonders nicht unter Menschen, die nichts mit ihm gemeinsam hatten. Am liebsten war er allein in seinem Atelier – nur mit sich und seinen Ideen beschäftigt. Deshalb zog er sich so weit zurück wie irgend möglich und heftete den Blick auf seine Schuhspitzen. Zu seiner Verwunderung war sein Name einer der ersten, die aufgerufen wurden.

»Herr Kirchberger.« Der Sanitäter, der ihn in der Aufnahme untersucht hatte, winkte ihn in das Arztzimmer.

»Nehmen Sie Platz«, forderte ihn eine zierliche Frau im weißen Kittel auf. Ihre dunklen Locken waren zu einem lockeren Zopf geflochten, der über ihre Schulter nach vorn hing. Grüne Augen musterten Roland eindringlich.

Seine Tabletten standen vor ihr auf dem Tisch und wirkten auf Roland irgendwie anklagend.

»Haben Sie irgendwelche körperliche Beschwerden?«, fragte sie, stand auf und trat hinter dem Schreibtisch vor.

Roland schüttelte den Kopf.

»Knöpfen Sie das Hemd auf.« Sie nahm das Stethoskop vom Hals und horchte seine Lunge ab. Nachdem sie ihm auch Puls und Blutdruck gemessen hatte, trug sie alles in eine Krankenakte ein und lehnte sich schließlich in ihrem Stuhl zurück. »Wollen Sie mir jetzt etwas zu diesen Tabletten sagen?«

»Da gibt es nicht viel zu sagen. Ich brauche sie.«

»Wie lange sind Sie schon in Behandlung?«

Roland zuckte die Achseln. »Lange genug, um vergessen zu haben wie lange. Rufen Sie meinen Arzt an, der wird Ihnen bestätigen, dass ich die Medikamente brauche.«

»Wer ist Ihr behandelnder Arzt?«, erkundigte sie sich.

Roland nannte ihr den Namen.

Sie gab dem Sanitäter ein Zeichen, nahm ihr Mobiltelefon und verschwand damit in einem Nebenzimmer.

Durch die geschlossene Tür konnte Roland ihre gedämpfte Stimme hören.

Als sie ein paar Minuten später wieder auftauchte, wirkte sie ernst.

»Warum haben Sie dem Haftrichter nichts von Ihrer Krankheit gesagt?«, fragte sie. »Dann hätte er Sie direkt auf den Hohenasperg einliefern lassen können.«

»Ich dachte, es gibt eine ärztliche Schweigepflicht«, sagte Roland anstatt einer Antwort.

»Keine Angst, Ihr Arzt hat mir nichts über Sie verraten. Nur, dass Sie diese Medikamente nehmen müssen.« Sie drehte das Tablettendöschen zwischen den Fingern. »Das reicht mir.«

Roland schwieg.

»Sie bekommen dasselbe Präparat aus unserer Apotheke«,

fuhr sie fort. »Ich mache für Mittwoch einen Termin bei unserem Psychiater für Sie.«

»Den brauche ich nicht. Nur die Tabletten.«

Die Ärztin ignorierte ihn, schrieb noch ein paar Sätze in die Krankenakte und verabschiedete sich dann.

Zurück im Flur, ging das Warten weiter, bis Roland und die anderen schließlich in eine Art Wartehalle geführt wurden. Unterwegs begegneten sie einigen Häftlingen, die in Begleitung von Beamten Arbeiten zu verrichten schienen.

»Das hier ist Ihre Abteilung«, sagte ein grauhaariger Beamte, der aus einem Glaskasten auftauchte, der aussah wie ein Pförtnerhäuschen.

Roland sah sich um. Über ihm hing eine riesige Digitaluhr, rechts und links von der Halle gingen Gänge ab.

Weitere Justizbeamte betraten die Halle.

»Die Kollegen begleiten Sie jetzt zu Ihren Hafträumen«, sagte der Grauhaarige.

»Kommen Sie«, forderte einer der Männer Roland daraufhin auf.

Widerstandslos folgte er dem Beamten in einen der langen Gänge, vorbei an einer zum Teil offenen, grün gefliesten Dusche und einem Telefon mit einem pinkfarbenen Hörer. Die weißen Wände wurden in regelmäßigen Abständen von braunen Metalltüren unterbrochen, zwischen denen sich weiße Stahlklappen befanden. In der Mitte des Korridors führte eine Metalltreppe in zwei darüber liegende Stockwerke. Dort waren die Türen blau, stellte Roland fest. Auch das grüne Stahlgeländer brachte etwas Farbe ins Spiel, genau wie das grüne Netz, das man vermutlich gespannt hatte, damit sich niemand von oben hinabstürzen konnte.

Vor einer Tür mit einem Schild, das Rolands Namen trug, hielt der Wärter an. »Hinein in die gute Stube«, witzelte er.

Kapitel 21

Stuttgart, 9. November 2015

Das Telefonat mit ihrem Bruder hatte das altbekannte Gefühl kalter Wut in Annas Bauch zurückgelassen. Es war wie ein dumpfer Schmerz, der sich bis tief in ihre Eingeweide fraß und sie unaufhaltsam zu vergiften schien. Schon als Kind hatte ihr Bruder es immer wieder geschafft, sie so wütend zu machen, dass sie vor lauter Ohnmacht Rot sah. In der Grundschule war sie deshalb ständig in Prügeleien verwickelt gewesen, auch wenn diese Kämpfchen keine Genugtuung gebracht hatten. Manchmal war der Zorn so übermächtig gewesen, dass sie einfach nur wild um sich geschlagen hatte. Im Lauf der Zeit hatte sie eine Technik entwickelt, um sich zu beruhigen. Doch dieses Mal half kein Atmen, kein Zählen und kein Brüllen, obwohl sie selbst das versucht hatte. Zum Glück saß sie im Auto, sonst hätte vermutlich jemand die Polizei gerufen.

Sie war froh, als endlich der Hauptbahnhof in Sicht kam und sie sich auf die Parkplatzsuche konzentrieren konnte. Da sich Rolands Galerie in den Königsbau-Passagen befand, entschied sie sich für das Parkhaus des Einkaufszentrums. Inzwischen war es kurz vor zehn, spät genug, um Carla Kling in der Galerie anzutreffen. Auf dem Weg vom Parkdeck schickte Anna ein Stoßgebet zum Himmel, dass sich ihre Kollegen auf Rolands Haus oder den mysteriösen Begleiter im Club konzentrierten. Auf keinen Fall wollte sie sich dabei erwischen lassen, wie sie die Galerie durchwühlte. Zum Glück hatte sie immer Handschuhe im Auto.

Als sie die Galerie betrat, empfing sie Rolands Assistentin mit einem »Oh Gott, stimmt es, was die Presse behauptet?« Ihre Augen waren rot gerändert. Obwohl das kurze graumelierte Haar makellos frisiert war und sie in einem eleganten Kleid steckte, sah man ihr an, dass sie kaum geschlafen hatte.

Anna nahm die Hand, die sie ihr entgegenstreckte, und drückte sie beruhigend. Auch wenn sie selbst alles andere als ruhig war. »Marilene ist tot«, sagte sie. »Es tut mir leid.«

Carla schluchzte auf. Sie zog die Hand zurück, um sie auf den Mund zu drücken. Ihre Augen füllten sich mit Tränen. »Warum?«, presste sie schließlich hervor. »Wer tut denn so was? Und warum glaubt ihr, dass Roland zu so etwas fähig ist?« Ihr Blick war trotz der Tränen vorwurfsvoll. »Ausgerechnet *du* solltest doch wissen, dass …« Sie brach den Satz ab.

»Haben dich meine Kollegen schon kontaktiert?«, fragte Anna statt einer Antwort.

Carla nickte. »Sie waren so ..«, sie rang nach Worten, » … so unhöflich!«

Anna verzog das Gesicht. »Haben sie gesagt, wann sie kommen wollen?«

Carla bedachte sie mit einem verwunderten Blick. »Ich dachte, du bist die Vorhut, oder wie immer ihr das nennt.«

Anna schüttelte den Kopf. »Ich bin beurlaubt worden. Mein Bruder hat meinen Chef angerufen und ihm gesagt, dass Roland und ich verwandt sind.«

Carla gab einen empörten Laut von sich.

»Wann kommen sie?«, hakte Anna nach. »Ich muss mir unbedingt das Büro und Marilenes Buchhaltung ansehen. Sie war doch für die Buchhaltung zuständig?«

Carla nickte. »Ja. Roland hat sich nicht darum gekümmert. Und ich habe auch keine Ahnung davon.« Sie zog ein Stofftuch aus der Tasche und tupfte sich damit die Augen trocken. Dann gab sie Anna zu verstehen, ihr zu folgen; zu einem Bereich, der durch eine Stellwand vom Verkaufsraum abgetrennt war. Dort befanden sich ein völlig überladener Schreibtisch, mehrere große Kisten, ein Kopierer und die Bilder, die für den Versand vorgesehen waren.

Anna setzte sich und schaltete den Computer ein, nachdem

sie sich Handschuhe angezogen hatte. »Kennst du das Passwort?«, fragte sie.

Carla zuckte die Achseln. »Soweit ich weiß, gibt es keins.«

Anna schüttelte den Kopf über so viel Leichtsinn, war andererseits jedoch froh, weil sie sich Zeit sparte. Hätte sie erst noch das Passwort knacken müssen, würde sie vermutlich morgen noch hier sitzen.

»Was passiert denn jetzt mit der Galerie?«, wollte Carla wissen.

Anna zuckte mit den Achseln. »Ich weiß es nicht.«

»Bist du als Rolands Tochter nicht automatisch seine rechtliche Nachfolgerin?«

Anna schlug sich mit der flachen Hand an die Stirn. »Das hatte ich ganz vergessen.« Sie zog den Zettel hervor, den Roland für Carla geschrieben hatte. »Du sollst mir die Schlüssel geben«, sagte sie. »Aber mach dir keine Sorgen. Noch sitzt Roland nur in Untersuchungshaft.« Und wenn es nach mir geht, kommt er da so schnell wie möglich wieder raus, setzte sie in Gedanken hinzu. »Wenn meine Kollegen kommen«, sagte sie, »kannst du sie dann so lange wie möglich von hier fern halten?«

Carla lächelte schwach. »Darauf kannst du dich verlassen. Wenn es Roland hilft ...« Das Zittern in ihrer Stimme bestätigte Annas Verdacht. Für Carla war Roland mehr als nur ein Arbeitgeber. Ob er von ihren Gefühlen wusste?

Konzentrier dich!, ermahnte sie sich und begann, sich durch die verschiedenen Ordner und Dokumente auf dem Desktop zu klicken. Vieles davon war uninteressant. Eine Datei erregte jedoch ihre Aufmerksamkeit. In dieser hatte jemand – vermutlich Marilene – sämtliche Bildverkäufe der letzten sechs Monate aufgelistet, inklusive Käufer- und Konteninformationen. Es waren nicht die zum Teil schwindelerregenden Beträge, die Anna ins Auge stachen, sondern ein immer wiederkehrender Name:

Dorian Gray. »Das ist jetzt ein Witz, oder?«, murmelte sie. Die Kontonummer hinter dem Namen war immer dieselbe. Die Liste der Bilder stimmte mit der Liste überein, die Roland ihr gegeben hatte. Es waren die Bilder, die sie in Marilene Hübners Wohnung gefunden hatten. Außerdem fast ein weiteres Dutzend.

Sie hatte gerade auf »Drucken« geklickt, als die Glocke der Eingangstür zur Galerie erklang. Verdammt! Das waren sicher ihre Kollegen. »Mach schon, mach schon, mach schon«, drängte sie, fuhr den Rechner herunter und wartete auf den Ausdruck. Den hatte sie kaum eingesteckt, als Markus und einer der jüngeren Kollegen auf der Bildfläche erschienen.

Markus sah sie vorwurfsvoll an.

Anna hob die Hände, die immer noch in den blauen Handschuhen steckten. »Ich hab nichts angefasst«, log sie.

»Warte kurz draußen«, bat Markus den Kollegen.

Der trollte sich mit einer tiefen Falte zwischen den Brauen. Anna ahnte, was er dachte.

»Hast du nicht mehr alle Nadeln an der Tanne?«, fragte Markus. »Du weißt schon, was Alex dazu sagen wird, oder?«

»Du musst mich ja nicht verpetzen«, schoss Anna zurück. Sie zog die Handschuhe aus und hielt dabei den Arm so, dass er die Tasche mit dem Ausdruck verdeckte. »Immerhin bin ich Rolands einzige Verwandte.«

Wie auf ein Stichwort kam Carla in diesem Moment zurück – mit dem Schlüssel für die Galerie.

»Danke.« Anna hielt ihn triumphierend in die Höhe. »Wollt ihr hier alles absperren?«, fragte sie.

Markus zuckte mit den Achseln. Ihm war deutlich anzusehen, wie hin- und hergerissen er war. »Kommt drauf an, was wir hier finden«, brummte er.

»Hör auf, zu schmollen und hör zu«, sagte Anna. Sie erzählte ihm, was sie entdeckt hatte. »Druck es aus und überprüf die

Kontonummer. Das stinkt gewaltig zum Himmel. Wenn du mich fragst, war das Opfer in irgendwelche krummen Geschäfte verwickelt. Wieso sollte sie sonst die Bilder, die hier als verkauft aufgelistet sind, bei sich zu Hause gehabt haben?«

»Du weißt schon, dass das deinen Vater noch verdächtiger macht?«

»Nenn ihn Roland. Tu mir den Gefallen.« Anna rieb sich die Schläfen.

»Wenn Marilene Hübner ihn betrogen oder Geld unterschlagen hat, ist das ein Motiv«, sagte Markus.

Dessen war Anna sich bewusst. Trotzdem glaubte sie keine Sekunde an Rolands Schuld. »Von der Bank habt ihr vermutlich noch nichts«, sagte sie.

Markus schüttelte den Kopf. »So schnell sind die nicht. Das weißt du doch.«

Anna verkniff sich ein Stöhnen. Sie kam sich vor, als würde sie auf der Stelle treten. »Was habt ihr als nächstes vor?«, fragte sie.

Markus warf einen Blick über die Schulter, um sich zu versichern, dass der Kollege mit Carla Kling beschäftigt war. Dann seufzte er. »Du kannst einen wirklich in den Wahnsinn treiben.«

Anna grinste. Sie wusste, dass Markus ihr nichts vorenthalten konnte.

»Alex meinte, wir sollten uns auf den Tatort und den mysteriösen Begleiter aus dem Club konzentrieren. Und darauf, ein Geständnis von Roland Kirchberger zu bekommen«, setzte er nach kurzem Zögern hinzu.

Anna schnitt eine Grimasse. »Wie kann man nur so blind sein?«, brauste sie auf. »Seht ihr denn nicht, dass hier was faul ist?«

Markus verdrehte genervt die Augen. »Mann, Anna! Mach mir das Leben doch nicht so schwer! Du weißt genau, dass wir alles tun, um den Schuldigen zu finden. Vertrau uns doch auch mal ein bisschen. Wenn Kirchberger es nicht war, müssen sich irgendwo entlastende Beweise finden lassen.«

Anna wusste, dass er recht hatte. Dennoch fiel es ihr schwer, die Kontrolle abzugeben.

»Warum fährst du nicht heim und machst irgendwas mit Jens?«, fragte Markus. »Geht radeln oder joggen oder ... Euch wird was einfallen.«

»Jens hat Nachmittagsunterricht«, brummte Anna.

»Dann leg dich in die Badewanne, geh einkaufen.« Er fuchtelte in der Luft herum. »Was immer euch Mädels glücklich macht.«

»Klar. Weil du das ja machen würdest.«

Markus seufzte.

»Ich werde mich nicht einfach in die Ecke setzen und zugucken«, sagte Anna. »Das kannst du komplett vergessen.« Als Markus protestieren wollte, schnitt sie ihm mit einer Geste das Wort ab. »Keine Angst, ich mache nichts, was euch den Fall versauen könnte. Aber einfach nur rumsitzen werde ich auch nicht!«

Kapitel 22

Stuttgart, 9. November 2015

Anna wartete, bis Markus und der Kollege wieder abgezogen waren, dann ging sie zurück zu Carla. »Hast du den Kerl auf dem Phantombild erkannt?«, wollte sie wissen. Sie hatte gesehen, wie Markus es ihr unter die Nase gehalten hatte.

Carla zuckte mit den Achseln. »Ich bin mir nicht ganz sicher«, sagte sie. »Marilene hatte ab und zu mal einen Freund dabei. Der sah aber ein bisschen asiatisch aus. Der Mann auf dem Bild nicht.«

Asiatisch? Davon hatten die Unterrieders nichts erwähnt. Anna zögerte nicht lange und rief Julia im Präsidium an. Als sie abnahm, bat sie sie um die Handynummern der Unterrieders. »Behalt das für dich, ja?«

»Du aber auch«, gab die Schreibkraft zurück. »Ich will keinen Ärger.«

Nachdem Anna aufgelegt hatte, wählte sie die Nummer von Frau Unterrieder. Die klang atemlos, als sie kurz darauf das Gespräch annahm.

»Benz von der Kripo«, meldete sich Anna. »Ich habe nur eine Frage. Ist Ihnen aufgefallen, ob Marilenes Freund asiatisch aussah?«

Frau Unterrieder zögerte einen Moment. »Hm, könnte sein. Er hat meistens eine Sonnenbrille getragen. Aber jetzt, wo sie es sagen. Möglich wäre es. So genau habe ich ihn mir nicht angeschaut.«

Anna bedankte sich. »Hat er denn überhaupt Ähnlichkeit mit Marilenes Freund?«, fragte sie Carla. »Denk dir einfach die Augen ein bisschen schmaler.« Sie zog das Phantombild aus der Tasche und suchte nach einem Stift. Dann änderte sie die Augenform.

»Ja, das ist er«, sagte Carla. »Der hat sie öfter abgeholt.«

»Was hattest du für einen Eindruck von ihm?«

Carla fuhr sich mit der Zunge über die Unterlippe. »Er war ziemlich ...«, sie suchte nach dem richtigen Wort, »... männlich.«

»Was meinst du damit?«

»Muskulös und irgendwie bedrohlich. Er hat sie in Motorradkleidung abgeholt. Vielleicht hat er dadurch wie ein Rocker gewirkt.«

Asiatische Rocker? Auf Anhieb fiel Anna nur der Ableger der Hell's Angels in Thailand ein. Wie hießen die doch gleich? Nomads? Hatte Marilene sich mit denen eingelassen? Oder war der

Typ nur auf das Outfit abgefahren? Herr Unterrieder hatte ihn als Zuhälter beschrieben. Vielleicht war er einfach nur ein Kerl mit schlechtem Geschmack. »Weißt du, ob Marilene eine beste Freundin hatte?«

Carla nickte. »Tina Häcker«, sagte sie. »Die beiden haben zusammen studiert.«

»Wo sie wohnt, weißt du nicht zufällig?«

»Nein, aber ich kann für dich im Telefonbuch nachschauen.«

Bevor Anna protestieren konnte, zog Carla Kling ein Telefonbuch aus einem Regal und blätterte darin herum. »Hier«, sagte sie, »das muss sie sein.« Sie tippte auf eine Adresse in Zuffenhausen.

Anna notierte sich Anschrift und Telefonnummer, dann verabschiedete sie sich von Carla. Wenn Tina Häcker nicht zu Hause war, würde sie auf eigene Faust versuchen, herauszufinden, zu wem die Kontonummer in Rolands Computer gehörte. Da sie nur ihre Dienstwaffe, nicht jedoch ihren Ausweis abgegeben hatte, sollte es nicht allzu schwer sein. Dass der Kontoinhaber Dorian Gray hieß, bezweifelte sie allerdings schwer. Scheiß auf Alex, dachte sie. Solange sie die Ermittlungen nicht behinderte, konnte es ihrem Chef egal sein, was sie tat. Sollte sie mit der Kontonummer nicht weiterkommen, würde sie zu Roland nach Stammheim fahren, um ihm nochmal ein paar Fragen zu stellen.

Draußen vor der Galerie wählte sie Tina Häckers Nummer. Zu ihrer Überraschung hob diese schon beim zweiten Klingeln ab. Anna erklärte, wer sie war, und machte sich wenig später auf den Weg nach Zuffenhausen. Dort, in einem Mehrfamilienhaus, traf sie eine junge Frau mit kurzem platinblondem Haar und einem Nasenpiercing an. Sie hielt eine Tasse Kaffee in der Hand, als sie Anna die Tür öffnete.

»Wollen Sie auch einen?«, fragte sie, als sie Anna in eine gemütlich eingerichtete Wohnküche führte. Auf dem Tisch stapelten sich alle möglichen Zeitschriften, an einer großen Pinnwand hingen Hochglanzdrucke. »Ich bin freiberufliche Designerin«, erklärte sie, als sie Annas Blick bemerkte. »Marilene und ich haben zusammen studiert.«

Ohne auf Annas Antwort zu warten, goss sie Kaffee in einen Keramikbecher und stellte ihn auf den Tisch. »Milch? Zucker?« Sie setzte sich und schob Anna eine Zuckerdose zu. »Worum geht es?«, fragte sie. »Was ist mit Marilene?«

Anna hasste diese Situationen. Allerdings wusste sie aus Erfahrung, dass es nicht half, um den heißen Brei herumzureden. »Es tut mir leid. Marilene ist gestern tot aufgefunden worden.«

Tina Häcker starrte sie wortlos an. Die Tasse in ihrer Hand schien plötzlich zu schwer zu sein und sie stellte sie so heftig ab, dass der Inhalt überschwappte.

»Das kann nicht sein«, sagte sie. »Sie irren sich.«

Anna schüttelte den Kopf. »Leider nicht. Wir sind uns sicher.«

»Was ist passiert?«

»Jemand hat sie getötet.«

Tina Häcker blinzelte verwirrt. »Getötet? Marilene? Wer würde denn so etwas tun? Das kann nicht sein! Sie verwechseln sie mit jemandem!« Ihre Stimme wurde zusehends schriller.

Anna schüttelte den Kopf.

Die junge Frau war wie ein offenes Buch. In ihrem Gesicht wechselten sich Zweifel und Wut ab, bis sie zu begreifen schien, dass Anna nicht log und das Gesicht in den Händen vergrub.

Anna ließ sie weinen. Während Tina Häcker ihrer Trauer freien Lauf ließ, sah sie sich in der Küche um. Nichts Ungewöhnliches. Nur der Ess- und Arbeitsplatz einer jungen Designerin. Als das Schluchzen schließlich verstummte, legte Anna der jungen Frau die Hand auf den Arm. »Geht's wieder?«

Tina Häcker hob den Kopf und fuhr sich mit dem Ärmel über die Nase. Ihr Gesicht war verquollen. »Wissen Sie, wer es war?«, flüsterte sie.

»Noch nicht. Deshalb möchte ich Ihnen ein paar Fragen stellen.« Anna zog das Phantombild aus der Tasche. »Haben Sie diesen Mann schon einmal gesehen?«

Zwei steile Falten gruben sich zwischen Tina Häckers Brauen. »Sami? Hat dieser Mistkerl ihr das angetan?« Sie ballte die Hände zu Fäusten. »Ich hab ihr immer wieder gesagt, sie soll sich endlich von ihm trennen!«

»Kennen Sie ihn?«

Die junge Frau nickte. »Wir waren ein paar Mal zusammen aus. Der Typ war so dreist, mich anzumachen, während Marilene auf dem Klo war.« Ihre Stimme zitterte vor Wut. »Außerdem hat er sie geschlagen. Mehr als einmal. Aber sie war so blind, so vernarrt, dass sie ihn immer wieder in Schutz genommen hat.«

Annas Herzschlag beschleunigte sich, als ihr Jagdinstinkt einsetzte. »Wissen Sie, wo ich ihn finden kann?«

Ihr Gegenüber zuckte mit den Achseln. »Wo er wohnt, weiß ich nicht. Aber die Kneipen, in denen er rumhängt, kenne ich.« Sie zählte ein halbes Dutzend Bars und Clubs auf, die sich Anna aufschrieb. Die meisten davon befanden sich in der »Theo«, der Theodor-Heuss-Straße, der Partymeile Stuttgarts schlechthin. Da fast alle erst am Abend aufmachten, beschloss Anna, später dort nach Sami zu suchen. »Kennen Sie diesen Mann auch?«, fragte Anna. Sie klickte auf das Foto, das Roland und den Bulligen beim Verlassen des *King's Club* zeigte.

Tina Häcker kniff die Augen zusammen. »Könnte Sami sein«, sagte sie und widersprach damit der Aussage der Unterrieders.

»Ist er dafür nicht zu breit?«, hakte Anna nach.

»Der hat ja fast immer seine blöde Motorradjacke angehabt«, gab Tina Häcker zurück. »Die hatte Schulterpolster. Wenn er die drunter trägt ...«

Anna wartete, bis die junge Frau nickte.

»Könnte er definitiv sein.«

So viel zur Verlässlichkeit von Augenzeugen, dachte Anna. Da die Unterrieders die Kleinigkeit, dass Sami asiatisch aussah, auch vergessen hatten, schenkte sie eher Tina Häcker Glauben. Die kannte Sami offenbar besser. »Hat Marilene mal einen Dorian Gray erwähnt?«, fragte sie weiter.

»Den aus dem Roman? Nein, wieso?«

»Der Name kam im Verlauf der Ermittlungen auf«, erklärte Anna. »Könnte es der Spitzname von jemandem sein, den Sie beide kannten.«

»Wenn, dann weiß ich nichts davon. Aber eins ist vielleicht wichtig.« Tina Häcker biss sich auf die Lippe. »Marilene war seit ein paar Wochen komisch. Immer nervös und schreckhaft. Als ich sie gefragt habe, was los sei, ist sie mir ausgewichen. Ich dachte, das läge an Sami.« Sie wischte sich eine weitere Träne aus dem Augenwinkel. »Wenn ich sie doch nur dazu gebracht hätte, ihn zu verlassen! Dann wäre sie vielleicht noch am Leben.«

Die Verzweiflung der jungen Frau schnitt Anna ins Herz. »Machen Sie sich keine Vorwürfe«, versuchte sie, sie zu beruhigen. »Solche Dinge kann man so gut wie nie voraussehen.«

»Er hat auch Drogen genommen, denke ich«, setzte Tina Häcker nach einigen Augenblicken hinzu. »Und damals, als er mich angemacht hat, hat er, glaube ich, welche verkauft. Ich war mir nicht sicher. Und Marilene ist fuchsteufelswild geworden, als ich sie darauf angesprochen habe …«

Anna horchte auf. Drogen? Ging es hier um Drogen? Oder um Geldwäsche? Hatte sich Marilene mit Kriminellen eingelassen? War sie drogensüchtig gewesen? Nachdem sie ihren inzwischen kalten Kaffee ausgetrunken hatte, verabschiedete sie sich von Tina Häcker. Sie sah auf die Uhr. Definitiv die richtige Uhrzeit, um bei der Bank vorbeizuschauen. Allerdings musste Bea ihr vorher noch sagen, ob Marilene Hübner Drogen im Blut gehabt hatte.

Kapitel 23

Stuttgart, 9. November 2015

Roland Kirchberger zuckte zusammen, als ein Schlüssel in seine Zellentür gesteckt wurde. Seit man ihn eingeschlossen hatte, saß er auf dem Bett und lauschte auf die Geräusche, die von draußen hereindrangen. Bereits nach zehn Minuten hatte er die Augen geschlossen, weil all das Weiß ihn an eine leere Leinwand erinnerte. Zuerst war es ihm auch hier beruhigend erschienen. Doch bereits nach kurzer Zeit waren die weißen Wände und Fliesen zum Hintergrund für all das Rot in seiner Erinnerung geworden.

»Ihr Mittagessen«, sagte der Vollzugsbeamte, der kurz darauf den Raum betrat.

Da man ihm gesagt hatte, er müsse das Essen angezogen und im Stehen in Empfang nehmen, erhob sich Roland und ließ sich das Tablett in die Hand drücken. »Was muss ich tun, wenn ich doch arbeiten will?«, fragte er.

Der Beamte, der ihn eingeschlossen hatte, hatte ihm erklärt, wie der Alltag in der Anstalt ablief. Wer wollte, konnte eine Tätigkeit ausüben – für einen geringen Stundenlohn. Als »Belohnung« dafür durfte man jeden Tag duschen, anstatt nur zweimal die Woche. Zuerst hatte Roland kategorisch abgelehnt. Wenn er sich allerdings vorstellte, dreiundzwanzig Stunden am Tag nichts als die Wände seiner Zelle zu sehen ...

»Ich kann das für Sie weitergeben«, sagte der Wärter. »Wo wollen Sie denn arbeiten? In der Küche, der Wäscherei, der Metallwerkstatt ...?«

»Das kann ich alles nicht«, unterbrach Roland ihn. »Ich bin Maler. Künstler, kein Anstreicher. Ihr Kollege meinte, es gäbe eine Bibliothek.«

Der Mann runzelte die Stirn. »Dort unterzukommen, ist nicht leicht«, sagte er. »Aber ich frage nach.« Er bedachte Roland mit demselben halb mitleidigen, halb neugierigen Blick wie der Mann, der ihn eingeschlossen hatte, ehe er den Haftraum wieder verließ.

Nachdem die Tür ins Schloss gefallen war, setzte sich Roland an den Tisch, über dem ein Fernseher hing, und stocherte in seinem Essen herum. Er hatte sich für die »Normalkost« entschieden: Berner Rolle mit Zwiebelsoße und Kartoffelpüree. Der Speiseplan hing an der Tür und informierte über die Gerichte, die es diese Woche gab. Außer Normalkost konnte man »Normalkost ohne Schwein« oder »Vegetarisch« wählen. Anders als erwartet, schmeckte das Essen hervorragend und erst jetzt merkte Roland, wie hungrig er war.

Als er fertig war, lehnte er sich in dem schwarzen Plastikstuhl zurück und sah aus dem vergitterten Fenster. Die Aussicht war nicht gerade erbauend. Aber wenigstens konnte man das Fenster öffnen. Die Zelle selbst war ebenfalls nicht so schlimm, wie er es sich vorgestellt hatte. Überhaupt wirkte die ganze Anstalt auf ihn eher wie eine Jugendherberge als ein Gefängnis. Zwar war der Raum recht kahl, dafür aber wesentlich größer als sein erstes Studentenzimmer. Das hatte kaum sechs Quadratmeter gemessen, er hatte sich ständig an der Dachschräge den Kopf gestoßen und der morsche Dielenboden war nur durch eine dicke Lage Teppiche vom Durchbrechen abgehalten worden. Das Klo der WG war einen Stock tiefer gewesen, genau wie die Dusche, die sich in der Küche befunden hatte.

Hier gab es ein Bett mit einer Pinnwand darüber, den Tisch, den Fernseher mit integriertem Radio, einen Schrank aus hellem Holz – mit mehreren Fächern wie im Hotel – und eine Waschecke mit Edelstahlklo, Waschbecken und Spiegel. Alles in allem keine üble Unterbringung. Neben der Tür war eine Rufanlage in der Wand eingelassen. Dort befand sich auch ein roter Notrufknopf, den er nicht vorhatte, zu betätigen.

Sein Blick fiel auf das neue Tablettendöschen, das man ihm aus der Anstaltsapotheke gebracht hatte. Mit der Nachricht der

Ärztin, dass der Psychiater ihn am Mittwoch sehen wolle. Hoffentlich hatte Anna ihn bis dahin hier rausgeholt. Sonst würde das nervtötende Fragen und Stochern wieder losgehen. Mit einem Seufzer ging er zurück zum Bett, um sich darauf auszustrecken. Dass ihm immer noch nicht einfiel, was in der Nacht passiert war, quälte ihn zusehends. Die Erinnerung an Marilenes blutigen Leichnam spukte in immer kürzeren Abständen durch seinen Kopf und vermischte sich mit anderen Bildern. Bilder, von denen er nicht wusste, wo sie herkamen. Viel schlimmer als die schrecklichen Erinnerungen waren die Selbstzweifel. Um Künstler zu sein, musste man manchmal tief in die Abgründe der eigenen Seele blicken, musste sich Dinge vorstellen, die sich kein Mensch vorstellen wollte. Hatte er, ohne es zu realisieren, die Grenze überschritten? War es wirklich Marilenes Blut gewesen, hinter dem er her gewesen war? Hatte er ihr deshalb kaltblütig die Kehle durchgeschnitten und sie zu einer menschlichen Palette degradiert? Die Vorstellung war so grauenhaft, dass die Berner Rolle drohte, den Weg zurück nach oben zu suchen. Er drehte sich auf die Seite und zog die Beine an den Körper. Wenn er sich doch nur erinnern könnte, wo er gewesen war! Wer der Mann in dem Video war, das Anna ihm gezeigt hatte. Er spürte, wie der Kopfschmerz begann, sich in seine Schläfen zu bohren.

Bevor der Strudel der Verzweiflung ihn in einen bodenlosen Abgrund ziehen konnte, hörte er erneut den Schlüssel im Schloss seiner Zellentür.

Kurz darauf blickte ein anderer Beamter auf ihn hinunter. »Hofgang«, sagte er knapp, machte einen Schritt zurück und wartete, bis Roland mühsam auf die Füße kam. »Ist Ihnen nicht gut?«, fragte er mit einem besorgten Blick in Rolands Gesicht.

Roland schwieg und wischte sich mit dem Handrücken den kalten Schweiß von der Stirn. »Nur eine Nebenwirkung der Medikamente«, log er. Dann folgte er dem Mann auf wackeligen Beinen hinaus in den Korridor.

Dort hatte sich bereits die gesamte Abteilung versammelt. Im Gänsemarsch ging es zur Wartehalle, in der Roland angekommen war. Von da aus die Treppen hinab zu einem Hof, der von einem hüfthohen Metallzaun umgeben war. Auf zwei Seiten schloss zudem eine Mauer mit Stacheldrahtrollen an, am Kopfende des Platzes befand sich eine Aufsichtskabine mit verspiegelten Fenstern. Über einen schmalen Weg trotteten die Männer auf den Eingang zum Hof zu, wo einer der Beamten sie ermahnte: »Keine Rangeleien. Wir haben euch im Blick.«

Für Rolands Mitgefangene schien das Revier bereits aufgeteilt zu sein, da sie sich innerhalb weniger Sekunden in kleinen Gruppen in unterschiedliche Ecken zurückzogen. Ein Dutzend dunkelhäutiger Gefangener belagerte die Tischtennisplatte aus Beton am entferntesten Ende des Hofes. Mehrere junge Männer scharten sich um eine Reckstange neben einer Freiluftdusche. In der Mitte des Hofes befand sich eine Art Aschenbahn in Form einer Acht. Sogar Zahlen waren auf dem roten Gummi aufgemalt – wie in einem Sportstadion. In der Mitte des oberen Kreises der Acht wuchs Gras wie im Rest des Hofes, den unteren Teil hatte man mit mintgrünem Gummiboden ausgelegt. An zwei der Flanken der Acht verlief je eine lange Bank aus Beton. Dort sammelten sich weitere Grüppchen. Außer Roland gab es noch eine Handvoll Außenseiter, die nicht zu einer der Gruppierungen zu gehören schienen. Einer davon stand trotz der Kälte barfuß und mit hoch gerollten Hosenbeinen im Gras, die Kapuze über den Kopf gezogen, und führte Selbstgespräche. Ein anderer lief mit gesenktem Blick die Aschenbahn entlang – immer im Kreis herum. Da es keinen toten Winkel gab und man nicht sehen konnte, wohin die Wächter schauten, gab es weder Rangeleien noch lautstarke Wortgefechte. Die meisten unterhielten sich ganz normal, rauchten und erzählten sich offenbar Witze. Da Roland niemanden kannte, lehnte er sich mit dem Rücken gegen den Zaun und starrte auf die grässliche Farbkombination der Aschenbahn. Der obere Kreis der Acht war in dem Rot gehalten, das man aus Sportstadien kannte. Der untere, der mit dem mintgrünen Inneren, hingegen war Rosa. Während er versuchte, sich vorzustellen, was in dem Urheber dieses »Kunstwerkes« vorgegangen war, fiel ihm etwas ein, das ihn aufstöhnen ließ. Warum war er nicht schon vorher darauf gekommen? Mit plötzlich wild hämmerndem Herzen rannte er zur Aufsichtskabine und schlug mit den Fäusten gegen das verspiegelte Glas. »Ich muss sofort telefonieren!«

Kapitel 24

Stuttgart, 9. November 2015

Markus Hauer war auf dem Weg nach Stammheim, als sein Telefon klingelte. »Hallo Bea«, sagte er nach einem kurzen Blick auf das Display seiner Freisprechanlage.

»Hey. Wo bist du?«

»Auf dem Weg zu Annas Vater«, erwiderte er. »Vielleicht kriege ich ein Geständnis aus ihm raus. Gibt's was Neues? Außer dass Kirchberger und Anna verwandt sind.« Er hoffte, dass sie hörte, dass er sauer auf sie war.

Sie ignorierte seinen Ton. »Deshalb rufe ich an. Die Ergebnisse der toxikologischen Untersuchung von Marilene Hübners Blut sind da.« Sie machte eine bedeutungsvolle Pause.

»Spann mich nicht so auf die Folter.«

»Es wurde Crystal Meth in ihrem Blut nachgewiesen.«

»Crystal?«, fragte Markus. »Die sah doch gar nicht danach aus.« Normalerweise erkannte man Süchtige an Hautentzündungen, Gewichtsverlust und schlechten Zähnen.

»Vermutlich hat sie es noch nicht lange genommen«, gab Bea zurück.

Markus schnalzte mit der Zunge. »Das passt zu der Behauptung von Kirchberger, dass sie sich in letzter Zeit komisch verhalten hat. Das kam vielleicht vom Crystal.«

»Das kann gut sein. Hör zu«, sagte Bea, »ich weiß, dass du sauer auf mich bist wegen Roland, aber ich musste Anna versprechen, es niemandem zu sagen.«

»Bin ich niemand für dich?«, Markus hörte selbst, dass er wie ein schmollendes Kind klang. Aber es war ihm egal. Ihre Unehrlichkeit ihm gegenüber hatte ihn verletzt.

»Du weißt, dass das unfair ist«, protestierte Bea. »Du kennst Anna. Was hätte ich denn tun sollen? Sie ist meine beste Freundin, du bist mein Freund. Ihr beiden bringt mich in eine unmögliche Situation.«

»Wir?«, fragte Markus. »Du meinst Anna.«

»Ach, das sind doch Spitzfindigkeiten. Es tut mir leid, Okay? Können wir uns jetzt wieder wie Erwachsene benehmen?«

Markus brummte etwas Unverständliches.

Bea lachte. »Komm schon, ich mach es wieder gut. Versprochen.« Das letzte Wort hauchte sie so verführerisch, dass Markus grinsen musste.

»So leicht lass ich dich nicht vom Haken«, drohte er. »Da musst du dir schon was Besonderes einfallen lassen.«

»Ha, ha.«

Markus hörte ein Geräusch, das ihm verriet, dass Bea einen weiteren Anruf in der Leitung hatte.

»Anna versucht gerade, mich anzurufen. Was soll ich ihr sagen? Du weißt, dass sie nicht locker lassen wird. Deshalb ist sie so eine verdammt gute Ermittlerin.«

Markus verkniff sich ein Stöhnen. Womit hatte er diesen Schlamassel nur verdient? Hätte nicht irgendwo anders jemand tot umfallen können? Musste es ausgerechnet die Assistentin von Annas Vater sein? An manchen Tagen war das Leben einfach beschissener als an anderen. »Dann sag es ihr halt in drei

Teufels Namen«, knurrte er. »Aber haltet mich da raus. Und mach ihr noch mal unmissverständlich klar, dass sie nicht so in dem Fall rumpfuschen soll, dass sie uns die Beweise versaut.«

»Mach ich«, versprach Bea. »Pass auf dich auf.«

Als sie aufgelegt hatte, schüttelte Markus den Kopf. Frauen. Auch wenn Bea ein eher unkompliziertes Modell war, erinnerten ihn solche Geheimniskrämereien unangenehm an Tina, seine Verflossene. Eigentlich hatte Bea nicht die geringste Ähnlichkeit mit ihr, aber dass sie ihm nicht verraten hatte, was sie wusste, fuchste ihn trotzdem. Sei nicht so ein Weichei, sagte er zu sich selbst. Immerhin war sie so ehrlich zu ihm gewesen, ihm zu sagen, dass sie und Anna ein Geheimnis teilten. Nur weil er dieses Mal der Ausgeschlossene war ... Er brach den Gedanken ab, als die Haftanstalt in Sicht kam.

Nachdem er geparkt hatte, meldete er sich an der Pforte an und schloss wenig später seine Waffe in einen Spind ein. Dann machte er sich auf den Weg zum Besucherbereich. Der war ein bisschen freundlicher als der Rest der Haftanstalt. Auf dem rosa-weiß karierten Boden tobten ein paar Kinder, ein kleiner Junge saß auf einem hölzernen Schaukelpferd. Frauen mit und ohne Kopftücher warteten auf Stühlen an der Wand oder saßen um einen kleinen Tisch mit winzigen Kindergartenstühlen. Hinter einem Empfangstresen schob ein junger Beamter mit steinerner Miene Dienst. Das Geschrei der Kinder tat Markus in den Ohren weh und er beneidete den Mann nicht um seinen Job. »Markus Hauer von der Kripo«, sagte er und zeigte ihm seinen Dienstausweis.

»Ich weiß Bescheid«, erwiderte der Beamte. »Ihr Gefangener wird gerade abgeholt. Bitte warten Sie im Flur.« Er zeigte auf einen Korridor, der von dem überfüllten Warteraum abging.

Dankbar, dem Gebrüll zu entkommen, ging Markus rüber. Es dauerte nicht lange, bis ein weiterer Aufseher ihn in einen Raum mit einer Handvoll Fotos an der Wand führte. In der Mitte stand ein weißer Tisch. Auf der einen Seite befanden sich vier Holzstühle, gegenüber davon einer. Am Stirnende des Tisches war ein blauer Drehstuhl für die Justizbeamten reserviert, die bei den Gesprächen der Gefangenen mit ihren Angehörigen dabei waren.

»Bitte warten«, war alles, was der Mann sagte, bevor er den Raum wieder verließ.

Als er nach einigen Minuten mit Roland Kirchberger zurückkam, wirkte der Künstler aufgeregt. »Warum darf ich nicht mit Anna telefonieren?«, fragte er ohne Begrüßung.

»Soll ich bleiben?«, fragte der Beamte.

Markus schüttelte den Kopf. »Setzen Sie sich erst mal«, forderte er den Maler auf. »Warum wollen Sie mit Anna telefonieren?« Er betrachtete Kirchberger kritisch. In der blauen Anstaltskleidung sah er imposanter aus als in dem weißen Spusi-Overall. Er war wirklich groß und seine Augen funkelten genau wie Annas, wenn sie unter Strom stand.

»Das geht Sie nichts an«, brummte Kirchberger. Bevor Markus etwas erwidern konnte, setzte er hinzu: »Ich traue Ihnen nicht. Ich rede nur mit Anna.«

Aha. Genauso stur wie seine Tochter. Der Apfel war offenbar nicht weit vom Stamm gefallen. »Das geht leider nicht. Anna ist von dem Fall abgezogen worden.«

»Das ist mir egal. Ich rede nur mit ihr!«

So kamen sie nicht weiter. Markus unterdrückte einen Fluch. Was sollte er jetzt tun? Er konnte wohl kaum Anna anrufen und herbitten. Damit würde er einen direkten Befehl seines Chefs missachten.

»Wenn Sie mich nicht mit Anna reden lassen, lasse ich mich wieder in die Zelle bringen«, drohte Kirchberger. Er blitzte Markus streitlustig an.

»Ich kann sie jetzt nicht einfach hierher holen«, versuchte Markus, ihm verständlich zu machen.

»Dann rufen Sie sie an.« Kirchberger verschränkte die Arme vor der Brust. »Ich will aber mithören.«

Das war eigentlich nicht erlaubt. Aber wenn der Besuch nicht völlig für die Katz sein sollte, musste Markus einen Kompromiss eingehen. Alex Wolf würde sicher verstehen, warum es nötig gewesen war, Anna mit einzubeziehen. Wenn er es überhaupt erfahren musste. So wie Kirchberger herumzappelte, wirkte er nicht wie jemand, von dem viel Sinnvolles zu erwarten war. »Also gut«, gab er schließlich nach und zog das Handy aus der Tasche.

Kapitel 25

Stuttgart, 9. November 2015

»Hören Sie, es ist mir egal, ob Sie die Unterlagen bereits an die Dienststelle gefaxt haben«, sagte Anna mühsam beherrscht. »Sehen Sie das hier?« Sie hielt der aufgebrezelten Banktussi ihren blauen Dienstausweis direkt vor die Augen. »Hier steht ›Polizei Baden-Württemberg‹ Drucken Sie die Unterlagen einfach noch mal aus.« Seit sie von Bea erfahren hatte, dass Marilene Hübner Crystal Meth im Blut gehabt hatte, war sie sicher, die entscheidende Spur in den Kontounterlagen des Opfers zu finden.

Die Bankerin machte ein schmales Mündchen, spurte schließlich aber doch. »Hier, bitte«, sagte sie schnippisch und ließ einen Stapel Papiere vor Anna auf den Tisch fallen. »Ich weiß nicht, warum die Polizei immer so unhöflich sein muss.«

Anna ersparte ihr die Antwort, hob die Unterlagen auf und klemmte sie sich unter den Arm. Sie war gerade auf dem Weg zum Ausgang, als ihr Handy klingelte.

»Hast du was Neues?«, begrüßte Sie Markus ohne Umschweife.

»Jein. Kannst du reden?«

»Kommt darauf an.« Anna verließ die Bank und stellte sich unter ein Vordach, weil es in der Zwischenzeit angefangen hatte zu nieseln.

»Ich bin bei deinem ... bei Roland Kirchberger«, sagte Markus.

»Und warum rufst du mich an?«

»Weil er nur mit dir reden will.«

Anna lächelte dünn. »Ach?«

»Hörst du mich, Anna?«, rief Roland aus dem Hintergrund.

»Ja. Markus, leg das Telefon auf den Tisch. Worum geht es, Roland? Ist dir was eingefallen?«

»Ja. Weißt du noch, was ich dir über das Malen gesagt habe?«, fragte er.

Anna verzog ihr Gesicht. Was sollte das denn jetzt? »Was genau meinst du?«

»Wie man die Farben nacheinander aufträgt.«

»Von dunkel zu hell?« Anna wusste nicht, worauf er hinauswollte.

»Ganz genau!« Roland klang triumphierend.

»Warum ist das wichtig?«, mischte sich Markus ein.

»Weil ich es nicht gewesen sein kann, der mit Marilenes Blut gemalt hat!«, brauste Roland auf. »Ich hätte niemals einen dunklen Farbton zum Schluss benutzt.«

»*Das* soll Sie entlasten?« Markus klang ungläubig.

»Ja, verdammt! Anna?«

Anna erinnerte sich an die Ausführung.

»Ich hätte mir nie mein Bild versaut, indem ich die dunkle Farbe als Letzte auftrage. So was macht nur ein Laie.«

»Das ergibt Sinn«, sagte Anna. Und passte zu ihrem sich immer weiter verdichtenden Verdacht, dass Roland reingelegt worden war.

»Ihr wollt mich auf den Arm nehmen?« Markus klang genervt. »Das taugt doch nie als Beweis vor Gericht und das weißt du, Anna.«

»Meine Güte, dann beauftragen Sie doch einen Gutachter!«, brauste Roland auf. »Meine Bilder hängen in Paris, London, New York, Amsterdam ... Soll ich weitermachen?«

Anna konnte seinen Frust nachvollziehen. »Falls das nötig wird, kann das dein Verteidiger tun, Roland«, sagte sie. »Aber ich glaube nicht, dass wir einen Gutachter brauchen.«

Sie hörte Markus schnauben.

»Sagt dir der Name Dorian Gray was, Roland?«, fragte sie.

»Klar. Einer meiner Lieblingsromane.«

»Sonst nichts? Hat sich ein Kunde von dir so genannt? Vielleicht ein anderer Künstler? Oder eine Galerie?«

»Das kann ich dir nicht sagen«, erwiderte Roland. »Mit den Kunden hatte ich so gut wie keinen Kontakt. Nur bei Vernissagen oder diesen furchtbaren Presseempfängen. Um alles andere hat sich Marilene gekümmert.«

Diese Aussage bestätigte Annas Vermutung. »Kannst du dich an Zahlungen für ...«, sie zählte die Bilder auf, die laut Marilenes Buchführung von Dorian Gray gekauft worden waren, »erinnern?«

»Das weiß ich nicht auswendig«, gab Roland zurück. »Aber wenn dein Kollege mich kurz mit der Bank telefonieren lässt, sage ich denen, dass sie dir meine Kontoauszüge geben sollen.«

»Anna, du weißt, dass das nicht geht«, protestierte Markus.

»Jetzt stell dich nicht so an!«

»Doch, da stelle ich mich jetzt an. Alex reißt mir den Arsch auf, wenn er das rausfindet. Aber wir können uns bei der Bank treffen und ich lasse mir die Auszüge aushändigen«, fügte er hinzu, bevor Anna protestieren konnte. »Brauche ich dazu einen richterlichen Beschluss?«, fragte er – offenbar an Roland gewandt.

»Nein«, brummte der. »Ich unterschreibe Ihnen was, falls das nötig ist. Ich will auch, dass der Fall aufgeklärt wird.«

Selbst aus der Ferne hörte Anna deutlich, wie verzweifelt er war. Sie hätte ihm gern ein paar tröstende Worte gesagt. Doch mit Markus am anderen Ende fiel ihr einfach nicht das Richtige ein. Stattdessen fragte sie: »Hast du in letzter Zeit mehr verkauft als sonst, Roland?«

»Ja, schon«, versetzte er nach kurzem Nachdenken. »Ich dachte, es liegt an den Auszeichnungen und Preisen, die man mir verliehen hat.«

»Möglich ist das natürlich«, sagte Anna. »Es könnte aber auch was anderes dahinter stecken. Wann kannst du bei der Bank sein, Markus?«, fragte sie.

»Ich brauche hier noch eine Weile«, erwiderte er.

»Brauchen Sie nicht«, unterbrach ihn Roland. »Ich rede nur mit Anna, dabei bleibt's. Wenn Sie auflegen, lasse ich mich zurück in die Zelle bringen.«

Anna konnte sich Markus' Gesichtsausdruck bildhaft vorstellen.

»Dann treffen wir uns in einer halben Stunde«, seufzte Markus. »Falls Sie es sich anders überlegen«, sagte er an Roland gewandt, »und mir doch etwas zu sagen haben, rufen Sie mich an. Ich lasse die Beamten wissen, dass Sie Ihnen dieses Telefonat genehmigen sollen.«

Zweifelsohne legt er gerade eine Visitenkarte vor Roland auf den Tisch, dachte Anna.

»Ich rede nur mit Anna. Wie oft muss ich das noch sagen?«, schoss Roland zurück. »Anna, kannst du mir Papier und Stifte bringen? Ich verliere hier sonst den Verstand.« Er lachte freudlos. »Trotz der Pillen.«

»Natürlich«, versprach Anna und verstaute das Handy in der Tasche, nachdem Markus aufgelegt hatte. Dann zog sie Marilenes Kontounterlagen unter dem Arm hervor und blätterte darin herum. Da Rolands Bank gleich um die Ecke war, hatte sie reichlich Zeit, um sich die Kontoauszüge anzusehen. Inzwischen war ein schneidender Wind aufgekommen und Anna zog sich in einen nahegelegenen Coffeeshop zurück, um sich mit einer Latte Macchiato zu wärmen. Dann breitete sie die Unterlagen vor sich aus. »Was zum Geier ...?«, murmelte sie, als sie die häppchenweisen Bareinzahlungen entdeckte. In regelmäßigen Abständen hatte Marilene oder sonst jemand Beträge knapp unter fünfzehntausend Euro eingezahlt – vermutlich, um das Geldwäschegesetz zu umgehen. Ein paar Wochen später hatte Marilene das Geld dann weiterüberwiesen – an Roland. *Sie* war Dorian Gray! »Da tritt mich doch ein Pferd.« Anna verglich die Kontoauszüge mit dem Ausdruck aus der Galerie. Jedes der Bilder, das laut Buchführung an Dorian Gray verkauft worden war, hatte Marilene bezahlt. Und dann in ihrer Wohnung gehortet. In was war sie verwickelt gewesen?

Als Markus wenig später anrief, sagte sie ihm, wo sie war. »Du wirst nicht glauben, was ich herausgefunden habe«, begrüßte sie ihn, als er den Coffeshop betrat. »Die Zahlungen auf Rolands Konto kommen von Marilene.« Anna schob Markus die Unterlagen zu und gab ihm ein paar Minuten Zeit, sie durchzusehen. »Denkst du immer noch, dass er es war?«, fragte sie.

Markus brummte etwas Unverständliches.

»Komm schon.« Anna zählte an den Fingern ab, so wie Markus es getan hatte: »Seine Assistentin hat was mit einem zwielichtigen Typen. Sie ist die einzige, die sich um die Buchhaltung kümmert. Diese Bareinzahlungen. Dorian Gray. Die Bilder in ihrer Wohnung.« Sie nahm einen Schluck Latte Macchiato. »Wenn Marilene Hübner nicht in krumme Geschäfte verwickelt war, lästere ich nie wieder über deine Frisur.«

Markus grinste, wurde aber sofort wieder ernst. »Das sieht tatsächlich ein bisschen merkwürdig aus«, räumte er ein.

»Ein *bisschen*?«

»Na gut, ein großes Bisschen.« Er hob entschuldigend die Hände.

Anna erzählte ihm, was sie von Tina Häcker erfahren hatte.

Markus stöhnte. »Auf der Theo nach diesem Sami suchen? Das ist wie die Nadel im Heuhaufen.«

»Dann benutzt halt einen Magneten«, schoss Anna zurück. »Ich sehe mich jedenfalls heute Abend mal da um.«

Markus verdrehte die Augen. »Pass bloß auf, dass dich die Kollegen nicht sehen.«

»Wieso?«, fragte Anna mit geheuchelter Unschuld. »Ich geh nur mit Jens meine Freizeit genießen.«

»Klar. Und Schweine können fliegen«, seufzte er. »Lass uns zu Rolands Bank gehen.«

Kapitel 26

Stuttgart, 9. November 2015

Die Bankdaten bestätigten, was sie schon wussten: Sämtliche Zahlungen, die unter dem Namen Dorian Gray verbucht waren, kamen von Marilene Hübners Konto. Nachdem sie sich noch ein paar Ermahnungen von Markus angehört hatte, kaufte Anna Zeichenblöcke und Stifte und fuhr nach Stammheim. Dann, kurz nach vier Uhr, beschloss sie, eine Pause einzulegen, bevor sie am Abend auf die Suche nach Sami ging. Da Jens Elternabend hatte, machte sie sich um halb neun alleine zurück auf den Weg in die Stuttgarter Innenstadt und betrat um viertel nach neun die erste Bar auf der Liste, die sie von Tina Häcker erhalten hatte. Die Einrichtung erinnerte Anna an Raumschiff Enterprise – viel Metall, viele Rohre und halbrunde Türen. Aus den Lautsprechern dröhnte Techno. Die meisten Gäste schienen entweder Studenten oder Schüler zu sein, viele von ihnen mit Piercings, Tattoos und bunten Haaren. Obwohl die meisten Clubs auf der »Theo« wochentags geschlossen hatten, brummte es in diesem Laden wie am Wochenende. Niemand beachtete sie, als sie sich einen Weg zur Bar bahnte.

»Was darf ich dir bringen?«, fragte eine junge Frau mit rotblonden Haaren und neonfarbenem Lippenstift.

»Nichts, danke. Ich habe nur eine Frage.« Anna zog das Phantombild von Sami aus der Tasche. »Hast du den schon mal hier gesehen?«

Das Mädchen sah sie unsicher an und lachte. »Ist das ein Spaß?«

Anna schüttelte den Kopf und zog ihren Dienstausweis. »Ich will hier nicht groß auffallen. Also, kennst du ihn?«

Die junge Frau streckte eine Hand mit grellgelben Fingernägeln aus und nahm Anna das Bild aus der Hand. Nachdem sie es ein paar Sekunden lang eingehend betrachtet hatte, schüttelte sie den Kopf. »Der sieht nicht so aus, als ob er hier reinpasst«, sagte sie. »Den würde ich eher in der Nähe vom *7grad* suchen.«

Der Name stand auch auf der Liste.

»Soll ich meine Kollegen fragen?«

Anna nickte. Allerdings konnte sich auch von denen keiner daran erinnern, Sami schon mal gesehen zu haben.

In der nächsten Bar erging es Anna ähnlich, zwei weitere hatten nur am Wochenende geöffnet. Erst bei Nummer fünf hatte sie mehr Glück.

»Ja, der Typ ist vorhin gekommen«, brüllte der Barkeeper sie über den Lärm von Heavy Metall Musik an. »Ist öfter da. Meistens mit ein paar Mädchen. Ich glaube, er ist da hinten.«

Anna hielt ihn im letzten Moment davon ab, zu einer Nische zu zeigen, in der eine Gruppe junger Frauen mit Männern in Anzügen lachte. Mittendrin befand sich Sami und er sah genauso aus wie auf dem Phantombild.

»Hat er was angestellt?«, wollte der Barkeeper wissen.

»Verhalten Sie sich einfach wie immer«, sagte Anna, ohne die Frage zu beantworten. Dann bestellte sie eine Cola und steuerte auf einen Spielautomaten in der Nähe der Gruppe zu. Zu ihrer Erleichterung war von den Kollegen ihrer Dienststelle weit und breit keine Spur zu sehen. Sie hatte also Zeit, sich selbst um Sami zu kümmern. So unauffällig wie möglich beobachtete sie die Gruppe. Die Mädchen sahen allesamt asiatisch aus und viel zu jung für die Männer, von denen sie sich so gut wie überall anfassen ließen. Einige von ihnen schienen high zu sein, vor allem die Kleine mit dem blondierten Bob, die sich an Sami festklammerte. Ihr herzförmiges Gesicht war völlig überschminkt, die Lippen offensichtlich gebotoxt. Während Anna verstohlen in ihre Richtung schielte, steckte Sami ihr die Zunge bis zum Anschlag in den Hals.

Das Mädchen kicherte aufgekratzt und fasste ihm in den Schritt. Das schien Sami jedoch nicht zu gefallen, da er sie hart am Handgelenk packte und etwas zischte, das Anna nicht verstehen konnte. Augenblicklich schlug die Kleine devot die Augen nieder und erschlaffte in seinem Griff. Während die Musik immer lauter zu werden schien, kippten die Schlipsträger mehr und mehr Alkohol in sich hinein und verschwanden einer nach dem anderen in Begleitung einer Asiatin. Als schließlich nur noch Sami und die junge Frau mit dem Bob übrig waren, drehte der sich eine Zigarette und steckte sie sich trotz Rauchverbot an. Mit einer Kopfbewegung schickte er die Kleine zur Bar, von wo sie kurz darauf mit zwei bunten Getränken zurückkam. Das kann ja heiter werden, dachte Anna. Immer wieder warf sie einen Blick über die Schulter, um sich zu versichern, dass ihre Kollegen noch nicht in dem Lokal waren. Sobald die einfielen, musste sie so schnell wie möglich verschwinden und riskierte, Sami zu verlieren. Der schüttete gerade etwas in die beiden Drinks, die die junge Frau ihm gebracht hatte, und stieß mit ihr an.

Anna hörte, wie das Mädchen das Wort »Yaba« benutzte. Crystal Meth!

Sobald die beiden ausgetrunken hatten, winkte Sami eine Bedienung zu sich, bezahlte und zog die Kleine auf die Beine. Die Art und Weise, wie er sie stützte, als sie auf den Ausgang zusteuerten, erinnerte Anna an das Video aus dem *King's Club*. Da er die Motorradjacke trug, von der Tina Häcker erzählt hatte, sah er definitiv breit genug aus. Sie zögerte keine Sekunde und folgte den beiden hinaus in die immer nebliger werdende Nacht.

Das Kichern des Mädchens war trotz des Verkehrs deutlich zu hören. Sie schwankte auf ihren hochhackigen Schuhen, stolperte ein paar Mal, wurde jedoch von Sami aufgefangen. Was die beiden sagten, konnte Anna nicht verstehen. Vermutlich sprachen sie Thailändisch. Die Vermutung, dass es sich bei den Mädchen, die mit den Anzugträgern verschwunden waren, um Thai-Prostituierte handelte, lag nahe. Anna nahm an, dass sie ihre Freier zu den von ihnen gemieteten Terminwohnungen irgendwo in der Nähe schleppten. Ungewöhnlich war, dass sie sich in einer Bar trafen, da die Verabredungen normalerweise über Internetportale getroffen wurden und die Kunden dann direkt zu den Mädchen kamen. Vielleicht ein neues Geschäftsmodell, dachte sie und wich einem betrunkenen Jüngling aus, der aus einem Club torkelte.

Es dauerte beinahe zehn Minuten, bis sie ein mehrstöckiges Wohnhaus erreichten, in dem fast alle Fenster verdunkelt waren. Um nicht entdeckt zu werden, versteckte sich Anna im Schatten des gegenüberliegenden Gebäudes und beobachtete, wie Sami und seine Begleiterin von einem breitschultrigen Mann empfangen wurden. Ein kurzer Wortwechsel, Lachen, dann verschwanden die beiden im Gebäude. Anna hob den Blick. Wenig später ging das Licht in einer der Wohnungen an. Die Silhouette der Kleinen war deutlich zu erkennen, als sie einen Vorhang vors Fenster zog. Vierter Stock, drittes Fenster von links. Wenigstens wusste Anna jetzt, wo sie zu finden war – wenigstens vorübergehend. Da es sich bei dem Kerl am Empfang entweder um den

Betreiber des Puffs oder um dessen Gehilfen handelte, nahm Anna an, dass Sami bald wieder auftauchen würde. Sie sah auf die Uhr. Beinahe Elf. Sollte sie Markus anrufen? Oder sollte sie allein hier warten? Hatte Sami ein Auto? »Scheiße«, murmelte sie. Wenn sie jetzt ihren Beobachtungsposten verließ, um den Audi zu holen, war der Vogel vielleicht ausgeflogen, bis sie zurück kam. Vielleicht dröhnten die beiden sich da oben nur noch ein bisschen weiter zu, vielleicht schoben sie eine kurze Nummer. Es war zum Haareraufen! Nach kurzem Hin- und Herüberlegen entschied sich Anna, zu bleiben. Weit und breit war kein Wagen zu entdecken, auf den die Beschreibung »Zuhälterkarre« passte. Sollte Sami in ein anderes Auto steigen, konnte sie immer noch Markus anrufen und das Nummernschild durchgeben.

Sie behielt den Eingang des Wohnblocks im Auge und schlang die Arme um sich. Ihre Jeans war von der feuchten Kälte schon ganz klamm. Ihr Atem bildete kleine Dampfwölkchen, die sich mit dem Nebel vermischten. Mann, war das unangenehm! Sie blies sich gerade in die Hände, als ihr Telefon vibrierte. Jens. »Ich kann jetzt nicht sprechen«, flüsterte sie.

»Wo zum Geier bist du?« Er klang besorgt. »Weißt du, wie spät es ist?«

»Ja. Mach dir keine Sorgen. Ich ruf dich nachher an.« Sie hoffte, dass der Türsteher sie nicht hören konnte.

»Anna, wir müssen über diese Sache reden.« Jens ließ nicht locker. »Es gibt einen Grund, aus dem du beurlaubt bist.«

»Nicht jetzt. Okay?« Ohne seine Antwort abzuwarten, legte Anna auf. Sie war zu nahe dran, um sich jetzt durch eine Standpauke von Jens alles versauen zu lassen. Das Handy vibrierte erneut. Sie ignorierte es und trat frierend von einem Fuß auf den anderen. Nach drei weiteren Versuchen gab Jens auf. Er würde sicher stinksauer sein, wenn sie nach Hause kam, aber daran konnte sie jetzt nicht denken.

Über eine halbe Stunde lang stand sie sich die Füße in den Bauch, bis Sami wieder auftauchte. Nachdem er eine Zigarette mit dem Mann an der Tür geraucht hatte, schlug er den Kragen seiner Motorradjacke hoch und machte sich in Richtung Norden davon. Dank des dichten Nebels konnte Anna ihm mit geringem Abstand folgen – bis zu einem weiteren Wohnblock keine fünf Minuten vom Puff entfernt. Dort verschwand er in einer Erdgeschosswohnung. Anna warf einen Blick auf die Klingelschilder. »S. Heitz«. Folglich war er entweder mit einer Deutschen verheiratet oder hatte einen deutschen Vater. Als das Licht im Treppenhaus wieder anging und sich Schritte der Tür näherten, zog Anna sich hastig hinter einen geparkten VW-Bus zurück. Dieses Mal hatte Sami einen Rucksack dabei und steuerte auf einen tiefergelegten schwarzen Mercedes mit getönten Scheiben und protzigen Alufelgen zu. Der Motor blubberte PS-stark und heulte auf, als Sami mit quietschenden Reifen davonfuhr. Anna sah ihm nach, bis er um die Kurve verschwunden war, dann fasste sie einen Entschluss. Was sie vorhatte, war zwar illegal, aber das war ihr im Moment vollkommen gleichgültig. Hier ging es um Roland. Und um sie selbst. Sie hatte den Zweifel in Rolands Augen gesehen, die Qual und den Selbsthass. Sie wusste nur zu gut, wie es war, wenn man alleine war mit seinen Ängsten. Und wenn sie dem wahren Täter anders nicht auf die Spur kommen konnte, hatte sie keine andere Wahl. Ohne einen Gedanken an ihren Chef, Markus oder Jens zu verschwenden, zog sie eine Kreditkarte aus ihrem Geldbeutel und schob sie in den Spalt der Eingangstür. Es war kinderleicht. Das Gebäude war so alt, dass es keine Sicherheitsschlösser besaß. Auf Zehenspitzen schlich sie durch das dunkle Treppenhaus, bis sie Samis Wohnung erreichte. Im Licht ihres Handys knackte sie auch dieses Schloss, wischte den Türgriff ab und betrat die Diele. Augenblicklich stach ihr ein penetranter Geruch in die Nase. Beißend und süßlich. Darauf bedacht, keine Spuren zu hinterlassen, tastete sie sich im Licht des Telefons tiefer in die Wohnung vor. Als sie einen Raum am Ende des Korridors erreichte, blieb ihr beim Anblick dessen, was sich darin befand, fast das Herz stehen. »Oh, mein Gott«, flüsterte sie.

Kapitel 27

Stuttgart, 9. November 2015

Roland Kirchberger konnte nicht schlafen. Obwohl inzwischen Ruhe im Zellenblock eingekehrt war, drehten sich seine Gedanken im Kreis – immer und immer wieder. Annas Telefongespräch hatte ihn zwar ein bisschen beruhigt, aber das, was er im Anschluss daran zu Papier gebracht hatte, machte ihm Angst. Alles, woran er denken konnte, waren Tod, Gewalt und Marilenes trübe Augen. Die schienen ihn aus der Dunkelheit anzuglotzen, anklagend und fragend zugleich. Außerdem hielt ihn die Erinnerung, die in Fetzen zurückkam, vom Schlaf ab: die rätselhafte SMS, der Mann, mit dem er sich im *King's Club* getroffen hatte, dessen Gesicht jedoch nicht mehr war als ein Schemen, der plötzliche Schwindel, die Übelkeit. Danach – nichts. Bis er zu Hause aufgewacht war und Marilenes Leiche entdeckt hatte. Wie hatte er nur so dumm sein können, auf eine SMS von einem Unbekannten hereinzufallen?

Die Angst, dass jemand ihm die Ideen für seine Bilder stehlen könnte, verfolgte ihn seit seiner Hochschulzeit. Damals hatte sich eine Kommilitonin mit ihm eingelassen, nur um den Entwurf für eine Seminararbeit von ihm zu kopieren. Der Diebstahl hatte ihn wütend gemacht und in eine Schaffenskrise gestürzt, weil plötzlich nur noch Leere in seinem Kopf geherrscht hatte. Der Verrat hatte die alten Wunden wieder aufgerissen, die Erinnerungen an Sabrina, Annas Mutter, lebendig gemacht. Wenn er Frauen doch nur besser einschätzen könnte! Dann könnte er vielleicht Carlas Gefühle erwidern, die ihm nicht verborgen geblieben waren. Allerdings hatte er keine Ahnung, was er mit einer »normalen« Frau anfangen sollte. Seine Liebschaften waren immer unkonventionell, explosiv und zerstörerisch und manchmal vermutete er, dass er sich damit für irgendetwas bestrafen wollte.

Er verschränkte die Hände unter dem Kopf und starrte aus dem Fenster. Die Beleuchtung im Hof erhellte die nebelige Nacht. Irgendwo in der Ferne brüllte jemand etwas in einer Sprache, die er nicht verstand. Auch am Abend war es laut gewesen in seiner Abteilung, als die Zellentüren zwei Stunden lang offen gestanden hatten, damit die Insassen duschen oder sich gegenseitig besuchen konnten. Der eine oder andere hatten den Kopf in Rolands Zelle hineingesteckt. Aber er hatte seine Mitgefangenen standhaft ignoriert. Er hatte nicht vor, hier Wurzeln zu schlagen. Hier herrschte das Recht des Stärkeren und zu dieser Welt hatte er noch nie einen Zugang gehabt. Schon in der Schule nicht. Wenn er Glück hatte, konnte er morgen in der Bibliothek arbeiten. Oder dem externen Zeichenlehrer in der Malgruppe zur Hand gehen. Vielleicht fanden Anna und ihr Kollege aber auch eine heiße Spur, die ihn entlastete.

Seine Gedanken kehrten zu Marilene zurück. Warum hatte sie so viele seiner Bilder gekauft? Von wem kam das Geld? Und wieso hortete sie die Gemälde in ihrer Wohnung? Was sollte das alles? Hatten sie und ihr – wie sollte er ihn nennen? Auftraggeber? – vorgehabt, die Bilder zu zerstören, um seinen Marktwert zu erhöhen? Oder ging es um etwas ganz anderes? Er unterdrückte ein Stöhnen. Wenn Anna doch nur endlich herausfinden würde, was dahinter steckte, wer ihm den Mord an Marilene anhängen wollte. Seit ihm klar geworden war, dass *er* ihr Blut niemals benutzt hätte, um sein Werk fertig zu stellen, zweifelte er nicht mehr an sich selbst. Man wollte ihn reinlegen, hatte ihn manipuliert. Aber warum?

Kapitel 28

Stuttgart, 9. November 2015

Anna starrte mit rasendem Puls auf die Gegenstände, die im Licht ihres Handys glänzten. Vor ihr befand sich eine Küchenzeile mit Töpfen, Bunsenbrennern, Schläuchen und Kolben. Neben mehreren Plastikwannen lagen Thermometer, in einer Handvoll durchsichtiger Behälter befand sich ein weißes Pulver. Zwar war Anna nicht sicher, aber sie nahm an, dass es sich um Pseudoephedrin handelte. Rotes Phosphor und flüssiger Ammoniak ergänzten die Ansammlung und ließen Anna mit angehaltenem Atem den Rückzug antreten. Wie gut, dass sie kein Licht angemacht hatte! Es gab keinen Zweifel: sie befand sich in einer Methküche und die konnte durch den kleinsten Funken in die Luft gehen.

Mit trockenem Mund zog sie sich zur Tür zurück und atmete mehrmals tief durch, als sie wieder auf der Straße stand. Dann brachte sie Abstand zwischen sich und den Wohnblock und wählte Markus' Nummer.

»Weißt du, wie spät es ist?«, sagte er patzig, als er endlich abnahm.

»Du musst sofort die Jungs vom LKA anrufen«, keuchte Anna. »Von der GER Rauschgift.«

»Was?«, fragte Markus etwas wacher. »Warum soll ich die gemeinsame Ermittlungsgruppe mitten in der Nacht zusammentrommeln? Bist du betrunken?«

»Wenn ich das nur wäre.« Anna fuhr sich mit dem Ärmel ihrer Jacke über die Stirn, da sie trotz der Kälte schwitzte. »Ruf außerdem die Feuerwehr. Die muss ein Gebäude evakuieren.« Sie nannte Markus die Adresse.

»Warte, warte, warte. Jetzt mach mal halblang! Was hast du da zu suchen?«

Anna überlegte fieberhaft. »Ich habe diesen Sami in einer Kneipe gesehen …«

»Und hast mich nicht sofort angerufen? Was soll der Scheiß?« Markus klang ernsthaft wütend.

Gleich würde er noch stinkiger werden, dachte Anna. »Dazu war keine Zeit, der hatte es eilig«, sagte sie. »Ich bin ihm hinterher und hab ihn bis zu seiner Wohnung verfolgt.«

»Du weißt schon, dass du dich nicht in einem amerikanischen Detektivfilm befindest, oder?«

»Jetzt hör zu!«, brauste Anna auf. »Ich hab gewartet, bis er wieder weg war, dann hab ich durchs Fenster geguckt«, log sie und hoffte inständig, dass sie wirklich keine Spuren hinterlassen hatte. »Da drin ist ein Methlabor.«

Sie hörte Markus die Luft einziehen. »Bist du sicher?«

»Was ich von draußen sehen konnte, lässt nicht viel Zweifel zu. Außer der Typ ist Hobbychemiker.« Sie beschrieb die diversen Kolben, Schläuche und Brenner.

»Was ist denn?«, hörte Anna Bea im Hintergrund schimpfen. »Ich will schlafen.«

»Ich muss weg.« Das ging offensichtlich an Beas Adresse. Kurz darauf hörte Anna ein Rascheln, dann fiel eine Tür ins Schloss. »Ich bin so schnell wie möglich bei dir. Beweg dich nicht von der Stelle!«

»Bring die GER mit«, drängte Anna.

»Dazu will ich mir erst selber ein Bild machen. Ich hab keine Lust, als Lachnummer dazustehen, nur weil die Fantasie mit dir durchgeht. Du bist zurzeit nämlich nicht unbedingt objektiv.«

»Ja, ja«, motzte Anna, »das hab ich schon mal gehört.«

»Halt die Füße still!«, wiederholte Markus. Dann legte er auf.

Toll!, dachte Anna. Jetzt konnte sie sich hier noch länger den Arsch abfrieren.

Es dauerte nicht mal eine halbe Stunde, bis Markus' Wagen um die Ecke bog. Er musste alle Geschwindigkeitsbegrenzungen übertreten haben. »Wo ist es?«, fragte er ohne Begrüßung. Seine Augen waren gerötet und er wirkte erschöpft.

Anna führte ihn zu dem Fenster, von dem aus man wenigstens einen Teil der Küchenzeile sehen konnte.

Markus lugte in die Wohnung. »Wie hast du das denn entdeckt? Man sieht kaum was.«

»Das Licht war an«, erklärte Anna und hoffte, dass Markus auf die Lüge hereinfallen würde.

Markus ging zu seinem Auto und kam mit einer Taschenlampe zurück. »Fuck!«, zischte er, als der Lichtschein die Glaskolben aufblitzen ließ. Er war plötzlich kreideweiß im Gesicht, zückte sein Handy und rief beim FLZ an, damit der PvD das LKA und die integrierte Leitstelle der Feuerwehr informieren konnte. Dann wandte er sich an Anna. »Wie sollen wir das Alex erklären?«

Anna zuckte mit den Schultern. Auch darüber hatte sie schon nachgedacht. »Ganz einfach. Ich war in meinem Urlaub in der Stadt unterwegs und habe durch Zufall diesen Sami gesehen. Weil ich mir nicht ganz sicher war, bin ich ihm hinterher und wollte mir seine Adresse aufschreiben. Für euch«, setzte sie mit einem schiefen Grinsen hinzu. »Als er Licht in seiner Wohnung angemacht hat ...« Sie zeigte auf das Fenster.

Markus bedachte sie mit einem scharfen Blick. »Du hast ja an alles gedacht«, sagte er bissig.

»Hör auf zu schmollen. Was hättest du denn gemacht? Mann, das ist kein Wettkampf! Ich will den Scheißkerl, der Marilene getötet hat, genauso finden wie ihr. Mir wär's auch lieber, wir könnten dem Typen in aller Ruhe eine Falle stellen. Aber mit so einem Labor im Haus ...«

Markus hob beschwichtigend die Hände. »Schon gut. Vielleicht finden wir in der Wohnung Hinweise. Jetzt können wir ihn wenigstens zur Fahndung ausschreiben.«

Anna fuhr sich mit der Hand übers Gesicht. »Der Kerl auf

dem Video war eindeutig dieser Sami«, sagte sie. »Mit seiner Motorradjacke sieht der genau so aus. Die Unterrieders sollten ihren Optiker wechseln.«

Markus kaute auf der Unterlippe herum und überlegte. Dann sagte er: »Alles klar. Und jetzt hau ab. Ich erkläre Alex alles. Ich will nicht, dass du auf irgendeinem Foto auftauchst. Sobald hier die Feuerwehr anrückt, werden die Leute haufenweise Bilder machen.«

Anna nickte. »Okay. Wenn ihr Fragen habt, ruft mich an.« Sie zögerte kurz, entschied sich dann aber, Markus auch von der Prostituierten zu erzählen. »Wenn du mich fragst, arbeitet dieser Sami für die Thailänder.« Sie zeigte mit dem Kinn auf die Wohnung. »Drogen, Prostituierte. Schaut doch mal in den Bilderrahmen und Kisten in der Galerie nach. Vielleicht wollten die Drogen schmuggeln. Oder Geld waschen.«

Markus kratzte sich am Kinn. »Machen wir. Geh schlafen.«

Die ersten Sirenen waren bereits in der Ferne zu hören, als sich Anna auf den Rückweg zu ihrem Audi machte. Bald würden auch die Chemiker vom LKA anrücken – mit ihren sandgefüllten Riesenbottichen, in denen sie die gefährlichen Substanzen sichern würden. Der Zirkus würde Sami mit Sicherheit vertreiben. Aber jetzt, wo sie wussten, in welchem Milieu er sich aufhielt, sollte er nicht schwer zu finden sein. Auch wenn sie noch keinen entlastenden Beweis für Roland hatte, war Anna zufrieden mit dem, was sie an diesem Abend erreicht hatte. Herzhaft gähnend entriegelte sie ihr Auto und ließ sich auf den Fahrersitz fallen. Dann suchte sie sich durch den Nebel den Weg zur B27 und schloss um kurz vor eins die Tür ihrer Wohnung in der Tübinger Altstadt auf. So leise wie möglich zog sie Schuhe, Jacke und Hose aus und schlich ins Bad. Nach einer Katzenwäsche tapste sie barfuß ins Schlafzimmer.

»Da bist du ja endlich«, grummelte Jens. Offenbar hatte sie ihn trotz aller Vorsicht geweckt.

»Schlaf weiter«, sagte sie, kroch unter die Decke und kuschelte sich an ihn.

»Ich hab morgen die ersten beiden Stunden frei«, murmelte er. »Dann reden wir.«

Statt einer Antwort küsste Anna ihn auf den Kopf, drehte sich auf die Seite und legte seinen Arm um sich. Mit seiner Wärme im Rücken und dem Duft des frisch gewaschenen Kopfkissens in der Nase dauerte es keine fünf Minuten, bis sie wie eine Tote schlief.

Am nächsten Morgen um Sieben klingelte der Wecker. Jens war schon auf und aus der Küche drang der Duft von frischem Kaffee ins Schlafzimmer. Nachdem sich Anna ein paar Minuten geräkelt hatte, schälte sie sich widerwillig aus der warmen Decke und schlüpfte in ein Paar dicke Stricksocken. In Schlafanzug und Morgenmantel ging sie in die Küche, wo Jens gerade zwei Orangen schälte.

»Na, du Murmeltier.« Trotz des Lächelns entdeckte Anna Sorge in seinen Augen.

»Wegen gestern Abend ...«, hob sie an.

»Ich hab mir Sorgen um dich gemacht«, unterbrach er sie. »Leg nie wieder einfach so auf, ja? Wenn du mit Markus oder einem anderen Kollegen unterwegs bist, ist das was anderes. Aber du bist nicht Superwoman. Das Thema hatten wir doch schon.«

»Ich weiß. Aber ich bin vorsichtig, darauf kannst du dich verlassen.«

Jens legte das Messer, mit dem er die Orangen geschält hatte, zur Seite. »Das nächste Mal komme ich mit«, sagte er. Sein Tonfall duldete keinen Widerspruch.

»Du hattest Elternabend«, wandte Anna ein.

»Das war gestern.«

Anna wusste nicht, ob sie ärgerlich oder gerührt sein sollte. Er war so eine Glucke! »Ich bin Polizistin«, versuchte sie ihn umzustimmen. »Wir haben öfter mal mit bösen Buben zu tun.«

Jens stellte einen Teller mit einer Orange vor sie und musterte sie mit einem müden Ausdruck. »Nochmal: Wenn du mit Kollegen unterwegs bist, mache ich mir zwar auch Sorgen, aber da hast du wenigstens jemanden, der dir den Rücken freihalten kann. Alleine machst du so was nicht mehr. Basta.«

Anna kam sich vor wie damals in der Schule, als der Direktor sie wegen eines blöden Streiches zu sich bestellt hatte. Der hatte ähnlich geklungen. Kriegte man diesen Ton automatisch drauf, wenn man Lehrer war? Wie gut, dass Jens nichts von dem Methlabor wusste. Das sollte sie ihm vielleicht besser nicht aufs Butterbrot schmieren. »Also gut«, lenkte sie ein, »wenn ich nochmal abends durch die Kneipen ziehe, nehme ich dich mit.« Sie grinste. »Sag doch gleich, dass du mal wieder eine Sauftour machen willst.«

Jens setzte sich an den Tisch und goss Kaffee ein. »Nicht lustig«, warnte er. »Manchmal bist du schlimmer als ein Teenager.«

Anna schnappte sich ein Aufbackbrötchen und bestrich es mit Nutella. Zum Glück hatte Jens keine Ahnung davon, was sie an diesem Tag vorhatte.

Kapitel 29

Stuttgart, 10. November 2015

Rainer Stemmler hatte kaum vier Stunden geschlafen, als er am nächsten Morgen zur Dienststelle kam. Roland Kirchbergers Villa war noch lange nicht abgearbeitet, weshalb ihn der Anruf von Alex Wolf nicht gerade glücklich gestimmt hatte. Nur widerwillig hatte er ein Team zu der Wohnung mit dem Methlabor geschickt, weil er eigentlich alle verfügbaren Kollegen in der Villa brauchte. Die für acht Uhr angesetzte SOKO-Besprechung stahl ihm wertvolle Zeit, aber wenigstens konnte er bis dahin noch ein paar Asservate für das Kriminaltechnische Institut des LKAs eintüten. Eine Sache war von besonderer Dringlichkeit für ihn: Er hatte sowohl in dem kleinen Kabuff, in dem der Angriff auf das Opfer erfolgt war, als auch an einem Fenster der Villa Fingerabdrücke gefunden. Diese schienen auf den ersten Blick identisch zu sein mit Abdrücken aus Marilene Hübners Wohnung. Da sie offensichtlich nicht mit Roland Kirchbergers übereinstimmten, mussten sie von einem Dritten stammen. Rainer hoffte inständig, dass die Abfrage über das AFIS, das Automatisierte Fingerabdruck-Identifizierungs-System des BKA, nicht wieder ewig dauern würde. Wenn er Glück hatte, war die Sachverständige des KTI für den Fall zuständig, die er vor einem halben Jahr bei einem Lehrgang kennengelernt hatte.

Als er den SOKO-Raum betrat, redeten bereits alle durcheinander, am lautesten Markus Hauer. Die nächtliche Aktion hatte deutliche Spuren hinterlassen, er sah ziemlich verknittert aus. Der Platz neben ihm war leer und wirkte irgendwie anklagend. Auch wenn Anna Rainer schon öfter zur Weißglut getrieben hatte, schätzte er ihren scharfen Verstand. Sie hatte einen fast unfehlbaren Instinkt – etwas, das in Rainers Augen einen guten Ermittler ausmachte. Wie es aussah, hatte sie von Anfang an Recht gehabt. Denn nicht nur die Fingerabdrücke deuteten darauf hin, dass Roland Kirchberger die Wahrheit gesagt haben könnte.

»Können wir anfangen?«, fragte Alex Wolf.

Die Kollegen verstummten.

»Wie ihr vermutlich mitbekommen habt, gab es heute Nacht eine unerwartete Wendung in dem Fall«, sagte der SOKO-Leiter. Er fasste die Lage für all diejenigen, die nicht auf dem Laufenden waren, zusammen. »Sami Heitz ist zur Fahndung ausgeschrieben. Sobald ihn einen Streife aufgreift, wird er hierher gebracht.«

»Wir haben seinen Nachbarn das Video aus dem *King's Club* gezeigt«, warf Helmut Baumann ein. »Die haben ihn eindeutig identifiziert. Er ist der Mann, mit dem Kirchberger den Club verlassen hat.«

»Markus?«, wandte sich Alex Wolf an Markus Hauer.

»Es war tatsächlich ein Methlabor. Anna hatte recht«, sagte der.

»Anna?«, fragte Eva Hägele. »Ich dachte, Anna sei beurlaubt.«

Markus rang sichtlich mit sich, bevor er antwortete. »Sie war in ihrer Freizeit unterwegs, um was zu trinken. Da hat sie durch Zufall diesen Sami gesehen. Und ist ihm hinterher gegangen.«

»Zufall. Klar«, murmelte einer von Rainers Kollegen.

Einige der Anwesenden grinsten.

Alex Wolf rang um Haltung.

»Außerdem scheint Sami Heitz Verbindungen zum Thai-Prostitutionsmilieu zu haben«, fuhr Markus fort, bevor noch mehr Kommentare kommen konnten.

»Als Zuhälter?«, fragte Helmut Baumann.

»Das wissen wir noch nicht.«

»Sollen wir uns da mal umhören?«, wollte Eva Hägele wissen.

»Das wird nicht viel bringen. Die ziehen nicht nur andauernd in neue Wohnungen um, sie reden außerdem nicht mit uns«, seufzte der SOKO-Leiter.

»Ich denke, wir sollten versuchen herauszufinden, in wessen Auftrag Marilene Hübner die Bilder gekauft hat«, sagte Markus. »Für mich sieht das eindeutig nach Geldwäsche aus. Irgendjemand hat ihr den Auftrag dazu gegeben, wenn ihr mich fragt.«

»Warum hat man sie dann umgebracht, bevor sie die Bilder weitergeben konnte?«, warf Alex Wolf ein. »So macht das keinen Sinn. Das Waschen funktioniert nur, wenn der Auftraggeber die Bilder erhält und dann ganz offiziell verkauft und zu Geld macht.«

Markus Hauer zuckte mit den Schultern. »Keine Ahnung. Vielleicht wollte sie aussteigen?«

»Das sind mir zu viele ›Vielleichts‹«, seufzte Alex Wolf.

»Ich denke, wir sollten von Roland Kirchberger als Hauptverdächtigem abrücken«, meldete sich Rainer Stemmler zu Wort. Als die Anwesenden ihn fragend ansahen, fuhr er fort: »Die Schuhabdrücke im Atelier und das Blut auf seinem Hemd entlasten ihn eindeutig. Hätte er Marilene Hübner getötet, wäre viel mehr Blut an seiner Kleidung. Außerdem decken sich die Abdrücke mit seiner Aussage. Er ist erst in ihr Blut getreten, als sie schon tot war.« Er verband seinen Computer mit dem Beamer und klickte ein paar Bilder vom Tatort auf die Leinwand. »Seht ihr? Dort und dort.« Er tippte auf zwei Stellen, an denen die blutigen Schuhabdrücke die normalen Abdrücke, die man auf jedem glatten Boden sichtbar machen konnte, überdeckten. »Erst hin, dann zurück. Man sieht genau, wo er beim Hinlaufen in ein paar Blutspritzer getreten ist. Die waren schon da, als er das Atelier betreten hat.«

»Das reicht mir noch nicht«, mischte sich Alex Wolf ein.

»Außerdem habe ich dieselben Fingerabdrücke am Tatort und in Marilene Hübners Wohnung gefunden. Nicht die von Kirchberger.«

»Die von Sami Heitz?«, wollte Markus wissen.

»Ich warte noch auf die Spuren aus seiner Wohnung. Würde mich allerdings nicht wundern«, gab Rainer zurück. »Und«, er klickte das Foto eines Fensters im Erdgeschoss von Kirchbergers Villa auf die Leinwand, »hier könnte sich jemand Einlass verschafft haben.«

»Du denkst also, Sami Heitz hat Marilene Hübner dorthin gelockt, um sie zu töten?«, fragte der SOKO-Leiter. »Wieso?«

»Das ist nicht mein Job«, schoss Rainer zurück. »Um das Motiv müsst ihr euch kümmern. Ich kann euch nur die Spuren liefern.« Er ignorierte Markus' Stirnrunzeln und fuhr fort: »Wenn wir Glück haben, kriege ich die Ergebnisse vom LKA noch heute.«

»Wie willst du das denn anstellen?«, fragte Eva Hägele.

»Ich habe meine Quellen«, scherzte Rainer. Als Eva ihn mit hochgezogenen Brauen ansah, sagte er: »Die Sachverständige schuldet mir noch einen Gefallen.«

Alex Wolf blies die Wangen auf. »Dann hoffen wir, dass sie sich daran erinnert«, sagte er. »In der Zwischenzeit sollten wir alles Erdenkliche unternehmen, um diesen Sami zu finden.«

»Sind die Ergebnisse von Kirchbergers Bluttest schon da?«, fragte Markus.

Der SOKO-Leiter nickte. »Nichts. Keine Flummis. Das war zu erwarten, die meisten Mittel sind kaum mehr nachweisbar nach ein paar Stunden.«

»Was ist mit der fremden DNA, die wir unter den Fingernägeln des Opfers gefunden haben?«, hakte Markus weiter nach.

»Noch keine Ergebnisse.«

Der Rest der Besprechung drehte sich um das weitere Vorgehen der Ermittler, weshalb Rainer Stemmler seinen Computer vom Beamer trennte und sich in seinem Stuhl zurücklehnte. Wenn er Recht hatte mit seiner Vermutung, würde Annas Vater schon bald aus der Haft entlassen werden.

Allerdings dauerte es fast drei Tage, bis endlich die Ergebnisse des LKAs in seinen Posteingang flatterten.

Kapitel 30

Stuttgart, 12. November 2015

Während sich die Ermittlungen ihrer Kollegen im Kreis drehten, machte sich Anna auf eigene Faust auf die Suche nach Sami.

Zwei Tage lang jagte sie einer Spur nach der anderen nach, doch erst am Donnerstagnachmittag hatte sie Erfolg. Nach einem heftigen Streit mit Jens hatte sie schließlich zugestimmt, ihn mitzunehmen. Deshalb saßen sie zusammen auf einem Parkplatz in ihrem Audi und diskutierten eine Lösung, die Anna ganz und gar nicht gefallen wollte.

»Du kannst dich schlecht als Freierin ausgeben«, sagte er. »Da riechen die gleich Lunte. Wenn ich mich mit einem Mädchen verabrede, ist das völlig normal.« Er tippte auf dem Display seines Smartphones herum und scrollte durch eine der Internetseiten, auf denen die Thai-Prostituierten ihre Dienste anboten.

»Und was willst du tun, wenn du drin bist?«, fragte Anna.

»Das, was du auch tun wolltest. Fragen zu Sami stellen.«

Anna schüttelte den Kopf. »Du weißt nicht, wie man das macht. Wenn du es falsch angehst, erfährst du kein Wort.«

Jens hatte offenbar ein Mädchen gefunden, das an diesem Abend frei war. Er tippte auf dem Telefon herum und kurz darauf ertönte der Ton für eine neue Nachricht. »Soll ich ...?«

»Warte.« Anna nahm ihm das Telefon aus der Hand und überlegte einen Moment. Auf keinen Fall würde sie Jens alleine in die Höhle des Löwen gehen lassen. Er hatte keine Ahnung, was ihn erwarten konnte. Ihr kam eine Idee. Sie las die Nachricht an Jens durch und antwortete.

»Was schreibst du?«, wollte er wissen.

Anna grinste. »Dass wir zu zweit sind und Interesse an einem Dreier haben.«

»Ist nicht dein Ernst. Warum sagst du mir das erst jetzt?«, flachste er.

»Hör auf zu blödeln. Ich lasse dich da nicht alleine rein. Wenn du weiter rumzanken willst, buche ich dir eine Transsexuelle.«

Jens tat schockiert, wurde aber sofort wieder ernst. »Meinetwegen. Hauptsache, wir kommen da irgendwie rein und du findest raus, wo dieser Sami ist. Die Fahndung hat wohl noch nicht viel gebracht?«

Anna schüttelte den Kopf. »Nichts. Der ist viel zu clever, um in die Falle zu gehen, nachdem wir sein Methlabor ausgehoben haben.«

»Und du glaubst wirklich, dass du von einem der Mädchen was erfahren kannst?«

Anna ignorierte die Frage. Sie hatte endlich gefunden, wonach sie gesucht hatte. »Nicht von irgendeinem Mädchen«, sagte sie und zeigte Jens eine schlanke Schönheit in Lack und Leder. »Von *dieser* hier.« Sie schickte eine weitere Nachricht an die Prostituierte, die Jens ausgesucht hatte – sie hätten es sich anders überlegt – und kontaktierte die »Ying Yang Blumen Thai Massage«. Die junge Frau, die auf dem Bild verführerisch auf einem Spiegel posierte, war eindeutig dieselbe, die sie mit Sami zusammen gesehen hatte. Allerdings war der blonde Bob einer rabenschwarzen Mähne gewichen. Zu Annas Erleichterung bot sie ihre Dienste für beiderlei Geschlecht an. Unter ihrem Bild und dem Versprechen, dass sie auch Haus- und Hotelbesuche machen würde, fand sich eine Handynummer, die Anna wählte.

»Sag ihr, dass wir zu zweit sind und ganz scharf auf eine Body-to-Body-Massage«, sagte sie grinsend und drückte ihm das Telefon in die Hand.

»Hallo«, hörte sie es aus dem Lautsprecher säuseln.

Jens schilderte sein Anliegen.

»Kein Problem, ich massieren auch Paare.« Ein verführerisches Kichern. »Ihr kennen Adresse?«

Jens bejahte.

»Dann kommen. Ich warten auf euch.« Ein weiteres verführerisches Lachen. »Ich soll was für euch anziehen?«

»Äh.«

Anna stieß Jens mit dem Ellenbogen in die Seite. »Hauptsache sinnlich«, flüsterte sie.

»Hauptsache sinnlich«, wiederholte Jens und schnitt ein Gesicht in Annas Richtung, als ob er in etwas Saures gebissen hätte. »Jetzt komme ich mir irgendwie schmierig vor«, sagte er, als er aufgelegt hatte.

»Warte nur, bis du die ›superscharfe Nang‹ gesehen hast«, gab Anna trocken zurück und gab die Adresse – eine andere als die, zu der sie Sami gefolgt war – in das Navi ein. »Das ist nicht weit. Kannst dich schon mal mit allen Sinnen auf das Erlebnis vorbereiten.« Sie grinste.

Auch Jens hatte Mühe, ernst zu bleiben – trotz der Gefahr, in die sie sich vielleicht begaben.

Zum Glück geht er regelmäßig zum Kickbox-Training, dachte Anna. Ihre eigene Kampfsportausbildung war zwar schon eine Weile her, aber die wichtigsten Griffe verlernte man nie. Trotzdem fühlte sie sich ohne ihre Dienstwaffe nackt.

Als sie die angegebene Adresse erreicht hatten, parkten sie in einer Nebenstraße und steuerten kurz darauf auf einen Wohnblock zu.

»Da drin ist der Puff?«, fragte Jens erstaunt.

Anna nickte. »Das läuft bei den Thais alles ein bisschen anders«, sagte sie. »Den Betreibern gehört so ein Objekt, in dem sich die Mädchen für ein paar Wochen einmieten. Die zahlen entweder Tages- oder Wochenmieten und hausen in winzigen Zimmern zusammen. Die meisten waren mal mit irgendeinem Deutschen verheiratet, sind aber längst wieder geschieden. So kann man sie nicht ausweisen.«

»Das machen die freiwillig?«

Anna schüttelte den Kopf. »Die meisten sind Sexsklavinnen, die keine Chance haben, je von ihrem Besitzer wegzukommen.«

»Scheiße.« Jens klang angeekelt.

Sie hatten den Altbau erreicht und Anna drückte den einzigen Klingelknopf, den es gab. Der Türöffner summte. Während es draußen anfing zu nieseln, betraten sie ein erstaunlich sauberes, mit Plastikblumen geschmücktes Treppenhaus. Den Weg nach oben versperrte eine Tür am ersten Treppenabsatz, die just in diesem Moment von einem Hageren mit langen schwarzen Haaren geöffnet wurde. Seine Bewegungen waren kraftvoll und geschmeidig – wie die einer Katze. »Sie haben Termin?«, fragte er, als er Anna und Jens erreichte.

Anna nickte. »Mit Nang.«

»Zweihundert Euro«, forderte der Mann und streckte die Hand aus.

Jens pfiff durch die Zähne.

»Sie wollen Spezialbehandlung«, sagte der Aufpasser ölig. »Kosten extra.« Offenbar war er voll im Bilde.

Zum Glück hatten sie vorher an einem Geldautomaten angehalten. Anna zählte dem Kerl die geforderte Summe in die Hand.

Daraufhin öffnete er die Tür und bat sie hinein. »Zweite Stock, linke Wohnung.« Er verfolgte Jens und Anna mit den Augen, bis sie in der ersten Etage verschwunden waren.

»Reizender Zeitgenosse«, zischte Jens.

Anna legte den Zeigefinger auf die Lippen. Bei Nangs Wohnung angekommen, klopfte sie an die Tür. Eine Klingel gab es nicht.

Das Mädchen, das keine fünf Sekunden später öffnete, war bildschön. In der Bar hatte Anna sie nur aus der Ferne gesehen. Aus der Nähe wirkte ihre Haut so seidig wie die eines Pfirsichs. Ihre mandelförmigen Augen hatte sie dezent geschminkt, die Lippen mit einem kirschroten Lippenstift bemalt. Das schwarze Haar reichte bis zu den Hüften. Sie steckte in einem hautengen Lederkostüm mit tiefem Ausschnitt. Einzig ihre Pupillen verrieten, dass sie high war.

Jens fielen fast die Augen aus dem Kopf.

»Willkommen.« Sie legte die Handflächen aneinander und verbeugte sich. Ihre Bewegungen waren marionettenhaft. Sie trat beiseite, um Jens und Anna hereinzulassen, dann führte sie die beiden einen schmalen Korridor mit mehreren geschlossenen Türen entlang zu einem Zimmer mit rotem Teppichboden und verspiegelter Decke. An der Wand stand ein ausladendes Bett mit einem Kopfteil, an dem Seidentücher hingen.

Vermutlich für Fesselspielchen, dachte Anna.

Außer dem Bett gab es eine Art Massageliege, daneben einen Tisch mit den unterschiedlichsten Sexspielzeugen.

»Ihr wollen nacheinander oder zusammen?«, fragte die junge Frau. »Ich auch Domina für euch sein können.«

Ihr schüchternes Lächeln ließ Anna an dieser Behauptung zweifeln. Überhaupt war ihre professionelle Maske ziemlich dünn, weshalb sie vermutlich auf Drogen war.

»Wir sind nicht hier, um Sex mit dir zu haben«, sagte sie. Es war besser, mit der Tür ins Haus zu fallen, als lange um den heißen Brei herumzureden. Wenn Annas Gefühl sie nicht trog, würde die junge Frau alles tun, um aus dieser Hölle zu entkommen.

Nangs Augen weiteten sich. »Was ihr dann wollen?« Sie näherte sich unauffällig dem Tisch, an dem vermutlich ein Notrufknopf angebracht war.

»Warte«, bat Anna und hob die Hände, um zu demonstrieren, dass keine Gefahr von ihnen ausging. Als Nang in der Bewegung innehielt, sagte sie: »Wir können dir helfen, hier wegzukommen.«

Die Augen des Mädchens weiteten sich furchtsam. »Das nicht möglich«, hauchte sie. Ihr Blick wanderte zu einem der vier Pfosten des Bettes und Anna verstand. Sie wurden beobachtet. Oder belauscht.

Kapitel 31

Stuttgart, 12. November 2015

Einen Moment lang herrschte Totenstille im Raum, dann sagte Anna zu Jens: »Leg dich auf die Liege.« An Nang gewandt fragte sie im Flüsterton: »Sehen sie uns nur oder hören sie uns auch zu?«

»Sehen«, murmelte die junge Frau, während sie Jens bedeutete, das Hemd auszuziehen. Sobald er mit nacktem Oberkörper dalag, goss sie ihm Öl auf den Rücken und begann, ihn zu massieren.

Anna stellte sich derweil mit dem Rücken zur Kamera. »Wir sind auf der Suche nach Sami. Wenn du uns hilfst, ihn zu finden, bringen wir dich von hier fort.«

Das Mädchen erstarrte mitten in der Bewegung, machte aber sofort weiter. »Sami Chef«, wisperte sie. »Er mich umbringen.«

»Das wird er nicht«, versprach Anna. Sie überlegte einen Augenblick. »Auf der Homepage steht, dass du auch Haus- und Hotelbesuche machst«, sagte sie. »Wenn wir dem Aufpasser unten sagen, dass wir lieber in unserem Hotel von dir ›behandelt‹ werden wollen, lässt er dich gehen, oder?«

Nang nickte. »Kosten mehr.«

Das war Anna egal. Diese junge Frau war der einzige Wegweiser zu diesem vermaledeiten Sami. Und wenn es sie noch mal zweihundert Euro kosten würde, sie war fest entschlossen, ihn aufzuspüren. Die Kollegen von DP, der Dienststelle Prostitution, konnten Nang bestimmt helfen, wenn sie ihnen im Gegenzug Informationen zu den Mädchenhändlern gab. Das einzige Problem war ihre Drogensucht. Deshalb sagte sie: »Wenn du uns zu Sami bringst, bekommst du zweihundert Euro.«

Nangs Augen leuchteten auf. Das reichte für die nächste Line und viel weiter dachte sie vermutlich im Moment nicht. »Gut«, sagte sie nach kurzem Nachdenken. » Aber ihr erklären Chi.«

Anna nahm an, dass Chi der Türsteher war. Sie nickte. »Zieh dich an«, forderte sie Jens auf. Kaum hatte der sich die Zipfel seines Hemdes in die Hose gesteckt, steuerte Anna auf die Zimmertür zu.

Im Erdgeschoss angekommen, war es einfacher als gedacht, Chi klarzumachen, was sie mit Nang vorhatten. Der hielt, wie vorausgesagt, erneut die Hand auf, dann öffnete er ihnen die Tür.

»Warum ihr suchen Sami?«, wollte die junge Frau wissen, als sie auf ihren Stöckelschuhen zu Annas Audi stakste. Dass es inzwischen stärker regnete, schien sie nicht zu stören. Sie klang ängstlich und nervös. Immer wieder sah sie sich um – als fürchte sie, Chi könne ihnen hinterhergelaufen kommen.

Anna wusste, dass das Mädchen in Panik geraten würde, wenn sie ihr sagte, dass sie von der Polizei war. Den meisten der Frauen wurde eingeredet, dass die Polizei sie sofort abschieben würde. Statt einer Antwort fragte sie: »Wie lange bist du schon bei Sami?«

Nang zog schaudernd die Schultern hoch. »Drei Jahre«, flüsterte sie. »Sie mich geholt, als ich siebzehn Jahre alt.«

Anna sah Jens an, dass er ähnlich empfand wie sie. Der Handel mit Frauen machte sie unglaublich wütend. Ihre Geschichten waren immer ähnlich. Die meisten Thailänderinnen kamen aus Seidenwebereien in Bangkok, wo Zeitungs- oder Internetinserate ihnen eine Lebenswende versprachen: Kostenlose Auslandsaufenthalte, Sprachkurse, eventuell eine Ehe. In den Zielländern angekommen, wurde ihnen das Rückflugticket abgenommen und sie wurden über »Büros« an die meistbietenden Zuhälter oder an alte Männer, die sich junge Ehefrauen wünschten, verkauft.

»Hast du einen Ehemann?«, wollte Anna wissen.

Nang schüttelte den Kopf. »Geschieden.« Ihre Stimme klang erstickt.

Beim Audi angekommen, bedeutete ihr Anna, sich auf den Beifahrersitz zu setzen. Jens rutschte hinter sie.

»Wohin?«, fragte Anna.

Nang beschrieb den Weg nach Stuttgart-Plieningen zu einem Ort, der Anna die Stirn runzeln ließ. »Er ist im Wertstoffhof?«

Nang zuckte die Achseln. »Große Gelände, viel Wald. Bei Fluss. Er mich manchmal dahin mitnehmen.«

Anna kannte das Areal. Es lag mitten in einem Waldstück am Neckarufer – gegenüber eines Daimler-Werks. Das wurde ja immer interessanter! Was wollte Sami da? Verkaufte er von dort aus Drogen im größeren Stil? Worum ging es hier bloß? Je mehr sie erfuhr, desto undurchsichtiger wurde der Fall für sie. War es ein Zufall, dass Marilene bei Roland getötet worden war? Schmuggelte er über Rolands Galerie die Zutaten für Crystal Meth ins Land? Das fertige Meth außer Landes? Immerhin hatte Roland Ausstellungen auf der ganzen Welt. Oder ging es um Geldwäsche, was die Einzahlungen auf Marilenes Konto vermuten ließen? Wenn ja, waren es Drogengelder oder das Geld aus dem Mädchenhandel? Und wieso, zum Teufel, Roland? Wenn Sami schon Kontakte zu den Betreibern des Wertstoffhofes hatte, hätte er doch genauso gut Abfallcontainer zum Schmuggeln benutzen können. Es ergab einfach keinen Sinn. Die SMS, mit der man Roland in den *King's Club* gelockt hatte, zeigte, dass der Mord geplant gewesen war. Hatte Sami befürchtet, dass Marilene kalte Füße bekommen und seine Machenschaften auffliegen lassen könnte – was auch immer es für Machenschaften waren?

Die ganze Fahrt über zermarterte sich Anna das Gehirn, ohne eine passende Erklärung zu finden. Es fehlten einfach noch zu viele Stücke in dem Puzzle. Als sie den Wertstoffhof erreichten, parkte sie den Wagen ein Stück von der Einfahrt entfernt in einem Waldweg.

»Sieht aus, als ob die nicht mehr auf haben«, bemerkte Jens.

Das Pförtnerhaus schien zwar noch besetzt zu sein, ansonsten war alles dunkel.

Anna sah auf die Uhr. »Klar. Ist schon fast sieben. Ich nehme an, die machen spätestens um sechs zu.«

»Sami hat Schlüssel für kleine Tor«, ließ sich Nang vernehmen.

»Wir leider nicht«, brummte Anna, zog sich die Kapuze ihrer Windjacke über den Kopf und stieg aus.

»Was willst du jetzt machen?«, fragte Jens. »Wir können schlecht über den Zaun klettern und da drin auf eigene Faust nach Sami suchen. Solltest du nicht Markus anrufen?«

Anna schüttelte den Kopf. »Erst, wenn ich sicher bin, dass er wirklich da ist. Sonst rücken die hier mit Lichtorgel an und wir sehen den Typen nie wieder.«

Jens warf ihr einen skeptischen Blick zu. »Ernsthaft? Mit ihr?« Er zeigte auf Nang.

»Ja«, gab Anna trocken zurück. »Wenn du hier bleiben willst ...«

»Du spinnst wohl?«, brauste Jens auf.

Anna ging zum Kofferraum und holte eine Taschenlampe. »Was soll schon passieren? Ich hab nicht vor, hinzurennen und mit den Armen zu wedeln. Wir gehen da rein, sehen nach, ob Sami hier ist, und rufen dann Markus an. Okay?«

Jens brummte etwas Unverständliches, nahm ihr aber die Taschenlampe ab und prüfte, ob sie funktionierte.

»Willst du im Auto warten?«, fragte Anna Nang.

Das Mädchen schüttelte den Kopf und warf einen ängstlichen Blick in den Wald. »Ich mitkommen«, sagte es tapfer.

Während sich der Nieselregen allmählich in Schnee verwandelte, stapften sie über den schlammigen Boden zu einem Metallzaun, der das Gelände des Wertstoffhofes begrenzte. Der war zum Glück nicht besonders hoch, sodass es ihnen ohne größere Anstrengung gelang, ihn zu überwinden. Einzig Nang tat sich ein bisschen schwer mit ihren Stöckelschuhen, schaffte es aber mit Jens' Hilfe ebenfalls.

»Da lang«, flüsterte Anna und leuchtete in Richtung Norden. Da die Bäume den Schneeregen ein wenig abhielten, war der Untergrund nicht ganz so tückisch wie außerhalb des Areals. Sie mussten nicht weit gehen, bis sie offenes Gelände erreichten. Anna knipste die Taschenlampe aus; das Licht der Straßenlampen eines angrenzenden Wohngebietes reichte aus, um zu sehen, was vor ihnen lag: etwa zweihundert Quadratmeter planiertes Gelände, auf dem ein paar Baustellenfahrzeuge und etwa ein Dutzend großer Container abgestellt waren. Etwa hundert Meter vor ihnen, am rechten Rand des Areals, befand sich ein Bauwagen, in dem Licht brannte. Davor standen drei Oberklassefahrzeuge, deren Kennzeichen völlig verdreckt waren. Anna zückte ihr Handy und schoss ein paar Bilder.

»Scheint ein Treffen zu sein«, flüsterte Jens.

»Bleibt ihr hier, ich gucke durchs Fenster«, gab Anna zurück. Ohne auf eine Antwort zu warten, schlich sie geduckt zu dem Bauwagen und richtete sich neben dem Fenster vorsichtig auf. Aus dem Inneren drangen Stimmen, allerdings so gedämpft, dass sie nichts verstehen konnte. Vorsichtig lugte sie über den Sims. Drinnen redeten vier Männer wild aufeinander ein. Einer war Sami. Da sie wusste, wie schwer es war, aus einem beleuchteten Raum heraus etwas in der Dunkelheit zu erkennen, wagte sich Anna ein wenig weiter nach oben und aktivierte die Videofunktion ihres Telefons. Sie nahm ein paar Minuten des Streites im Bauwagen auf und machte dann Fotos von den Männern. Zu ihrem Pech schaltete die Kamera beim dritten Bild jedoch automatisch auf Blitz, dessen gleißendes Licht sich in der Fensterscheibe spiegelte.

»Scheiße!«, zischte sie, als einer der Männer zu ihr herumwirbelte und auf das Fenster zeigte. Sie duckte sich zu spät weg und sah gerade noch, wie Sami eine Waffe aus der Jacke zog.

»Fuck! Nichts wie weg!«, rief sie, machte auf dem Absatz kehrt und rannte zu Jens und Nang. »Lauft! Die haben mich gesehen. Sami hat eine Pistole!«

Keine zwei Sekunden später flog die Tür des Wagens auf und ein Schuss zerriss die Stille der Nacht.

So schnell, dass sie fast über ihre eigenen Füße stolperte, rannte Anna Jens und Nang hinterher – auf den Waldrand zu. Als sie in vollem Lauf in eine Pfütze trat, hätte sie um ein Haar das Gleichgewicht verloren, fing sich jedoch im letzten Augenblick. Kurz vor der ersten Baumgruppe fiel noch ein Schuss und Nang ging mit einem Schrei zu Boden.

Dicht neben Anna schlugen zwei weitere Schüsse in Bäume ein. Trotzdem versuchte sie, Nang zu Hilfe zu kommen, aber das Mädchen lag regungslos im Matsch.

»Verdammt, Anna, komm!« Jens packte sie am Arm und zerrte sie weiter auf den Wald zu, während hinter ihnen ein Motor angelassen wurde. Kurz darauf erhellten Autoscheinwerfer die Nacht – gerade, als Anna und Jens den Zaun erreichten. Ohne sich umzusehen, zogen sie sich an dem glitschigen Metall in die Höhe und landeten auf der anderen Seite im Dreck. Während mehrere Kugeln vom Zaun abprallten, rappelten sie sich auf und rannten wie von Furien gehetzt zu ihrem Wagen.

Kapitel 32

Stuttgart, 12. November 2015

»Ich dachte, wir hätten einen Profi angeheuert.« Der Mann in dem eleganten grauen Anzug musterte Sami Heitz abfällig.

Der rang keuchend um Atem, während er mit Mordlust im Blick auf Nang starrte.

Das Mädchen blutete aus einer Fleischwunde am Arm und

zitterte vor Schmerz und Angst. Bei dem Sturz hatte sie sich auch das Knie verletzt, das eine hässliche Schürfwunde zierte.

Sami packte sie bei den Haaren und zog sie grob auf die Beine. Dann versetzte er ihr einen Schlag, der ihr die Nase brach. »Wer waren die? Was hast du hier zu suchen? Weißt du, was du getan hast, du dämliche kleine Nutte?« Er holte erneut aus, aber der Mann im Anzug hielt ihn davon ab.

»Schaff sie hier fort und finde raus, was sie weiß«, sagte er. »Hier wimmelt es sicher bald von Polizisten.« Er bedachte Sami mit einem Blick, der jedem anderen das Blut in den Adern hätte gefrieren lassen. »Bring die Scheiße in Ordnung. Erst der Mist mit dem Maler. Jetzt das. Wenn uns irgendjemand das Geschäft versaut, ist dein Kopf der erste, der rollt.«

»Der Maler ist mundtot«, gab Sami trotzig zurück.

»Das ist mir egal«, versetzte der Mann im Anzug kalt. »Sorge dafür, dass er nichts mehr sagen kann. Ganz gleich, wie viel er weiß.«

»Dann hätte ich ihn gleich umbringen können.«

»Er sollte der Sündenbock sein. Schon vergessen? Hättest du ihn auch getötet, hätte die Polizei ihre Nase vielleicht tiefer reingesteckt als jetzt schon. So haben wir Zeit gewonnen. Vier Tage noch …« Er brach den Satz ab. »Finde die beiden, die mit der Kleinen hier waren. Und bring sie ins Lagerhaus. Ich will wissen, wie viel sie herausgefunden haben.« Mit diesen Worten ließ er Sami stehen und stieg in einen der Wagen, der kurz darauf mit Vollgas davonbrauste.

Mit einem Fluch zerrte Sami Nang zum Bauwagen, packte seine Sachen zusammen und stieß sie auf sein Auto zu. Nachdem er den Kofferraum geöffnet hatte, versetzte er ihr einen brutalen Fausthieb gegen die Schläfe. Ihren schlaffen Körper warf er in den Kofferraum und knallte den Deckel zu. Dann stieg er ein und verließ das Gelände just in dem Augenblick, in dem in der Ferne die ersten Sirenen heulten. Mit einer Hand am Steuer drückte er eine Kurzwahltaste auf seinem Handy und rief ein Wegwerftelefon an, das einer seiner Leute in die Vollzugsanstalt in Stammheim geschmuggelt hatte. Als am anderen Ende abgenommen wurde, sagte er: »Der Maler.«

Kapitel 33

Stuttgart, 12. November 2015

»Seid ihr vollkommen bescheuert?«, zeterte Markus, als Anna ihm atemlos von dem Vorfall auf dem Gelände des Wertstoffhofes berichtete.

Sie hatten auf einem Parkplatz angehalten, um zu telefonieren.

»Mann, Anna! Dafür reißt dir Alex den Arsch auf!«

»Was hätte ich denn tun sollen?«, brauste Anna auf. »Wenigstens habe ich diesen Sami aufgespürt.« Die Angst um Nang schnürte ihr die Kehle zu und sorgte dafür, dass sie noch wütender wurde. Was würden die Kerle ihr antun? War sie überhaupt noch am Leben? Oder hatte die Kugel sie getötet? »Der PvD soll sofort eine Ringalarmfahndung auslösen. Ihr müsst sie finden!«

»Ach? Echt jetzt?,« ätzte Markus.

»Ja. Hör auf, mich runterzuputzen und gib die Fotos weiter, die ich dir geschickt habe. Findet raus, wer diese Typen sind.«

»Du kommst sofort mit Jens zur Dienststelle«, knurrte Markus. »Damit ich eure Aussagen aufnehmen kann. Am liebsten würde ich dich zu deinem Vater nach Stammheim stecken, damit du endlich Vernunft in deinen Dickschädel kriegst.« Er klang ernsthaft sauer.

»Lass Roland aus dem Spiel«, fauchte Anna.

»Würde ich gerne, aber der steckt nun mal bis über beide

Ohren mit drin. Also macht, dass ihr hierher kommt!« Ohne ein weiteres Wort legte er auf.

»Der ist aber stinkig«, sagte Jens. Er schluckte. »Mann, das war ...«

»Ich weiß«, seufzte Anna. »Damit hatte ich nicht gerechnet.« Sie fuhr sich mit den Händen übers Gesicht. »Scheiße! Wir hätten Nang nie mit hierher nehmen dürfen!« Erst jetzt merkte sie, dass ihr linkes Bein zitterte. Ihr Herz raste immer noch und ihre Handflächen waren klitschnass.

Auch Jens war anzusehen, dass ihn das, was passiert war, ziemlich mitgenommen hatte. Er war kreidebleich. »Du konntest nicht wissen, dass die auf uns schießen«, versuchte er, sie zu beschwichtigen.

»Ich hätte Nang im Auto lassen sollen.« Anna stöhnte. »Wenn sie tot ist ...« Ihre Stimme versagte. Tränen schossen ihr in die Augen und ihr Zwerchfell zog sich schmerzhaft zusammen. Sie hatte keine Zeit, zu heulen! Wütend über ihre Schwäche und Dummheit umklammerte sie das Lenkrad und bemühte sich, ruhiger zu werden. Allerdings fiel ihr das nicht leicht. Wie schnell hätte Jens derjenige sein können, der von einer Kugel getroffen im Schlamm lag! Ohne Vorwarnung schoss ihr bittere Galle in die Kehle. Mit einem Würgen stieß sie die Autotür auf, taumelte aus dem Wagen und kotzte sich die Seele aus dem Leib.

»Geht's wieder?«, fragte Jens nach einer Weile. Er war hinter sie getreten und klopfte ihr unbeholfen auf den Rücken.

Anna richtete sich mit einer Grimasse auf und zog ein Taschentuch aus ihrer Jeans, um sich den Mund abzuwischen. »Wenn diese Schweine ihr was antun ...«, flüsterte sie. »Gott, wie konnte ich nur so dämlich sein?«

Jens zog sie behutsam an sich und schloss sie in die Arme. Auch sein Herz schlug immer noch so heftig wie nach einem Bergsprint. »Sie ist sein Kapital«, versuchte er Anna zu trösten. »Er wird sie nicht töten.«

Anna lachte freudlos. »Wenn sie nicht schon längst tot ist.«

Eine Zeitlang standen sie regungslos im Schneeregen und kämpften mit ihren Schuldgefühlen. Dann machte sich Anna von Jens los und sagte: »Markus wartet.«

⊡

Als Anna und Jens sein Büro betraten, hätte Markus ihnen am liebsten eine weitere Standpauke gehalten. Da der SOKO-Leiter auch anwesend war, überließ er es allerdings Alex Wolf, Anna klarzumachen, dass das, was sie getan hatte, mehr als grenzwertig war.

»Warum, um alles in der Welt, hast du uns nicht Bescheid gesagt?«, fragte Alex gezwungen ruhig.

»Weil keine Zeit dafür war«, gab Anna resigniert zurück. »Nang hätte uns nie zu Sami geführt, wenn ich ihr gesagt hätte, dass ich bei der Polizei bin.«

»Du hättest uns anrufen können, als ihr beim Wertstoffhof wart«, hielt der SOKO-Leiter dagegen.

Markus verfolgte die Szene mit verschränkten Armen an seinen Schreibtisch gelehnt. In seinen Augen hatte Anna gewaltigen Mist gebaut. Nicht nur, dass sie zwei Unbeteiligte mit in eine Schießerei verwickelt hatte, sie hatte außerdem unbefugt privates Gelände betreten. Wenn er so einen Bock geschossen hätte, wäre Anna die erste, die ihm dafür den Marsch blasen würde. Sie tat ihm irgendwie leid, aber er war auch ein kleines bisschen schadenfroh.

»Das wollte ich«, sagte Anna, »aber ich musste zuerst sichergehen, dass Sami Heitz wirklich dort ist.« Sie hob resigniert die Schultern. »Ich habe die Lage falsch eingeschätzt. Ich hätte nie gedacht, dass der anfängt, um sich zu ballern.«

Alex Wolf fuhr sich mit der Hand durch die Haare.

»Wenigstens habe ich ein paar Fotos machen können«, sagte Anna »Und ein Video.«

»Nur leider ist von den Kennzeichen nicht viel zu erkennen«, erwiderte der SOKO-Leiter. »Und die Aufnahmen von den Gesichtern sind ziemlich verwackelt.«

»Dann lass sie von den Kollegen bearbeiten«, brummte Anna. »Hört zu, es tut mir wirklich leid. Ich wollte helfen.«

»Warum, denkst du, habe ich dich von dem Fall abgezogen?«, fragte Alex Wolf mühsam beherrscht. »Ich erwarte von dir jetzt Folgendes: Markus nimmt eure Aussagen auf, danach fahrt ihr nach Hause. Morgen früh kannst du deinen Vater in Stammheim abholen und dann machst du Urlaub. Hast du mich verstanden?«

»Roland kommt frei?«

Alex Wolf nickte. »Hast du mich verstanden?«, wiederholte er.

»Ja, bin ja nicht taub«, sagte Anna patzig.

»Das ist genau der Grund, warum ihr nicht an Fällen arbeiten dürft, die eure Familien betreffen«, knurrte der SOKO-Leiter. »Da hat sich schon jemand was dabei gedacht.«

»Wieso kommt Roland plötzlich frei?«, mischte sich Jens ein.

»Weil wir einen AFIS-Treffer zu ein paar Fingerabdrücken haben, die sowohl in Rolands Haus als auch in Marilenes Wohnung waren«, sagte Markus. »Sie stammen von Sami Heitz«, setzte er hinzu. »Allerdings scheint das nicht sein richtiger Name zu sein. Er wird in mehreren Ländern wegen Drogenschmuggels gesucht. Außerdem ist er Verdächtiger in zwei Mordfällen.«

»Heilige Scheiße!«, zischte Anna. »Ich hatte also Recht mit Roland.«

Auch wenn Markus es nicht gerne zugab, nickte er. »Hattest du. Da steckt offenbar wesentlich mehr dahinter, als wir angenommen hatten.«

»Aber darum kümmern *wir* uns«, fiel Alex Wolf ihm ins

Wort. »Du nimmst jetzt die Aussagen auf und dann schmeißt du die beiden raus.«

Markus verkniff sich ein Grinsen. »Mache ich.« An Anna und Markus gewandt: »Setzt euch.«

Eine halbe Stunde später erhob er sich von seinem Schreibtischstuhl und zeigte mit dem Daumen zur Tür. »Ihr wisst ja, wo der Ausgang ist.«

»Spiel dich bloß nicht so auf«, fauchte Anna. Im Verlauf der Befragung war sie zusehends aggressiver geworden.

Markus ahnte, was in ihr vorging. Sie hatte ein junges Mädchen benutzt, um einen Verdächtigen aufzuspüren. Und jetzt war das Mädchen in Lebensgefahr. Er wollte sich gar nicht vorstellen, wie er sich fühlen würde, wenn ihm etwas Ähnliches passiert wäre. Bea würde ihm bestimmt Vorhaltungen machen, weil er Anna so hart angefasst hatte. Aber anders ging es im Moment nicht. Wenn Anna sich nicht raushielt, bestand die Gefahr, dass sie ihnen den Fall so versaute, dass Sami Heitz als freier Mann aus dem Gerichtssaal spazierte. Wenn sie ihn überhaupt zu fassen bekamen. »Du würdest genau das Gleiche tun«, sagte er.

»Einen Scheiß würde ich!« Anna schob sich wütend eine Haarsträhne hinters Ohr.

»Bleib fair«, versuchte Jens sie zu beruhigen. »Es war ein schlimmer Abend. Aber Markus macht nur seinen Job.«

»Du auch noch«, brummte Anna. Dann trat sie mit dem Fuß gegen den Schreibtisch und fluchte. »Ihr habt ja Recht«, räumte sie ein, nachdem sie ein bisschen ruhiger geworden war. »Sorry, Markus. Ich benehme mich wie eine hysterische Zicke.«

Markus feixte. »Bin ich gewöhnt.«

Anna funkelte ihn an.

»Schon gut, war ein Spaß. Und jetzt geht heim und macht irgendwas Sinnvolles.« Er tauschte einen Blick mit Jens, der Anna sanft beim Arm fasste.

Sobald die beiden verschwunden waren, hängte Markus sich ans Telefon. Wenn es ihnen gelang, die Kennzeichen der Autos erkennbar zu machen, würden sie diesen Sami sicher bald zu fassen bekommen.

Kapitel 34

Stuttgart, 12. November 2015

Es war wieder da – das Gefühl, beobachtet zu werden. Seit sich Roland Kirchberger in der Dusche befand, hatte er den Eindruck, dass ihn die anderen beiden Gefangenen misstrauisch beäugten. Vielleicht lag es an den Filmen, die man immer wieder sah, an den Witzen über die Seife auf dem Boden. Aber er fühlte sich definitiv unwohl in der Gegenwart der beiden kräftig gebauten Kerle. Zum Glück gab es keine Türen in der Dusche, sodass die Beamten auf dem Korridor mitbekamen, wenn etwas nicht stimmte. Den Blick fest auf die giftgrünen Fliesen gerichtet, seifte sich Roland ein und ließ das warme Wasser über seinen Kopf laufen.

Die letzten Tage hatten ihn erschöpft, obwohl er außer dem Zeichenkurs und der Arbeit in der Bibliothek nicht viel zu tun gehabt hatte. Vermutlich war es die Untätigkeit, das Herumsitzen, das ihn so zermürbte. Er spürte, wie sich der Druck in seinem Inneren mehr und mehr verstärkte. Die Malerei war ein Ventil, ohne das er sich fühlte wie ein Vulkan kurz vor dem Ausbruch. Trotz der Pillen rumorte es in ihm und er wusste nicht, wie lange er es in dieser vollkommen fremdbestimmten Umgebung noch aushalten würde. Allein das Aufstehen um viertel vor sechs und der Arbeitsbeginn um halb sieben brachten ihn aus dem Rhythmus. Zu Hause klingelte sein Wecker selten vor halb acht. Er konnte so früh nicht kreativ sein, wenn sein Gehirn noch schlief.

Er brach den Gedankengang ab, griff nach dem Handtuch und trocknete sich ab. Dann schlüpfte er im Vorraum der Dusche so schnell wie möglich in seine Kleider und ging in Badelatschen zurück zur Zelle. Deren Tür stand offen, genau wie die der anderen Zellen auf dem Stockwerk. Nach Feierabend hatten diejenigen, die einer Arbeit nachgingen, zwei Stunden für sich und durften sich frei bewegen. Einige duschten, so wie Roland. Andere besuchten ihre Nachbarn, tranken Kaffee, würfelten, rauchten oder sahen zusammen fern. Der Geräuschpegel war enorm. Allerdings verstand Roland so gut wie nichts, da die meisten seiner Abteilungsgenossen Ausländer waren. Er schob sich durch eine Gruppe dunkelhäutiger Männer, die lauthals lachten und zur Musik aus einem der Radios auf der Stelle tanzten. Wie beim Hofgang warfen sie ihm auch hier Blicke zu, die verrieten, dass er nicht dazugehörte. Neulich beim Hofgang hatte einer von ihnen versucht, eine Zigarette von Roland zu schnorren. Nachdem er ihm mit Händen und Füßen verständlich gemacht hatte, dass er nicht rauchte, war er mit mürrischer Miene abgezogen. Er versuchte, das Lachen nicht auf sich zu beziehen und zog sich in seine Zelle zurück. Dort hängte er das Handtuch über die Stuhllehne und setzte sich aufs Bett. Wie er sich nach einem guten Whisky sehnte! Zu Hause trank er abends meistens ein Glas schottischen Single Malt, Lagavulin oder Bunnahabhain, einen seiner beiden Lieblingswhiskys. Die Vorstellung genügte, um den rauchigen Geschmack auf der Zunge zu spüren. Obwohl sein Arzt ihn immer wieder davor warnte, Alkohol zu trinken, wenn er Tabletten nahm, gönnte er sich dieses harmlose Laster seit Jahren.

Er dachte an seinen ersten Besuch in Schottland zurück. Damals war er noch ein junger Künstler ohne Geld und hatte sich per Anhalter durch die Highlands geschlagen. Vor über zwanzig Jahren war das berühmte Urquhart Castle am Loch Ness noch keine Touristenattraktion gewesen. Mitten im Nirgendwo hatte er sich mit seiner damaligen Freundin den Hintern abgefroren. Vier Stunden hatte es gedauert, bis endlich ein Auto vorbeigekommen war, um sie mit zurück nach Inverness zu nehmen. Er lächelte wehmütig. Es war eine tolle Zeit gewesen. Damals hatte es noch Pubs mit offenen Kaminfeuern gegeben, kein WLAN und haufenweise nette Schotten, mit denen man über Gott und die Welt reden konnte. Was ihn allerdings besonders beeindruckt hatte, war die Farbenpracht der Highlands im Herbst. Viele seiner frühen Bilder waren durch diese Reise inspiriert und auch heute wählte er immer wieder Farben, die er von damals in Erinnerung hatte. Die Welt schien anders ausgesehen zu haben in der Einsamkeit des schottischen Hochlandes.

Ein Mitgefangener tauchte auf der Schwelle seiner Zelle auf und riss ihn aus den sentimentalen Gedanken. Er war mittelgroß, etwa zwanzig und hatte etwas Verschlagenes an sich, das augenblicklich die Alarmglocken in Rolands Kopf schrillen ließ. Nach einem Blick über die Schulter betrat der Mann die Zelle und kam auf Roland zu. Gleichzeitig schien draußen Bewegung in die Gruppe von Tänzern zu kommen, die sich plötzlich vor Rolands Tür befand. Mit einer blitzschnellen Bewegung zückte der Kerl einen Bleistift und stürzte sich auf Roland. Seine Hand schoss vor, versuchte das spitze Ende des Stiftes in Rolands Hals zu rammen. Geistesgegenwärtig warf Roland sich zur Seite und trat mit dem nackten Fuß nach dem Schritt des Angreifers. Der sprang jedoch behände zurück und schnellte augenblicklich wieder nach vorn. Nur mit Mühe gelang es Roland, auch dieser Attacke auszuweichen, indem er sich vom Bett auf den Boden fallen ließ.

Ein Fehler.

Innerhalb eines Sekundenbruchteils hatte der Angreifer seinen Vorteil erkannt und ließ sich mit vollem Gewicht mit den Knien auf Rolands Brust fallen. Etwas knackte. Die Wucht des Aufpralls trieb Roland die Luft aus den Lungen, sodass er nicht einmal schreien konnte, als der Mann die Hand mit dem Stift hob, um ihn in seine Halsschlagader zu treiben.

Kapitel 35

Stuttgart, 12. November 2015

»Wach auf, du blöde Kuh!« Sami Heitz kippte der gefesselten Nang einen Becher kalten Kaffee ins Gesicht, woraufhin die junge Frau mit einem Husten zu sich kam.

Die Wunde an ihrem Oberarm hatte inzwischen aufgehört zu bluten, dafür zierten Veilchen ihre Augen. Ihre Nase war auf die doppelte Größe angeschwollen, von ihrer Schönheit war nicht mehr viel zu erkennen. Zuerst schien sie verwirrt. Erst nach einigen Momenten erkannte sie Sami und zuckte mit einem erstickten Laut zusammen.

»Wer waren die beiden, die du zur Müllhalde gebracht hast?«, fragte er auf Thailändisch.

Nang wimmerte, als er einen drohenden Schritt auf sie zu machte. »Sie haben nach dir gefragt«, stieß sie mühsam hervor. »Sie wollten Drogen kaufen.« Sie versuchte, sich so klein wie möglich zu machen. Aber die Stricke, mit denen sie Sami an den Stuhl gefesselt hatte, hielten sie aufrecht. »Es waren Freier.«

Sami erkannte die Lüge sofort und versetzte ihr einen Schlag mit dem Handrücken. Dann packte er ihre Haare und riss ihren Kopf grob nach hinten. »Lüg mich nicht an, du Schlampe!«, zischte er. Sein Mund war so dicht an ihrem Gesicht, dass sein Speichel ihre Haut benetzte. »Wenn du mir nicht sofort die Wahrheit sagst, verkaufe ich dich an die Besatzung eines russischen Tankers. Oder ich schicke dich zurück nach Bangkok. Das schwöre ich dir.«

Nang zitterte unkontrolliert. »Bitte nicht«, flehte sie. »Sie haben mir nicht gesagt, warum sie nach dir suchen. Ich dachte …«

Ein weiterer Schlag brachte sie zum Schweigen. »Du *dachtest*«, spuckte Sami aus. Die verdammte Schlampe hatte gedacht! Er trat so heftig nach dem Stuhl, dass dieser mit einem lauten Krachen umfiel. Die verblödete Fotze hat gedacht! Nur mit allergrößter Mühe hielt er sich davon ab, sein Messer zu zücken und ihr dämliches Gesicht zu bearbeiten. Bevor er etwas tun konnte, das er später bereuen würde, machte er ein paar Schritte zurück und ballte die Hände zu Fäusten. Er musste sich beruhigen! Wenn er ihr den dürren Hals brach, würde er nie herausfinden, wer hinter ihm her schnüffelte. Die Polizei konnte es nicht sein. Die hatte andere Methoden. Also, wer waren die beiden? Konkurrenz? Private Schnüffler?

Eine Zeit lang tigerte er in der riesigen Lagerhalle auf und ab. Wenn er diesen Job versaute, war sein Ruf beim Teufel. Vier Tage noch, bis eine schwindelerregende Summe auf sein Offshore-Konto einbezahlt wurde. Bis dahin musste er verhindern, dass irgendjemand ihnen in die Quere kam. Koste es, was es wolle! Er lehnte sich gegen eines der Stahlregale und wartete darauf, dass seine Wut sich legte. Dann zog er ein Tütchen Crystal aus der Tasche und ging zurück zu Nang.

Kapitel 36

Tübingen, 12. November 2015

Als Anna und Jens zu Hause ankamen, fühlte sich Anna, als wäre sie von einem Zug überfahren worden. Die Anspannung, die Sorge um Nang und die Wut über ihre Unvorsichtigkeit ließen die Hornissen in ihrem Bauch einen wilden Tanz vollführen. Wenn sie doch nur etwas unternehmen könnte! Allein die

Vorstellung, herumsitzen zu müssen, während Markus und ihre Kollegen Jagd auf die Kerle vom Wertstoffhof machten, trieb sie fast in den Wahnsinn.

»Sieh's positiv«, versuchte Jens sie aufzumuntern, als sie die Wohnung betraten. »Wenigstens kommt Roland morgen frei.«

Wie auf ein Stichwort klingelte das Handy in Annas Tasche. Das Display zeigte eine Nummer aus dem Stuttgarter Raum an. »Benz.«

»Maier, JVA Stuttgart«, meldete sich der Anrufer. »Es tut mir leid, dass ich Sie so spät noch anrufe, aber es hat einen Vorfall gegeben.«

Annas Herz setzte einen Schlag lang aus. »Einen Vorfall?« Sie nahm das Telefon vom Ohr und schaltete es auf Lautsprecher, damit Jens mithören konnte.

»Sie sind als Kontaktperson für Herrn Kirchberger angegeben«, erklärte der Mann.

»Ja«, sagte Anna. »Er wird morgen entlassen. Oder doch nicht?« War etwas dazwischengekommen? Hatten Markus und die anderen doch noch Beweise gefunden, die gegen Roland sprachen? Oder war ihm etwas zugestoßen? Der Hornissenschwarm tobte immer wütender.

»Er wird entlassen. Aber wir würden Sie bitten, ihn so früh wie möglich abzuholen.« Der Anrufer machte eine kurze Pause. »Auf der Krankenstation.«

»Was?« Anna tauschte einen entsetzten Blick mit Jens, stellte das Handy auf Lautsprecher und legte es auf den Tisch, damit er mithören konnte. »Hat er sich was angetan?«

»Nein, nein«, beruhigte der Beamte sie. »Aber es hat einen Zwischenfall gegeben. Mit einem anderen Häftling.«

Anna glaubte, sich verhört zu haben. »Was für einen Zwischenfall? Sie sagen mir jetzt sofort, ob er ernsthaft verletzt ist!«, brauste sie auf.

»Er ist in seinem Haftraum angegriffen worden und hat ein

paar Abschürfungen und blaue Flecken. Nichts Schlimmes«, beeilte sich der Mann hinzuzusetzen.

»Wie kann er in seinem Haftraum angegriffen worden sein? Ich dachte, es wären Einzelzellen.«

Der Justizbeamte erklärte ihr die abendliche Regelung.

»Das nennt ihr sicher?«, fauchte Anna. »Da kann einfach jeder rumlatschen, wie er lustig ist?«

»Ganz so ist es nicht ...«

»So klingt es aber.«

Jens legte ihr beruhigend die Hand auf den Arm. »Es geht ihm gut«, flüsterte er.

»Ich will mit ihm sprechen«, forderte Anna.

»Tut mir leid, das geht nicht«, wehrte der Beamte ab. »Die Regeln ...«

»Die Regeln sind mir scheißegal! Sie können nicht einfach hier anrufen, mir sagen, dass jemand meinen ... Herrn Kirchberger angegriffen hat und mich nicht mit ihm reden lassen! Holen Sie ihn ans Telefon. Oder bringen Sie ihm ein Handy auf die Krankenstation.«

»Das geht nicht.«

»Hören Sie ...«, fauchte Anna.

Bevor sie den Mann mit einer Schimpftirade bombardieren konnte, nahm Jens das Telefon vom Tisch und hielt es sich ans Ohr. »Sie holt ihn morgen so früh wie möglich ab«, sagte er. Dann legte er auf.

»Hast du sie noch alle?«, schimpfte Anna.

Jens steckte das Telefon ein und schüttelte den Kopf. »Du hast den Mann gehört. Es ist nichts Schlimmes. Nur ein paar blaue Flecken.«

Anna spürte, wie die Wut in ihr hochkochte. Es war ein furchtbares Gefühl – gleichzeitig ohnmächtig und alles andere auslöschend. Ihr Herzschlag beschleunigte sich, während ihr das Blut in den Kopf schoss.

Jens, der die Vorboten kannte, sagte ungerührt: »Beruhige dich. Es war ein anstrengender Abend. Morgen früh holst du Roland ab und bringst ihn hierher. Was hältst du davon?«

Obwohl es in Anna brodelte wie in einem Vulkan, wusste sie, dass er recht hatte. Es brachte nichts, mit dem Kopf durch die Wand rennen zu wollen. Sie presste die Zähne aufeinander und fuhr sich mit den Händen durch die Haare, während sie sich bemühte, ruhiger zu atmen.

»Komm, setz dich hin. Ich mache uns eine Flasche Wein auf«, sagte Jens. Er fasste sie behutsam bei den Schultern und schob sie auf einen der Barhocker in der Küche zu. Dann ging er zum Kühlschrank und hantierte mit einer Flasche und zwei Gläsern.

Während Anna versuchte, den Aufruhr in ihrem Inneren unter Kontrolle zu bringen, goss er Wein ein, öffnete eine Tüte Chips und füllte sie in eine Schale.

Dann setzte er sich neben sie und schob ihr ein Glas zu. »Trink was. Und dann gehen wir schlafen.«

Anna griff nach dem Glas und nahm einen tiefen Schluck. »Was für ein Scheißtag«, sagte sie, als sie es zurück auf den Tresen gestellt hatte. »Warum passiert so was immer mir?«

Jens sah sie einen Augenblick schweigend an, ehe er sagte: »Das hätte jedem passieren können.«

»Jeder andere wäre nach Hause gegangen, so wie Alex es wollte«, schoss Anna zurück.

Jens schüttelte den Kopf. »Was denkst du, warum sich Markus so aufgeregt hat?«

Anna sah ihn fragend an.

»Weil er ganz genau dasselbe getan hätte. Und das will er nicht wahrhaben.«

»Meinst du?«

»Ja. Ich hätte jedenfalls nicht anders gehandelt. Und hör auf, dir wegen Nang Vorwürfe zu machen. Niemand hat ahnen können, dass die auf uns schießen würden. Du hast ihr angeboten, im Auto zu bleiben. Hätte dieser Sami nicht losgeballert ...«

»Er hat aber losgeballert«, sagte Anna leise.

Jens legte ihr eine Hand aufs Knie. »Markus und die anderen werden sie finden.«

Anna wünschte sich, seinen Optimismus teilen zu können. Allerdings befürchtete sie das Schlimmste. Da der Wein die Wut und das nagende Schuldgefühl betäubte, goss sie sich ein zweites Glas ein und leerte es fast in einem Zug. Dann ging sie ins Bad, stellte sich zehn Minuten unter die heiße Dusche und fiel wenig später vollkommen erschöpft ins Bett. Obwohl sie todmüde war, schlief sie so gut wie gar nicht.

Als um halb sieben der Wecker klingelte, fühlte sie sich wie gerädert. Auch Jens wirkte nicht besonders erholt, aber wenigstens hatte er nicht die ganze Nacht wachgelegen – was Anna an seinem Schnarchen gehört hatte. Nachdem sie drei Tassen Kaffee getrunken und gefrühstückt hatte, packte sie ein paar von Jens' Sachen für Roland in eine Tasche. Dann verabschiedete sie sich von ihm und versprach, ihn anzurufen, sobald sie mit Roland zurück war.

Draußen begrüßte sie der Morgen mit einem eisigen Wind, der sie die Heizung ihres Audis voll aufdrehen ließ. Trotz der frühen Stunde waren die Straßen voll und die Fahrt nach Stammheim kam ihr ewig vor. Als sie endlich die Hauptstraße des kleinen Stadtteils erreichte, konnte sie es kaum mehr erwarten, Roland endlich aus diesem Alptraum zu befreien. Wie er sich nach allem, was passiert war, fühlte, wollte sie sich gar nicht vorstellen. Das Wichtigste war jetzt, ihn an einen normalen Ort zu bringen und herauszufinden, ob er sich inzwischen an mehr erinnerte als vor ein paar Tagen.

Kapitel 37

Stammheim, 13. November 2015

Roland verzog schmerzhaft das Gesicht, als ihm der Krankenpfleger ein neues Pflaster auf den Hals klebte. Die Wunde, die ihm der Angreifer mit dem Bleistift zugefügt hatte, war zwar nicht tief, aber sie hatte sich über Nacht entzündet.

»Sie können froh sein, dass er sie nicht weiter unten erwischt hat«, sagte der Mann. »Das hätte schlimm ausgehen können.«

Roland schnaubte. Als ob er das nicht wüsste. Noch immer schmerzte sein Ellenbogen – dort, wo er ihn dem anderen unters Kinn gerammt hatte. Wäre der dadurch nicht zur Seite getaumelt, läge Roland jetzt in einer Holzkiste, statt sich halb nackt im Spiegel zu bewundern. Seinen Brustkorb zierte ein faustgroßer Bluterguss und seine Rippen protestierten bei jedem Atemzug. Gebrochen war nichts, hatte ihn die Anstaltsärztin versichert. Nur geprellt. Allerdings tat die Prellung höllisch weh. Genau wie seine rechte Pobacke, in die man ihm eine Tetanusspritze gerammt hatte.

»Sobald Sie hier fertig sind«, sagte ein Justizbeamter, der vor Kurzem auf die Krankenstation gekommen war, »bringe ich Sie in Ihren Haftraum, damit Sie Ihre Sachen zusammenpacken können. Der Haftbefehl ist außer Vollzug gesetzt worden.«

»Das hat man mir gestern schon gesagt«, brummte Roland und schlüpfte vorsichtig in die Ärmel seines Hemdes. Sobald er sich Hose und Schuhe angezogen hatte, führte der Beamte ihn zurück zu seiner Abteilung. Dort herrschte Totenstille, alle Insassen waren bei der Arbeit.

»Sagen Sie über die Sprechanlage Bescheid, wenn Sie so weit sind«, bat ihn der Beamte. »Ich gehe so lange Ihren ›Fahrschein‹ holen.«

»Meinen Fahrschein?« Roland sah ihn verständnislos an.

»So nennen wir das hier. Mit diesem Schein können Sie die

Übergabepunkte bis zur Entlassungsabteilung passieren. Dort bekommen Sie die Entlassungspapiere und all Ihre Wertsachen.«

»Aha.« Roland wartete, bis der Mann die Zellentür geschlossen hatte, ehe er zum Waschbecken ging und sich mit einem Prusten Wasser ins Gesicht spritzte. Dann wusch er sich, putzte die Zähne und sammelte seine persönlichen Dinge ein. Viel war es nicht. Es dauerte kaum zehn Minuten, bis er den Knopf an der Gegensprechanlage drückte.

»Diesen Schein müssen Sie an jedem Übergabepunkt vorzeigen«, informierte ihn der Beamte, als er ihn abholte. Er drückte Roland ein Stück Papier in die Hand. »Bis zum ersten Punkt begleite ich Sie. Danach übernehmen die Kollegen. Die Entlassungsabteilung ist identisch mit der Zugangsabteilung.«

»Die mit den Duschen?«, fragte Roland.

»Ja. Die Kammer.«

»Müssen die mich wieder durchsuchen?« Allein die Vorstellung bereitete Roland Übelkeit.

»Keine Angst. Das ist nur bei der Aufnahme nötig«, beruhigte ihn sein Begleiter.

Als sie die erste der vielen vergitterten Türen erreichten, übergab er Roland an einen Kollegen, der ihn den Flur entlang bis zur nächsten Tür führte. Dieses Spiel wiederholte sich einige Male, bis Roland endlich die Effektenabteilung, die Kammer, erreichte. Dort gab man ihm alles zurück, was man ihm bei der Einlieferung abgenommen hatte – auch den Spusi-Overall und seine Unterwäsche.

»Super«, grummelte er, als er in den verknitterten Einweganzug schlüpfte. Hoffentlich hatte Anna Klamotten für ihn dabei. Dass sie ihn abholen würde, hatte man ihm gesagt. Offenbar wartete sie schon vor den Toren auf ihn.

»Ihre Entlassungspapiere.« Einer der Männer hielt ihm ein paar Blätter entgegen, die Roland ihm abnahm.

»Auf Nimmerwiedersehen«, verabschiedete er sich, dann folgte er einem weiteren Beamten zur Torwache.

Dort wurden seine Papiere noch mal auf Herz und Nieren geprüft, ehe das Tor aufging und Roland zurück in die Freiheit entlassen wurde.

»Wollten die dich doch noch dabehalten? Oder ist noch mal einer auf dich losgegangen?«, begrüßte ihn Anna. Sie stand unter einem der Vordächer des Eingangsbereichs und hatte frierend die Arme um sich geschlungen. Tiefe Ringe unter den Augen verrieten Roland, dass sie vermutlich genauso wenig Schlaf gehabt hatte wie er. Trotzdem war ihr Anblick wie ein Sonnenstrahl an diesem grauen Novembertag. Ohne lange nachzudenken, raschelte er in seinem Spusi-Overall auf sie zu und zog sie in die Arme. »Bin ich froh, dass du da bist!«

Anders als sonst erwiderte sie dieses Mal seine Umarmung. »Was war da gestern Abend los? Wer war der Typ, der dich angegriffen hat?«, fragte sie und machte sich von ihm los. Sie schielte auf das Pflaster an seinem Hals.

Roland zuckte mit den Achseln. Er hatte keine Ahnung. »Vermutlich irgendein Junkie, der durchgedreht ist.«

»Sonst geht's dir gut? Der hat dich nicht ernsthaft verletzt?«

»Als ob man mich ernsthaft verletzen könnte«, witzelte Roland lahm.

Anna sah ihn skeptisch an, sparte sich jedoch einen Kommentar. »Nichts wie weg hier«, sagte sie nach einer Weile. »Ich hab Kleider für dich dabei.«

Bevor er ihr zum Auto folgte, sah sich Roland ein letztes Mal um. Hoffentlich musste er den hässlichen Betonklotz nie wieder sehen.

Anna holte eine Tasche aus dem Kofferraum und zog eine Hose, ein T-Shirt, einen warmen Pulli und Schuhe hervor. »Ich denke, das passt. Ist von Jens.« Sie sah sich um. »Wo willst du dich umziehen? Im Auto?«

»Wenn's dich nicht stört, mache ich das gleich hier«, sagte Roland und öffnete eine der hinteren Türen des Audis. Nach dem, was ihm im Gefängnis passiert war, störte ihn die Vorstellung, sich auf einem Parkplatz umzuziehen, nicht im Geringsten. Immerhin konnte er seine Unterhose anbehalten. Während sich Anna mit dem Rücken gegen das Heck des Wagens lehnte, zog er den Overall aus und die neuen Sachen an. Einzig die Schuhe waren eine Nummer zu groß, was ihn jedoch nicht weiter störte. »Fertig.«

»Hast du Hunger?«

Roland schüttelte den Kopf. Auf der Krankenstation hatte es ein belegtes Brötchen und wässrigen Tee gegeben. »Aber einen Kaffee könnte ich vertragen.«

»Da vorn hab ich eine Konditorei gesehen«, sagte Anna. »Vielleicht haben die schon auf.«

Roland stieg ins Auto und sah auf die Uhr am Armaturenbrett. »Halb neun. Wenn da eine Bäckerei dabei ist, haben die sicher schon auf.«

So war es und keine zehn Minuten später saßen sie in einem altmodischen Café, das aussah, als hätte man es seit den Sechzigerjahren nicht mehr renoviert. Roland war das egal. Der Kaffee, den ihnen die schwerhörige Besitzerin auf den Tisch gestellt hatte, war stark, heiß und lecker. »Warum hat man mich rausgelassen?«, fragte er. »Haben deine Kollegen den Scheißkerl geschnappt, der Marilene ...?«

Anna schüttelte den Kopf. Sie rührte einen Löffel Zucker in ihren Milchkaffee und starrte einige Augenblicke aus dem Fenster.

Dann erzählte sie Roland alles, was seit seiner Verhaftung passiert war.

»Ein Zuhälter? Und Drogen? Mit so einem Typen war Marilene zusammen?« Roland hörte selbst, wie fassungslos er klang. »Ihr denkt wirklich, die haben meine Bilder zur Geldwäsche benutzt?«

»So sieht es im Moment aus«, erwiderte Anna. »Allerdings ist noch nicht ganz klar, was für Gelder die gewaschen haben. Und wieso noch so viele Bilder bei Marilene in der Wohnung sind.«

»Na, toll«, brummte Roland. »Und ich dachte, alle wollten meine Bilder haben, weil sie gut sind. Pustekuchen.«

Anna lächelte schief.

»Wie konnte sich Marilene nur auf so was einlassen?«, fragte Roland. »Und warum das Theater mit dem Club?«

»Wenn du mich fragst, wollte man dir die Sache anhängen. Vielleicht hatte Marilene genug und wollte nicht mehr mitmachen. Du hast doch gesagt, dass sie sich in letzter Zeit komisch verhalten hat.«

»Wenn es stimmt, dass sie Drogen genommen hat, lag es vielleicht daran«, wandte Roland ein. Er konnte es einfach nicht glauben, dass sich Marilene mit solchen Typen eingelassen hatte. Er hatte gedacht, sie zu kennen.

»Du kannst erst mal bei uns wohnen, bis Rainer den Tatort freigibt«, wechselte Anna das Thema.

»Ich weiß nicht, ob ich je wieder in meinem Atelier malen kann«, sagte Roland. Allein vor der Vorstellung, dort zu stehen, wo Marilenes Körper gelegen hatte, graute es ihm.

Während er grübelnd eine zweite Tasse Kaffee trank, bezahlte Anna die Rechnung. Dann verließen sie die Konditorei und fuhren in Richtung Süden davon. Im trüben Licht des Morgens wirkte der kleine Ort verlassen und deprimierend. Inzwischen hatte es leicht angefangen zu schneien und die durch die Luft tanzenden Flocken hatten eine fast hypnotische Wirkung auf Roland. Derweil Anna den Schildern zur B10 folgte, starrte Roland aus dem Fenster und zermarterte sich den Kopf über Marilene.

»Pass doch auf, du Arsch!«

Der plötzliche Ausbruch riss Roland aus den Gedanken.

Anna sah wütend in den Rückspiegel.

»Was ist?«

»Ach, diesem Vollidioten da hinten geht's wohl nicht schnell genug«, schimpfte Anna.

Roland drehte sich um und sah, dass ein schwarzer Kleintransporter so dicht auf sie aufgefahren war, dass er die Gesichter des Fahrers und des Beifahrers deutlich erkennen konnte.

»Mach ein Video von diesen Deppen«, sagte Anna und warf ihm ihr Handy zu. »So geht das nicht!«

Roland hatte gerade die Kamera eingeschaltet, als der Wagen hinter ihnen ausscherte, links auf gleiche Höhe mit ihnen zog und sie ohne Vorwarnung nach rechts abdrängte.

»Was soll der Scheiß?«, zeterte Anna. »Ist der besoffen?« Sie riss das Lenkrad nach rechts und wich in eine kleine Straße aus, die ins Nirgendwo zu führen schien.

Felder, ein paar vereinzelte Häuser, Industriegebäude in einiger Entfernung. Mehr war nicht zu sehen. Obwohl ihm vor Schreck fast das Telefon aus der Hand gefallen wäre, filmte Roland mit, wie der schwarze Transporter ihnen hinterher fuhr.

Plötzlich ertönte ein Knall, dann verlor Anna die Kontrolle über den Audi.

Kapitel 38

Stuttgart, 13. November 2015

Markus Hauer hatte Kopfweh. Dagegen hatten weder das Aspirin noch der Orangensaft geholfen, den Bea ihm schweigend hingestellt hatte. Nachdem er gestern Abend im Fitness-Studio gewesen war, um sich abzureagieren, hatte er sich mit ihr gestritten. Was zur Folge hatte, dass sie immer noch schmollte. Ihrer Ansicht nach fasste er Anna zu hart an – eine Ansicht, die er kein bisschen teilte.

»Was hätte ich sonst tun sollen, deiner Meinung nach?«, hatte er gefragt.

»Netter sein. Immerhin geht es um ihren Vater«, war Beas Antwort gewesen.

»So solltest du ihn in ihrer Anwesenheit besser nicht nennen«, hatte Markus dagegengehalten. Er wusste selbst, dass es kindisch war. Aber sein Nervenkostüm war im Moment nicht das beste. Dieser Fall, Anna, die Schießerei auf dem Gelände des Wertstoffhofes ... Zum Glück hatte die Presse noch nichts davon spitz gekriegt! Er ließ sich auf seinen Schreibtischstuhl fallen und massierte sich die Schläfen.

»Was ist los mit dir?«, fragte Alex Wolf. Er hatte lautlos den Raum betreten.

»Nichts. Nur Kopfweh.«

Der SOKO-Leiter musterte ihn besorgt. »Du siehst scheiße aus«, sagte er wenig mitfühlend.

»Vielen Dank für die Blumen«, brummte Markus. »Sind die anderen schon da?«

»Wir schenken uns die Besprechung. Ihr wisst, was zu tun ist. Nimm Helmut oder Eva mit und finde raus, warum dieser Sami einen Schlüssel zum Wertstoffhof hatte. Ich hab schon bei der Stadt angerufen. Die meinten, das sei ungewöhnlich. Die Pforte ist das ganze Jahr, vierundzwanzig Stunden am Tag besetzt. Normalerweise kommt man da rein. Wenn der einen Schlüssel benutzt hat, muss er einen Seiteneingang genommen haben.«

»Weißt du, wie viele Mitarbeiter die haben?«, fragte Markus.

»An die hundert. Inklusive Fahrer und Müllwerker.«

»Klasse. Die zu befragen wird ein Spaß.« Markus stöhnte.

»Ich glaube nicht, dass alle Zugang zu einem Schlüssel haben«, munterte Alex Wolf ihn auf. »Das kann nur einer von den Chefs sein. Oder ein Wachmann.«

Und der würde natürlich nie zugeben, dass er einem Fremden Zutritt zum Gelände verschafft hatte, dachte Markus. Vor allem, wenn es auf dem Gelände von Polizisten nur so wimmelte. Mit einem grantigen »Bis später« verließ er das Büro und stieg zehn Minuten später mit Helmut Baumann in einen Dienstwagen. Beim Wertstoffhof erwartete sie bereits der Chef der Anlage, der sie in ein chaotisches Büro führte. Nachdem er sich ein wenig über die Absperrung eines Teils seiner Anlage echauffiert hatte, erklärte ihm Markus ihr Anliegen war.

»Einen Schlüssel braucht man nicht, die Pforte ist immer besetzt«, informierte sie der Mann.

»Das wissen wir bereits«, erwiderte Markus. »Aber unsere Zeugin hat behauptet, der Mann, den wir suchen, hätte einen Schlüssel gehabt.«

Der Chef des Wertstoffhofes überlegte einen Augenblick. Dann nickte er. »Stimmt, es gibt am Waldrand eine Tür im Zaun. Da können die Waldarbeiter direkt Grünabfall anliefern.«

»Wo?«, fragte Markus. »Und wer hat dafür einen Schlüssel.«

»Ich zeige es ihnen.« Der Chef kam hinter seinem Schreibtisch vor und zog einen Schlüsselbund aus der Tasche. »Meiner ist noch da«, stellte er fest. »Außer mir hat natürlich jeder Wachmann einen.«

»Wie viele Wachleute arbeiten hier?«, wollte Helmut Baumann wissen.

»Zwölf.«

»Die wollen wir sprechen«, sagte Markus.

»Jetzt?«

»Ja. Jetzt.«

»Dann sage ich Bescheid, dass man sie anruft.«

»Bitten Sie sie einfach unter einem Vorwand hierher«, sagte Markus. »Wenn einer von ihnen Dreck am Stecken hat, taucht er vielleicht ab, wenn er das Wort ›Polizei‹ hört.«

Der Chef nickte und verschwand im Vorzimmer, wo er vermutlich einer der Damen auftrug, die Wachleute zusammenzutrommeln. Dann gab er Markus und Helmut mit einem Wink zu verstehen, dass sie ihm folgen sollten.

Draußen fielen inzwischen dicke Schneeflocken aus dem bleigrauen Himmel, der weiteren Schnee verkündete. Markus zog sich die Kapuze seiner Jacke über den Kopf.

»Es sind ein paar Meter«, sagte der Mann vom Wertstoffhof.

»Dann nehmen wir den Wagen.« Markus hatte keine Lust, sich seine Schuhe zu versauen, indem er durch Schnee und Matsch latschte.

»Dort entlang«, dirigierte der Chef, sobald sie im Warmen saßen.

Markus folgte seinem ausgestreckten Zeigefinger und fuhr über einen völlig verdreckten Weg in Richtung Wald. Es dauerte nicht lange, bis er ein großes Metalltor sah. Tiefe Spuren im Waldboden bestätigten die Aussage des Stadtangestellten.

Helmut zückte sein Telefon und rief bei den Kollegen von der Spurensicherung an. »Vielleicht entdecken die was«, brummte er.

Markus bezweifelte, dass sich in dem aufgewühlten Dreck irgendetwas Sinnvolles finden ließ. Aber man wusste nie. Nachdem der Chef des Hofes noch ein paarmal beteuert hatte, dass er nichts von der Angelegenheit gewusst habe, fuhren sie zurück zum Büro und warteten auf die Ankunft der Wachleute. Die Männer an der Pforte würden sie zuletzt befragen.

Sie hatten gerade den ersten Angestellten in das kleine Büro gebeten, das ihnen zur Verfügung gestellt worden war, als Markus' Handy klingelte. Unwillig sah er aufs Display. Alex Wolf. »Gibt's was Neues?«, fragte er ohne Gruß.

»Sitzt du?«

Markus runzelte die Stirn. Was war denn das für eine Frage? Er gab Helmut zu verstehen, dass er gleich wiederkommen würde und verließ das Büro. »Hat Rainer was entdeckt?«, wollte er wissen.

»Nein.« Alex Wolf klang seltsam. »Ich habe gerade einen Anruf erhalten. Man hat Annas Wagen gefunden. Mit einem zerschossenen Reifen.«

»Was?«

»Ein Autofahrer hat den Notruf gewählt und gemeldet, dass ein Wagen vor ihm von einem anderen abgedrängt worden sei. Die Kollegen vom Streifendienst sind sofort hin. Es ist in Stammheim.« Der SOKO-Leiter machte eine Pause. »Der Wagen gehört Anna.«

Markus' Puls machte einen Satz. »Was ist mit Anna? Geht es ihr gut? Ist sie verletzt?«

»Sie war nicht da«, erwiderte Alex Wolf. »Ihr Audi hat einen Platten und die Beifahrertür stand offen. Von Anna war weit und breit nichts zu sehen.«

»Und Kirchberger?«

»Auch nicht.«

»Scheiße! Hast du versucht, sie anzurufen?«, fragte Markus.

»Als erstes. Ihr Handy ist offenbar noch im Wagen. Einer der Streifenbeamten hat mich zurückgerufen.«

»Verdammt!«, fluchte Markus. »Das hängt also doch alles mit ihrem Vater zusammen!«

»So sieht es im Moment aus«, gab der SOKO-Leiter zurück. »Oder jemand hat sich gestern Abend bei ihrem kleinen Ausflug das Kennzeichen gemerkt ...«

»Habt ihr eine Ringalarmfahndung ausgelöst?«, fragte Markus.

»Natürlich. Ring 30.«

Also hatten sie vom Tatort aus in dreißig Kilometern Umkreis alle Kontrollstellen besetzt.

»Außerdem läuft natürlich schon die Tatortbereichsfahndung im engeren Bereich. Ein Hubschrauber ist auf dem Weg.«

Ich fahre dahin«, sagte Markus. »Helmut kann die Befragung hier alleine weitermachen. Einer der KT-Kollegen soll ihn dann mit zurück zur Dienststelle nehmen.«

»Das dachte ich mir schon«, sagte Alex Wolf. »Der Zeuge ist zwar schon vor Ort vernommen worden, aber du kannst die detaillierte Vernehmung durchführen.«

»Was ist mit der Verhandlungsgruppe?«, fragte Markus. »Habt ihr die schon zusammengetrommelt.«

»Natürlich. Ein Beamter macht sich gleich auf den Weg zu Jens, um ihn zu betreuen.«

Markus stöhnte. »Ich rufe ihn an, um ihm das persönlich zu sagen, sobald ich mir ein Bild gemacht habe. Hat die Fahndung nach den Wagen vom Wertstoffhof schon was ergeben? Oder nach diesem Sami?«

Der Chef verneinte. »Sobald wir da was haben, melde ich mich. Der Zeuge hat allerdings behauptet, es sei ein Transporter gewesen, der Anna abgedrängt hat. Kein Oberklassewagen, keine Zuhälterkarre.«

»Mir egal«, brummte Markus. »Die wissen vermutlich, dass wir nach ihren Autos fahnden. Und Transporter gibt's wie Sand am Meer. Scheiße!« Er verabschiedete sich von Wolf und ging zurück in das Kabuff, in dem sich Helmut Baumann fleißig Notizen machte. »Ich muss weg«, sagte er.

Helmut sah ihn fragend an.

»Erkläre ich dir später. Einer von den KT-Kollegen soll dich mit zurück zum Präsidium nehmen.« Da der Wachmann mit dem Rücken zu ihm saß, zeigte er mit hochgezogenen Brauen auf ihn.

Helmut schüttelte kaum wahrnehmbar den Kopf.

Also nichts Interessantes. Während sich sein Kopfweh zu einer mittleren Migräne auswuchs, kletterte Markus zurück in den Dienstwagen und kämpfte sich durch den üblichen Stau in der Stadt nach Stammheim.

Kapitel 39

Stammheim, 13. November 2015

Dort erwarteten ihn die Streifenbesatzung und ein frierender Mann in einem billigen Anzug. Er stand am Rand der kleinen Straße und rauchte, während dicke Schneeflocken auf seinen Schultern und seinem Haar schmolzen. Seine Hände zitterten, wobei Markus nicht sicher war, ob vor Kälte oder Aufregung.

»Ist das der Zeuge?«, fragte er einen der Uniformierten.

»Ja.« Er zeigte auf Annas Audi. »Ihr Telefon ist im Wagen. Wir haben nichts angerührt, aber es sieht aus, als ob sie es hat fallen lassen.«

Markus überlegte einen Moment. Dann ging er zurück zum Dienstwagen, öffnete seinen Tatortkoffer und zog sich Einweghandschuhe an. Nachdem er das Handy spurenschonend gesichert hatte, winkte er einen der Streifenbeamten zu sich. »Bring das zum Pragsattel«, bat er.

»Zu ITB?«, fragte der Mann.

Markus nickte. »Sie sollen die Daten sichern und auswerten. Wir müssen so schnell wie möglich wissen, was da drauf ist.« Die Kollegen von der IT-Beweissicherung würden eine Weile brauchen, um das Telefon komplett zu spiegeln, weil es ein neueres Modell war als Roland Kirchbergers Steinzeithandy. Derweil konnte er den Frierenden befragen. Vielleicht hatte der das Nummernschild des Transporters erkannt.

Hatte er leider nicht, wie sich nach kurzer Zeit herausstellte. Alles, was er gesehen hatte, war, dass Anna von einem schwarzen Mercedes – oder war es ein VW gewesen? – rüde von der Hauptstraße abgedrängt worden war. Außerdem hatte er einen Knall gehört, einen platzenden Reifen, wie er zuerst angenommen hatte. Als er sich umgedreht hatte, um zu helfen, hatte er gesehen, wie zwei Männer mit Pistolen Anna und Roland Kirchberger aus dem Audi zerrten.

»Können Sie die Männer beschreiben?«, fragte Markus.

Der Zeuge überlegte kurz. »Beide hatten schwarze Haare und waren ganz normal gekleidet. Mit Jeans und dunklen Jacken. Nichts Besonderes. Einer sah ein bisschen chinesisch aus.«

Sami! Markus ballte die Hände zu Fäusten. Wie, zum Teufel, war der Kerl Anna so schnell auf die Spur gekommen? War er ihr gestern Abend nach Hause gefolgt, ohne dass sie es bemerkt hatte? Warum hatte er sie dann nicht schon vorher angegriffen? Er verkniff sich ein Stöhnen. Es gab nur eine Erklärung: Das eigentliche Ziel dieser Entführung war Roland Kirchberger. Da er dennoch kein Risiko eingehen wollte, bis der Beamte der Verhandlungsgruppe in Tübingen eintraf, griff er zum Telefon, um Jens anzurufen. »Bist du zu Hause?«, fragte er.

»Nein, in der Schule. Wieso? Anna ist auch nicht da, sie holt Roland ab.«

Markus brachte ein paar Schritte Abstand zwischen sich und den Zeugen. Wie sollte er Jens erklären, was passiert war? Er konnte ihm doch nicht am Telefon sagen, dass Anna entführt worden war! Über ihm tauchte der Hubschrauber auf.

»Markus? Was ist los? Wo bist du? Und was ist das für ein Lärm?«

»Ähm«, druckste Markus. »Es ... Ein Kollege von uns kommt zu dir.«

»Warum?« Jens klang ärgerlich. »Hör auf mit der Geheimniskrämerei und sag mir endlich, was los ist!«

Markus holte tief Luft. »Anna und Roland sind verschwunden.«

»Verschwunden? Was soll das heißen?«

Markus erklärte ihm mit wenigen Worten, was vorgefallen war. »Die Verhandlungsgruppe ist informiert. Es kann sein, dass die auch hinter dir her sind.«

»Anna ist entführt worden?« Jens' Stimme klang schrill.

»So sieht es leider momentan aus. Aber wir haben einen Zeugen. Und wir tun alles, um sie so schnell wie möglich zu finden. Hier ist alles abgeriegelt, da kommt keiner durch«, versuchte Markus, ihn wenigstens ein bisschen zu beruhigen.

»Toll! Einen Zeugen. Habt ihr auch eine Ahnung, wer das getan hat? Die sind doch bestimmt längst über alle Berge!« Die Angst verwandelte sich in Wut. »Ich brauche keine Scheißverhandlungsgruppe! Ich will wissen, wo Anna ist!«

Markus konnte ihm seinen Ärger nicht verdenken. Wenn *ihn* jemand anrufen würde mit der Nachricht, dass Bea entführt worden war, würde er vermutlich völlig austicken. »Wir tun, was in unserer Macht steht. Das weißt du«, sagte er. »Aber um deine Sicherheit müssen wir uns auch kümmern.«

»Scheiß auf meine Sicherheit!«, brauste Jens auf. »Die sind nicht hinter mir her. Die wollten Roland! Habt ihr immer noch nicht rausgefunden, wer Marilene getötet hat?«

»So einfach ist das nicht«, verteidigte sich Markus.

»Anna hätte den Fall schon längst aufgeklärt! Wo bist du? Ich komme hin.«

»Das geht nicht«, wehrte Markus ab. »Warte auf den Beamten.«

»Erzähl mir nicht, was geht und was nicht geht«, zischte Jens. »Wo! Bist! Du?«

Da klar war, dass er sich nicht würde abwimmeln lassen, gab Markus ihm mit einem Seufzen seinen Standort durch. »Du kannst hier aber nichts ausrichten.«

»Das werden wir ja sehen!« Jens legte auf.

Markus steckte das Telefon zurück in die Tasche und blies die Wangen auf. Das konnte heiter werden. Sieh es positiv, sagte er sich. Wenigstens hast du ihn so im Blick. Um dem Beamten von der Verhandlungsgruppe den unnötigen Weg nach Tübingen zu ersparen, informierte er Alex Wolf.

Der war zwar nicht sonderlich erbaut von Jens' Sturheit, hatte aber Nachsicht mit ihm. »Ich schicke den Betreuer zu dir an den Tatort. Da kann er Jens übernehmen.«

»Wie lange braucht die KT noch?«, wollte Markus wissen.

»Müssten gleich da sein. Allmählich wird es eng mit den vielen Tatorten, langsam gehen uns die Leute aus.«

Das war Markus im Moment herzlich egal.

»Was Nützliches von dem Zeugen?«, erkundigte sich Alex Wolf.

»Nichts. Er ist sich nicht mal sicher, um was für einen Typ es sich bei dem Transporter handelt. Hier gibt es aber ein paar Häuser und Industriegebäude in der Nähe. Vielleicht hat da jemand was gesehen. Oder die haben bei der JVA auf sie gewartet.«

»Die haben Kameras«, stellte Alex Wolf fest.

»Und vielleicht das Nummernschild erwischt.« Markus spürte, wie das Adrenalin in seine Adern schoss. Sobald er aufgelegt hatte, bat er die Kollegen vom Streifendienst, sich bei den Anwohnern umzuhören, während er zur Vollzugsanstalt fuhr. Dort war man kooperativ, allerdings war von einem schwarzen Transporter weit und breit nichts zu sehen. Markus verkniff sich den Fluch, der ihm auf der Zunge lag, und massierte sich die Schläfen. Inzwischen hatte er das Gefühl, jemand würde mit einem Vorschlaghammer von innen gegen seinen Schädel dreschen. Was wollten die von Roland Kirchberger? Wer war dieser Sami? Um was ging es hier? Wer ermordete erst jemanden und entführte dann zwei Menschen? Wer so ein gewaltiges Risiko auf sich nahm, war mehr als ein mit Drogen dealender Kleinkrimineller. Er zermarterte sich gerade den Kopf, was er als nächstes unternehmen sollte, als sein Handy klingelte.

»Ich hab hier was«, meldete sich Helmut Baumann.

Markus horchte auf. »Von einem der Wachmänner?«

»Ja.«

»Spann mich nicht auf die Folter!«, platzte es aus Markus heraus. »Sag schon!«

»Einer der Pförtner hat zugegeben, Sami einen Schlüssel für ein zweites Tor gegeben zu haben«, sagte Helmut. »Im Austausch für Sex.«

»Weiß der, warum dieser Sami Zugang zu dem Hof wollte? Was er da getrieben hat?«

»Er hat ihn mal zusammen mit einigen der Fahrer gesehen«, gab Helmut zurück. »Was da genau lief, weiß er angeblich nicht.«

»Lass dir die Namen von den Fahrern geben.«

»Hab ich schon versucht. Aber er behauptet, er hätte sie nur von Weitem gesehen.«

»Woher wusste er dann, dass es Fahrer und keine Müllwerker oder Kunden waren?«

»Weil sie aus ihren Lastwagen ausgestiegen sind«, antwortete Helmut Baumann. »Wenigstens wissen wir jetzt, dass es hier offenbar um den Transport von irgendwelchen Sachen geht. Ich tippe auf Drogen.«

»Das müssen aber verdammt viele Drogen sein«, brummte Markus. »Das macht alles keinen Sinn. Wollten die Bilderkisten auf Mülllastern transportieren? Mit Drogen drin?«

»Keine Ahnung«, gab Helmut zurück. »Das ist alles, was ich hier herausgefunden habe.«

»Danke.« Markus legte auf und rief Rainer Stemmler an. »Irgendwelche Spuren in der Galerie? Drogenrückstände an den Kisten? Irgendwas?«

Rainer gab ein Grunzen von sich, als ob er gerade irgendwo herumkriechen würde. »Hier ist nichts. Die Bilderrahmen sind massiv, in den Kisten ist nur Luftpolsterfolie. Die ist auch sauber. Hier hat niemand irgendwas geschmuggelt. Das ist eine Sackgasse, wenn du mich fragst.«

Himmel, Arsch und Zwirn!, dachte Markus. Scheinbar drehten sie sich immer wieder im Kreis. Zu allem Überfluss stieg in diesem Augenblick Jens aus einem offenbar geliehenen Auto und kam mit kalkweißem Gesicht auf ihn zu.

Kapitel 40

Stuttgart, 13. November 2015

Anna fiel um wie ein Sack Mehl, als der Wagen, in den man sie gezerrt hatte, plötzlich anhielt. Man hatte Roland und ihr die Hände auf den Rücken gefesselt und die Augen verbunden – wie in einem schlechten Actionfilm. Noch immer steckte ihr der Schreck in den Gliedern und ihr Herz schlug so schnell wie das eines gefangenen Vogels. Ihr Mund war staubtrocken und das Atmen fiel zusehends schwerer. Ob es an der stickigen Luft in dem Transporter lag oder an dem, was sie sich alles ausmalte, wusste sie nicht. Es war auch vollkommen egal, da sie bis zum Hals in der Scheiße steckte. Sie hörte, wie die Tür geöffnet wurde und versteifte sich.

»Raus!«

Dem Befehl folgten ein Schaukeln des Busses, Schritte und ein brutaler Griff in die Haare.

»Du auch, Bitch.« Der Stimme nach zu urteilen, handelte es sich um Sami.

Wer der andere war, wusste Anna nicht. Viel Zeit, sich die beiden anzusehen, war nicht gewesen, bevor sie Roland und sie mit vorgehaltener Waffe in den Transporter gezwungen hatten.

»Hören Sie …«, hob sie an.

»Halt's Maul oder ich stopfe es dir!«, zischte es dicht an ihrem Ohr. Eine Hand griff sich um ihre Brust und drückte zu. »Nicht viel los«, höhnte der andere und lachte.

Anna biss die Zähne aufeinander und stolperte blind auf die Tür des Transporters zu. Ein Schmerzensschrei und das Geräusch eines Aufpralls verrieten, dass sie Roland einfach ins Freie gestoßen hatten. Auch sie traf ein Schlag in den Rücken. Da sie jedoch darauf gefasst gewesen war, gelang es ihr, das Gleichgewicht zu halten und auf den Boden zu springen. »Sie machen einen Riesenfehler«, versuchte sie es erneut.

Der Schlag traf sie auf den Mund. Augenblicklich schmeckte sie Blut. Sie stöhnte vor Schmerz, was sie an ihre Kindheit erinnerte. An die Schulhofprügeleien, bei denen es oft übel zugegangen war.

»Ich sag's nicht noch mal«, knurrte Sami. »Halt dein Maul, blöde Kuh!«

Sie wurde erneut hart am Arm gepackt und über Asphalt geschleift. Dann stieß man sie in einen anderen Wagen – offenbar einen weiteren Transporter. Nachdem die Tür mit einem Scheppern ins Schloss gefallen war, brausten sie davon.

»Roland?«, fragte sie. »Geht's dir gut.«

Ein Stöhnen verriet, dass das nicht der Fall war. »Mann, tut das weh!«, prustete er.

Anna hörte, wie er sich bewegte. »Hast du dir was gebrochen?«

»Ich glaube nicht. Aber ich bin voll auf die Rippen geknallt. Und die tun von gestern Abend noch höllisch weh.«

»Glaubst du, die Typen haben was miteinander zu tun?«, fragte Anna. Es konnte einfach kein Zufall sein, dass man in seiner Zelle auf Roland losgegangen war und sie jetzt in dieser Lage steckten. Sie schob sich auf dem Po in die Richtung, aus der seine Stimme kam.

»Ganz ehrlich«, brummte er. »Ich habe nicht den Hauch einer Ahnung, was die von mir oder dir wollen.«

Als Anna mit dem Fuß gegen sein Bein stieß, drehte sie sich um und lehnte sich mit dem Rücken gegen die kalte Wand des Transporters.

Roland lehnte neben ihr. Sein Atem kam stoßweise. »Denkst du, deine Kollegen suchen schon nach uns?«, fragte er nach einer Weile. »Haben die deshalb den Wagen gewechselt?«

Anna nickte. Als ihr klar wurde, dass Roland sie nicht sehen konnte, sagte sie: »Da kannst du Gift drauf nehmen.« Wenn jemand den Notruf gewählt hatte. Davon ging sie aus, immerhin war mitten auf der Straße auf sie geschossen worden. Wenn sie Glück hatten, war sogar jemand so geistesgegenwärtig gewesen, sich das Kennzeichen aufzuschreiben. »Ich bin sicher, der PvD hat schon längst eine Ringalarmfahndung durch die Reviere organisiert.«

»Wird nur nichts bringen, wenn die nach dem falschen Fahrzeug suchen«, unkte Roland.

Daran wollte Anna jetzt nicht denken. Da sie keine Ahnung hatte, warum sie entführt worden war, blieb ihr nichts anderes übrig, als abzuwarten, wohin man sie brachte. An Flucht war nicht zu denken, dazu hatte man sie zu gut verschnürt.

Die Fahrt dauerte keine zwanzig Minuten. Obwohl Anna nichts sehen konnte, funktionierte ihre innere Uhr tadellos. Weit konnten sie nicht gefahren sein. Vermutlich befanden sie sich immer noch innerhalb der Stadtgrenzen von Stuttgart. Als der Transporter stoppte, zischte sie: »Sag auf keinen Fall, dass ich bei der Polizei bin.« Die Art und Weise, wie Sami die Entführung durchgezogen hatte, sagte ihr, dass er ein Profi war. Und Profis vermieden Risiken, so gut sie konnten.

»Alles klar«, flüsterte Roland und verstummte, da in diesem Moment die Türen des Wagens geöffnet wurden.

»Nimm ihnen die Augenbinden ab«, hörte Anna Sami sagen.

Wenig später spürte sie, wie sich der andere Mann an dem Stofffetzen zu schaffen machte. Sie blinzelte, die plötzliche Helligkeit schmerzte. Offenbar parkte der Wagen in einer großen Halle mit Neonbeleuchtung, die ins Innere des Transporters fiel.

»Wenn einer von euch Ärger macht, erschieße ich den anderen«, sagte Sami. Er stand vor dem Wagen, die Waffe in der Hand.

Eine Glock 30, dachte Anna. Kaliber .45, nichts für Anfänger. Den Blick fest auf die matte Oberfläche der Pistole gerichtet, kletterte sie aus dem Kleinbus.

»Los, da rüber.« Sami zeigte mit der Waffe auf einen Bereich, in dem sich offenbar Büros befanden. Abgetrennt von der riesigen Halle, wirkte der Würfel aus Glas, Holz und Rigipsplatten irgendwie fehl am Platz – wie ein Zwerg im Haus eines Riesen. Während sie mit gefesselten Händen darauf zustolperte, sah sie sich verstohlen in der Lagerhalle um. Am entferntesten Ende befanden sich drei Rolltore aus Metall. Vor einem der Tore parkte ein Vierzigtonner, der von mehreren Gabelstaplern entladen wurde. In einem Teil der Halle türmten sich Paletten bis fast an die Decke. Wenn es sich um Drogen handelte, war Sami definitiv einer der ganz großen Spieler im Business.

»Macht schon«, trieb der zweite Kerl Anna und Roland an. Er versetzte ihr einen Stoß in den Rücken.

»Schon gut!«, fauchte sie und bemühte sich, sich so viel wie möglich von der Umgebung einzuprägen.

»Hinsetzen«, befahl Sami, nachdem sie den größeren der beiden Räume betreten hatten.

Anna und Roland ließen sich auf zwei unbequeme Plastikstühle fallen. Die Lehne von Annas Stuhl war so dünn und hart, dass sie ihr zwischen die Wirbel drückte.

»Festbinden«, befahl Sami seinem Begleiter. »Dann verschwinde.«

»Was wollen Sie von uns?«, fragte Anna, sobald sie mit Sami alleine waren.

»Ich stelle hier die Fragen«, herrschte er sie an. Er fuchtelte mit der Waffe in der Luft herum.

Anna hoffte inständig, dass er wusste, wie man damit umging. Dass sich aus Versehen ein Schuss löste, fehlte gerade noch. »Schon gut«, sagte sie beschwichtigend.

»Eines sollte euch von vornherein klar sein«, zischte Sami. »Ich stelle jede Frage nur einmal. Wenn mir nicht gefällt, was ich höre ...« Er ließ die Drohung in der Luft hängen.

Anna warf Roland einen Blick zu. Genau wie sie, schien er eher wütend als ängstlich zu sein.

»Hast du Scheißkerl Marilene umgebracht?«, fragte er. Samis Drohung schien ihn nicht im Geringsten zu beeindrucken. »Du bist der Typ, der mich in diesen Club gelockt hat!«

Ein hämisches Grinsen breitete sich auf Samis Gesicht aus. »Wir beide haben ein schönes Paar abgegeben.«

Roland schnaubte. »Was soll das alles? Was hat Marilene dir getan? Hatte sie die Nase voll von dir?«

Das Grinsen verschwand und Sami machte einen drohenden Schritt auf Roland zu. »Ich habe gesagt, *ich* stelle hier die Fragen«, knurrte er. Die Mündung der Waffe war auf Rolands Brust gerichtet. »Was hat Marilene dir gesagt? Und wer ist die Fotze da?« Er zeigte mit der Pistole auf Anna. »Weiß die auch was?«

Offenbar erkannte er sie nicht, dachte Anna. Kein Wunder, auf dem Gelände des Wertstoffhofes war es stockdunkel gewesen, bis auf die Autoscheinwerfer. Vermutlich hatte Sami nicht mehr als ihre Silhouetten gesehen.

»Das ist …«, hob Roland an.

Anna unterbrach ihn. »Ich bin eine Freundin.«

Sami wandte sich ihr zu. »Fickst du mit ihm?«

Anna machte ein Gesicht, als ob sie etwas Fauliges gerochen hätte.

»Hast du mit Marilene gefickt?«, fragte er Roland.

»Ist es das?«, brauste Roland auf. »Du hast sie getötet, weil du dachtest, ich schlafe mit ihr? Was bist du denn für ein kranker Typ?«

»Offenbar habe ich mich nicht deutlich genug ausgedrückt«, sagte Sami. »Ich frage, ihr antwortet.« Er hob erneut die Waffe. Dieses Mal zeigte sie auf Anna. »Du sagst mir jetzt sofort, was Marilene dir über unser Geschäft erzählt hat, sonst blase ich der blöden Kuh die Birne weg.«

»Marilene hat mir gar nichts erzählt!«, brauste Roland auf. Sami senkte die Pistole und drückte ab.

Kapitel 41

Stuttgart, 13. November 2015

»Wenn du mir noch näher auf die Pelle rückst, geht es auch nicht schneller.« Der Kollege der IT-Beweissicherung warf Rainer Stemmler einen bösen Blick zu. »Das dauert nun mal seine Zeit. Hast du nichts anderes zu tun?«

Rainer trat einen Schritt zurück und steckte die Hände in die Hosentaschen. »Im Moment nicht«, sagte er. »Alles, was wir hatten, ist auf dem Weg zum KTI.« Seine Kollegen arbeiteten immer noch die diversen Tatorte ab. Er selbst hielt im Präsidium die Stellung und koordinierte.

»Dann geh einen Kaffee trinken oder hol dir was Süßes«, schlug der ITBler vor. »Ich brauche hier noch mindestens eine halbe Stunde.«

Da Rainer wusste, dass es nichts brachte, zu drängeln, befolgte er den Vorschlag und ging in die Kantine im Erdgeschoss. Dort kaufte er sich einen Cappuccino und einen Apfel und zog sich an einen der Tische direkt am Fenster zurück. Die vielen Grünpflanzen und das helle Licht standen in starkem Kontrast zum bleigrauen Himmel und den dicken Schneeflocken. Diese schmolzen, sobald sie den Boden berührten. Aber Rainer war sicher, dass es nicht mehr lange dauern würde, bis der Schnee liegen blieb und die Stadt im Verkehrschaos versank. Bis dahin hatten sie Anna hoffentlich gefunden.

Die Sorge um sie lag wie ein zentnerschweres Gewicht auf seiner Brust. Sie war manchmal eine ziemliche Nervensäge und die Sache mit ihrem Vater hatte nicht nur Alex Wolf aufgeregt.

Trotzdem war sie wie ein Teil der Familie. Ein nervtötender Teil, aber auch ein gewissenhafter, liebenswerter und in diesem Fall ziemlich gebeutelter Teil. Rainer nahm einen Schluck Kaffee und biss in den Apfel. Normalerweise war er es, der die Kollegen zur Geduld mahnte. Heute saß er wie auf einem Ameisenhaufen und hätte am liebsten sowohl den Sachbearbeitern beim KTI als auch den Kollegen von ITB Beine gemacht.

Geduld, Geduld, Geduld, ermahnte er sich. Vielleicht hatten die Besatzungen der Streifenwagen Annas Entführer inzwischen gefasst und Alex Wolf hatte ihm nur noch nichts davon gesagt. Vielleicht war Anna längst auf dem Weg zur Dienststelle. Oder die Entführer hatten sie ... Er brach den Gedanken ab und kaute weiter an dem Apfel herum. Er aus dem Fenster. Dann klingelte endlich sein Handy.

»Du kannst kommen, ich bin so weit«, ließ ihn der ITB-Kollege wissen.

Rainer stand so schnell vom Tisch auf, dass er beinahe die Tasse auf den Boden gefegt hätte. Im Laufschritt verließ er die Kantine und rannte die Treppen hinauf. »Was hast du?«, fragte er atemlos, als er das Büro des Spezialisten betrat.

»Zwei Gesichter und ein Kennzeichen«, strahlte der Kollege.

»Lass sehen!«, drängte Rainer.

Der ITler klickte auf dem Bildschirm herum, bis ein verwackeltes Video erschien. Darauf war zu sehen, wie ein dunkler Transporter hinter Annas Audi ausscherte, links auf gleiche Höhe mit ihr zog und sie nach rechts abdrängte.

»Was soll der Scheiß?«, hörte Rainer Anna schimpfen. »Ist der besoffen?« Den Bewegungen auf dem Video nach zu urteilen, riss sie im letzten Moment das Lenkrad nach rechts, um in die kleine Straße auszuweichen, in der ihr Wagen gefunden worden war. Ihr Beifahrer filmte so gut wie möglich mit. Der Transporter folgte den beiden, dann fror der ITler das Bild ein.

»Warum hältst du an?«, fragte Rainer.

Sein Kollege zeigte auf den Bildschirm. »Siehst du das?«

»Eine Waffe«, sagte Rainer. Der Zeuge hatte also die Wahrheit gesagt.

»Und das Kennzeichen.« Der ITler ließ das Video weiterlaufen, bis ein Schuss ertönte, dann wurde die Aufnahme so wackelig, dass kaum mehr etwas zu erkennen war.

»Jetzt kommt der spannende Teil«, sagte der IT-Fachmann.

»Versuch, ihre Gesichter zu filmen«, tönte Annas Stimme aus dem Lautsprecher. Dann: »Schmeiß das Handy in den Fußraum.«

»Das ist dieser Sami Heitz«, stellte Rainer fest, als zwei Männer im Bildausschnitt auftauchten. »Aber wer ist der andere?«

»Keine Ahnung. Ich hab die Aufnahmen schon an Alex und Markus weitergeleitet.«

Rainer Stemmler wischte sich die Hände an der Hose ab. Die Verfolgungsjagd hatte seine Handflächen feucht werden lassen. Der Grad an Kaltblütigkeit war erschreckend. Die beiden waren eindeutig Profis. Und das ließ Rainer noch mehr um Annas Leben bangen. Und um das ihres Vaters.

Kapitel 42

Stuttgart, 13. November 2015

Markus starrte fassungslos auf das Display seines Telefons. Drei Mal hatte er sich das Video inzwischen angesehen, aber immer noch schockierte ihn, was er sah. Zum Glück war Anna so geistesgegenwärtig gewesen, alles aufzuzeichnen. Die Aufnahme bestätigte die Aussage des Zeugen, allerdings schienen dieser Sami und sein Komplize wie vom Erdboden verschluckt. Keiner der Kontrollpunkte hatte einen Wagen gemeldet, auf den die

Beschreibung passte, weshalb anzunehmen war, dass sie sich noch irgendwo innerhalb des Rings aufhielten. Auch der Polizeihubschrauber hatte bisher nichts entdeckt. Die Zeugen in der näheren Umgebung konnten nichts Nützliches beitragen, Annas Video sprach mehr als tausend Worte.

»Was siehst du dir da an?« Obwohl der Betreuer versuchte, Jens zurückzuhalten, stürmte er auf Markus zu und wollte ihm über die Schulter sehen.

Ein Uniformierter machte Anstalten, ihn aufzuhalten.

Markus hielt ihn mit einem Kopfschütteln davon ab. »Wenn du versprichst, dann mit dem Kollegen nach Hause zu gehen, zeige ich es dir«, sagte er.

Jens funkelte ihn zornig an. »Ist das von Anna? Haben die Entführer eine Forderung geschickt?«

»Nein.« Markus hob abwehrend die Hand, als Jens nach dem Handy greifen wollte. »Versprich mir erst, zu tun, was der Beamte dir sagt.«

Einen Augenblick sah es aus, als wolle Jens sich auf ihn stürzen. Dann biss er die Zähne aufeinander und ließ die Luft durch die Nase entweichen. »Also gut«, presste er hervor. »Aber nur, wenn ihr mich über alles, was passiert, auf dem Laufenden haltet.«

Markus nickte. »Abgemacht.« Er gab Jens das Handy. »Es ist ziemlich heftig«, warnte er.

Doch Jens hörte ihn nicht mehr. Er hatte bereits auf »Play« gedrückt.

Erneut schallten die Geräusche der Entführung aus dem Lautsprecher: der Schuss, Annas Schimpfen, die Stimmen der Männer. Dann war die Aufnahme ein weiteres Mal zu Ende.

Jens ließ das Telefon sinken. Er war kalkweiß. »Oh, Gott«, flüsterte er. »Das war derselbe Kerl wie auf dem Wertstoffhof.«

»Sami.« Markus nickte. Er nahm Jens das Handy ab und klopfte ihm unbeholfen auf die Schulter. Was sollte er ihm sagen? Dass Anna nichts passieren würde? Dass sie die Kerle schnappen würden? Im Augenblick sah es nicht danach aus. Was auch immer dieser Sami von Roland Kirchberger wollte, Markus war sicher, dass er keine Mittel scheuen würde, um es zu erreichen. »Geh heim«, sagte er leise. »Wir finden sie.« Als Jens den Kopf hob, sah er zu seinem Entsetzen, dass Tränen in seinen Augen schwammen. Augenblicklich überkam Markus diese peinliche Berührtheit, die ihn immer beschlich, wenn ein Mann weinte. Er wusste nicht, was er tun sollte. So gut, dass er ihn in eine Umarmung ziehen konnte, kannte er Jens nicht. Okay, sie hatten schon ein paar Mal zusammen im Biergarten gesessen. Mehr aber auch nicht. Er warf dem Betreuungsbeamten einen hilfesuchenden Blick zu, den dieser sofort verstand.

»Kommen Sie. Ich bringe Sie nach Hause«, sagte er. Er schob Jens in Richtung Mietwagen.

Der wirkte wie eine Marionette. Nach ein paar Schritten drehte er sich zu Markus um. »Ruf mich an, wenn ihr sie gefunden habt. Egal, was passiert.« Seine Stimme klang erstickt.

»Ihr wird nichts passieren«, wiederholte Markus das Versprechen, von dem er nicht wusste, ob er es halten konnte. Er sah Jens nach und war froh, als in diesem Augenblick sein Telefon klingelte. Alex Wolf.

»Der Hubschrauber hat einen abgestellten Transporter entdeckt, der genauso aussieht wie der, in dem Anna entführt worden ist«, sagte der SOKO-Leiter. »Streifendienst und Kriminaldauerdienst sind schon auf dem Weg. Aber anscheinend ist weit und breit keine Spur von Anna oder den anderen zu entdecken.«

»Konnten sie das Kennzeichen erkennen?«, wollte Markus wissen.

»Zum Teil. Scheint der richtige Wagen zu sein.«

Markus stieß einen Fluch aus. »Das heißt, sie sind umgestiegen und wir haben keine Ahnung, wonach wir suchen sollen!«

Der SOKO-Leiter seufzte. »So sieht es leider aus. Aber vielleicht findet unsere Kriminaltechnik Reifenspuren, mit denen wir was anfangen können.«

»Dann fahre ich zu Helmut und knöpfe mir diesen Wachmann vor, bis wir mehr wissen«, sagte Markus nach kurzem Überlegen. »Wenn der so dick mit Sami Heitz war, dass er ihm einen Schlüssel im Austausch für billigen Sex überlassen hat, weiß er vielleicht mehr.«

»Mach das. Helmut hat ihn zur weiteren Vernehmung zur Dienststelle gebracht.«

Nachdem Markus aufgelegt hatte, warf er einen letzten Blick auf Annas Audi, ehe er zurück in seinen Dienstwagen stieg und sich durch den Verkehr zum Pragsattel kämpfte. Da es inzwischen heftiger schneite, herrschte das übliche Chaos auf den Straßen – als ob die Stuttgarter noch nie Schnee gesehen hätten. Als er endlich beim Präsidium ankam, waren seine Nerven nicht mehr die besten. Das verdammte Kopfweh war immer noch da und inzwischen hatte er auch noch Bauchweh. Vielleicht solltest du mal was essen, ermahnte er sich selbst. Aber dafür war jetzt keine Zeit. Jede Sekunde zählte. Wenn sie zu spät kamen, weil er sich ein Schinkenbrötchen hatte kaufen müssen, würde er sich das niemals verzeihen. Er erkundigte sich bei Julia im Geschäftszimmer, in welchen Vernehmungsraum Helmut den Fahrer gebracht hatte, und öffnete zwei Minuten später die Tür. Die Luft in dem winzigen Zimmer war stickig und heiß. Außerdem roch es nach Schweiß. Helmut und eine Schreibkraft saßen dem Wachmann gegenüber, der ängstlich wirkte. Markus winkte Helmut zu sich und ging mit ihm auf den Flur. »Wie weit bist du mit ihm?«

»Wir haben gerade erst mit der detaillierten Vernehmung angefangen. Ich war gerade bei der Zeugenbelehrung.«

»Dann lass mich mit ihm sprechen.« Markus berichtete von dem Video und dem leer aufgefundenen Transporter. »Das hängt alles zusammen. Wenn wir rausfinden, warum dieser Sami einen Wachmann bestochen hat, finden wir Anna vielleicht.«

Helmut zuckte mit den Achseln. »Meinetwegen. Ich bin nicht scharf auf die Vernehmung. Soll ich mich inzwischen um die diversen Fahndungen kümmern?«

»Ja. Finde raus, ob zu den Fahrzeugen vom Wertstoffhof schon was bekannt ist.«

Helmut nickte. »Mach ich.«

Bevor Markus den Raum betrat, ermahnte er sich zur Ruhe. Wenn er den Wachmann noch mehr verschreckte, würde er vermutlich gar nichts aus ihm herausbekommen. Deshalb lächelte er ihm aufmunternd zu, als er sich an den Tisch setzte. »Der Kollege musste weg. Ich übernehme für ihn. Mein Name ist Markus Hauer«, stellte er sich vor.

Der Mann sah ihn unsicher an. Er war etwa Mitte Vierzig, stämmig gebaut und hatte kurzes, lockiges Haar, das aus der Stirn zurückwich. Seine braunen Augen waren von einem Netz aus Falten umgeben. Offenbar hielt er sich viel in der Sonne auf.

Markus warf einen kurzen Blick aus dem Fenster. Draußen fielen die Flocken immer dichter, klatschten ans Fenster und schmolzen an der Scheibe. Der Anblick war zwar weniger trostlos als der Nebel der vergangenen Tage, trotzdem war er froh, im warmen Vernehmungszimmer zu sitzen. Nachdem er den Zeugen – Mario Schuster – über sein Auskunftsverweigerungsrecht belehrt und ihn dazu ermahnt hatte, die Wahrheit zu sagen, sagte er: »Warum haben Sie Sami Heitz einen Schlüssel für den Wertstoffhof gegeben?«

Der Mann rutschte unruhig auf seinem Stuhl hin und her. Er warf der Schreibkraft einen unsicheren Blick zu, dann zog er die Lippe zwischen die Zähne und kaute kurz darauf herum. »Das habe ich Ihrem Kollegen schon gesagt«, murmelte er schließlich.«

»Bitte sagen Sie es noch mal fürs Protokoll.«

Das Gesicht des Wachmanns lief rot an. »Er hat mich dafür umsonst mit seiner Freundin schlafen lassen«, sagte er so leise, dass Markus es kaum hören konnte.

»Mit seiner Freundin?«, hakte er nach.

Der Mann nickte. »Eine Asiatin. Klein, zierlich ...« Er brach mit einem verschämten Blick auf die Schreibkraft ab.

»Ist das der Mann, dem Sie den Schlüssel gegeben haben?« Markus schob ein Standbild aus Annas Video über den Tisch.

Der Wachmann nickte. »Ich wusste nicht, was die vorhaben«, beteuerte er. »Es ist doch nur ein Müllplatz!«

Markus verkniff sich eine bissige Antwort. Heutzutage war auch Müll allerhand wert, vor allem der Elektroschrott, den er auf dem Wertstoffhof gesehen hatte. Dafür bezahlten Recyclingunternehmen bestimmt gutes Geld. »Ich will Namen von Ihnen«, sagte er.

Der Mann schrak zurück, als ob er ihn körperlich bedroht hätte. »Ich kenne keine Namen! Das habe ich doch schon gesagt!«

»Das glaube ich Ihnen nicht«, gab Markus zurück. »Sie haben gesagt, Sie hätten Sami Heitz zusammen mit einigen Fahrern gesehen. Erzählen Sie mir nicht, dass sie die nicht kennen!«

Der Wachmann fing an, seinen Daumen mit dem Fingernagel zu bearbeiten. »Wenn ich die verrate, müssen Sie mich beschützen«, sagte er schließlich tonlos.

Kapitel 43

Stuttgart, 13. November 2015

»Bist du vollkommen irre?« Die Stimme des Mannes, der Sami Heitz aus dem Büro zitiert hatte, klang gefährlich ruhig. »Hast du eine Ahnung, was da draußen los ist?« Er zeigte zu den inzwischen geschlossenen Rolltoren.

»Du hast gesagt, ich soll rausfinden, was die wissen. Also finde ich es raus.«

Sein Gegenüber verdrehte die Augen. »Ich dachte, wir hätten einen Profi engagiert«, wiederholte er den Vorwurf, den er Sami bereits nach dem Debakel beim Wertstoffhof an den Kopf geschleudert hatte. »Das Ganze sollte *unauffällig* vonstattengehen. Jetzt sucht die halbe Polizei und Gott weiß, wer noch, nach den beiden da drinnen.« Er deutete mit dem Kinn auf das Büro. »Was ist mit den Bildern? Hast du die inzwischen beschafft?«

Sami schüttelte den Kopf. »In Marilenes Wohnung hat es nur so von Bullen gewimmelt.«

»Dann sieh zu, dass du da so schnell wie möglich reinkommst. Wozu haben wir dich bezahlt?« Die Wut machte seine Stimme heiser.

»Was willst du eigentlich?«, brauste Sami auf. »Ich habe nur getan, was du gesagt hast. Du wolltest, dass ich rausfinde, was der Maler weiß. Dass der nicht allein war, ist doch nicht meine Schuld!«

Der Mann im Anzug schnaubte. »Und was ist mit den beiden von gestern Abend? Vom Wertstoffhof? Hast du die inzwischen aufgespürt?«

Sami schüttelte den Kopf. Nang hatte ihm alles gesagt, was sie wusste. Dessen war er sich sicher. Allerdings war es nicht viel gewesen. »Ich warte auf die Videoaufnahmen aus der Wohnung«, ließ er seinen Auftraggeber wissen. »Chi wollte sie vorbeibringen.«

»Hierher?«

»Nein, in meine neue Wohnung.« Sami fuhr sich mit der Handfläche über das unrasierte Kinn. »Keine Sorge, ich bringe alles in Ordnung. Und räume hinter euch auf«, setzte er hinzu, als sein Gegenüber ihm einen skeptischen Blick zuwarf. »Aber zuerst kümmere ich mich um die beiden da drin. Es kann nicht mehr lange dauern, bis der Maler redet. Der hat sich fast in die Hosen geschissen, als ich geschossen habe.«

»Pass auf, dass keine Querschläger rumfliegen«, brummte der Mann im Anzug. »Wenn wir deinetwegen die Sache vorziehen müssen, verlieren wir Millionen. Ich glaube nicht, dass mein Chef darüber erbaut sein würde.« Die Drohung war nicht zu überhören.

Sami wusste, dass die Männer, die hinter allem steckten, ihn ohne mit der Wimper zu zucken ausschalten würden. Nang und die andere würden sie vermutlich in irgendein osteuropäisches Bordell verkaufen und den Maler in den Neckar werfen. Deshalb versuchte er, sich nicht anmerken zu lassen, dass er sich bei Weitem nicht so sicher war, wie er vorgab. »Verlass dich auf mich«, sagte er großspurig, »ihr bekommt, wofür ihr bezahlt habt.«

»Das will ich hoffen. Die letzte Ladung ist bald fertig.« Der Mann bedachte Sami mit einem kühlen Blick, dann wandte er sich ab und ging zu dem protzigen Schlitten, in dem er durch das Tor gerollt war.

»Arschloch!«, murmelte Sami, ehe er sich auf den Weg zurück ins Büro machte. Dort saßen die beiden Gefangenen immer noch auf ihren Stühlen – wo hätten sie auch hingehen sollen? – und starrten ihn hasserfüllt an. Die Frau blutete aus einer Fleischwunde am Arm, die von dem gezielten Streifschuss herrührte, den Sami auf sie abgefeuert hatte. Die Panik im Blick des Malers sagte ihm, dass weit mehr zwischen den beiden war als sie zugeben wollten. Sami lächelte dünn. Was auch immer es war, er würde es zu seinem Vorteil nutzen. Wenn er die beiden voneinander trennte, würde die Ungewissheit den Maler vielleicht zum Reden bringen.

»Komm her, du Schlampe«, zischte er, schnitt die Frau los und zog sie brutal auf die Beine. An den Maler gewandt, sagte er: »Die Kleine ist Freiwild für die Arbeiter, wenn du mir nicht sagst, was ich wissen will. Und glaub mir, die haben keinerlei Bedenken, wenn ich ihnen sage, dass niemand je erfahren wird, was sie mit ihr angestellt haben. Du glaubst gar nicht, was für Vorlieben manche Leute haben.«

Die Frau versteifte sich.

»Lass sie in Ruhe«, knurrte der Maler. »Sie hatte absolut nichts mit Marilene zu tun.«

»Das werden wir sehen.« Sami versetzte seiner Gefangenen einen Stoß.

Kapitel 44

Stuttgart, 13. November 2015

Als Sami Anna aus dem Büro stieß, wäre sie beinahe über die Türschwelle gestolpert. Im letzten Moment fing sie sich, aber die heftige Bewegung ließ die Wunde an ihrem Arm wieder stärker bluten. Der stechende Schmerz hatte sich inzwischen in ein dumpfes Pochen im Rhythmus ihres Herzschlags verwandelt, der sich spürbar beschleunigt hatte. Die Angst um Rolands und ihr eigenes Leben wuchs mit jeder Minute. Ihr war klar, dass Sami sie kaltblütig erschießen würde, sobald er erfahren hatte, was er wollte. Als sie mit Roland allein im Büro gewesen war, hatte sie ihm eingeschärft, nichts zu sagen. »Wenn der rausfindet, dass wir keine Ahnung haben, was hier läuft, hat er keinen Grund mehr, uns am Leben zu lassen.«

»Die Jungs werden Spaß mit dir haben«, riss Sami sie aus den Gedanken. Seine Hand griff nach ihrem Gesäß. »Bist zwar ein bisschen mager ...« Er lachte.

Am liebsten hätte Anna ihn angespuckt. Unter Aufbietung aller Selbstbeherrschung hielt sie sich jedoch zurück und ließ sich von ihm zu einem der zahllosen orangefarbenen Container führen. Nachdem er das Vorhängeschloss geöffnet hatte, zog er die Tür auf. »Rein da!«, befahl er.

Das Innere des Containers gähnte bedrohlich schwarz. Das Licht der Neonleuchten an der Hallendecke erhellte den vorderen Teil und als ihr Blick auf ein leblos wirkendes Bündel auf dem Boden fiel, zog sie erschrocken die Luft durch die Zähne.

»Die kleine Schlampe dachte auch, sie könnte mich verarschen«, knurrte Sami. »Sieh sie dir gut an. Das passiert, wenn man mich wütend macht.«

Anna starrte entsetzt auf Nangs blutverkrustetes Gesicht. »Ist sie tot?«, fragte sie heiser.

»Noch nicht«, erwiderte Sami. Dann versetzte er ihr erneut einen Stoß und schlug die Tür hinter ihr zu.

Zu Annas Erleichterung saß sie jedoch nicht ganz im Dunkeln. Durch einige Lüftungsschlitze unter der Decke des Containers fiel etwas Licht ins Innere, sodass sie Nangs Umrisse erkennen konnte. »Nang?«

Ein Stöhnen war die einzige Antwort, die sie bekam.

Der Gestank raubte Anna fast den Atem. Offenbar war Nang schon länger hier – nur mit einem Eimer für den Toilettengang. Der stand in einer Ecke neben einer halb abgerollten Klopapierrolle. Vorsichtig tastete sich Anna zu dem am Boden liegenden Mädchen vor und suchte nach ihrem Handgelenk. Ihr Puls war schwach, aber regelmäßig. Gott sei Dank! Sami hatte sie mit seinem Schuss nur gestreift, so wie Anna. Sie legte die Hand auf Nangs Stirn. Das Mädchen glühte vor Fieber. »Nang, kannst du mich hören?«

Ein weiteres Stöhnen, sonst nichts.

Da sie nicht vorhatte, im Container zu warten, bis Sami seine Drohung wahr machte, stand sie auf und sah sich in ihrem Gefängnis um. Auf dem Boden lagen einige Plastikflaschen mit Wasser, die Nang offenbar nicht angerührt hatte. Wie lange war sie schon hier? Anna hob eine der Flaschen auf und öffnete sie.

Vorsichtig hob sie Nangs Kopf an und versuchte, ihr etwas Wasser einzuflößen.

Nang verschluckte sich schon beim ersten Tropfen und wurde von einem Hustenanfall geschüttelt. Der war so heftig, dass Anna einen Augenblick fürchtete, sie würde sich erbrechen. »Du musst dich aufsetzen«, sagte sie. Sie griff Nang unter die Schultern und zog sie in Richtung Containerwand. Dort lehnte sie sie mit dem Rücken gegen das kalte Metall und holte ein Taschentuch aus der Hose. Sie befeuchtete es mit Wasser, tupfte Nang vorsichtig das Blut vom Gesicht und redete beruhigend auf sie ein. Dann setzte sie ihr erneut die Flasche an die Lippen und dieses Mal trank Nang, ohne sich zu verschlucken.

»Danke«, murmelte sie schwach, nachdem Anna die Flasche abgesetzt hatte. Im schwachen Licht sah Anna Tränen in ihren Augen glänzen.

»Hast du Schmerzen?«, fragte sie.

Nang nickte. »Alles tut weh.«

Ihre Hilflosigkeit schnitt Anna ins Herz. Sie war schuld an der Lage des Mädchens. Hätte sie nicht auf eigene Faust nach Sami gesucht, wäre das nie passiert. Sie schluckte mühsam, weil ihr die Kehle eng wurde. Wenn sie alle in diesem Loch starben ...

Ein lautes Geräusch außerhalb des Containers ließ sie zusammenfahren. Offenbar hatte jemand die großen Rolltore geöffnet und das Entladen der LKW ging weiter. »Weißt du, was auf den Lastwagen ist?«

Nang schüttelte den Kopf.

Anna stellte die Flasche neben sie und strich ihr eine Haarsträhne aus dem Gesicht. »Wir kommen hier raus«, versprach sie, auch wenn sie keine Ahnung hatte, wie. Da die Containerwand aus mehreren Segmenten bestand, zwischen denen sich Ritzen befanden, beschloss Anna, nicht einfach untätig rumzusitzen. Während ihrer Ausbildung hatte sie an mehreren Kletterkursen auf der Schwäbischen Alb teilgenommen. Und wenn sie nicht völlig eingerostet war, müsste es ihr gelingen, die Lüftungsschlitze zu erreichen. Nang schloss die Augen und lehnte den Kopf an die Wand. Anna stand auf und suchte nach einer Stelle, an der dicke Schraubenköpfe aus dem Metall ragten.

Es war nicht gerade ein Kinderspiel, doch nach mehreren erfolglosen Anläufen gelang es ihr, sich zu den Lüftungsschlitzen hochzuziehen. Die waren breit genug, dass sie die Hände hindurchstecken konnte. Was sie in der Lagerhalle sah, ergab allerdings keinen Sinn. Drei Lastwagen standen an den Rolltoren und wurden von mehreren Gabelstaplern entladen. Als sie sah, was die Lagerarbeiter entluden, runzelte Anna die Stirn. Was um alles in der Welt wollten Sami und seine Leute mit Schrott?

⊡

Im Büro starrte Sami derweil unschlüssig auf Roland. Am liebsten hätte er ihn sofort weiter befragt. Aber sein Auftraggeber war deutlich gewesen: Er wollte die Bilder aus Marilenes Wohnung. Folglich blieb ihm nichts anderes übrig, als das Risiko auf sich zu nehmen und dorthin zu fahren. Auf dem Weg konnte er gleich die Videoaufnahmen von Chi mitnehmen, um endlich herauszufinden, wen Nang zum Wertstoffhof gebracht hatte. Ohne sich von dem hasserfüllten Blick des Malers provozieren zu lassen, zog er seine Lederjacke an und verließ das Büro. In der Lagerhalle herrschte reger Betrieb. Gut, dachte Sami. Je schneller die Lieferung komplett war, desto eher konnte er sich ins Ausland absetzen. Das Pflaster hier war inzwischen definitiv zu heiß. Während die Gabelstapler jaulten, lief er zum Ausgang und stieg kurz darauf in einen unauffälligen Mini Cooper. Mit Sonnenbrille und Baseballmütze sah er hoffentlich aus wie ein verwöhntes Muttersöhnchen. Inzwischen lagen fast zwei Zentimeter Schnee auf dem Parkplatz, der allerdings so feucht war, dass er bald wieder schmelzen würde. Dennoch fuhr er vorsichtig, bis er die Hauptstraße erreichte. Dort war der Winterdienst bereits durch und er hatte freie Bahn bis in die Stadt.

Bevor er in Richtung Bad Cannstatt abbog, hielt er bei seiner neuen Unterkunft und fischte die CD aus dem Briefkasten. Eine Viertelstunde später erreichte er Marilenes Wohnung, die mit dem amtlichen Siegel des Polizeipräsidiums Stuttgart versiegelt war. »Ablösen oder Beschädigen wird strafrechtlich verfolgt« stand auf dem rot-weißen Aufkleber. Sami lachte, durchtrennte das Siegel mit einem Taschenmesser und betrat die kleine Diele. Er schnupperte. Ihr Geruch lag immer noch in der Luft, obwohl inzwischen sicher haufenweise Polizisten durch die Räume getrampelt waren. Diesen Duft nach Vanille und Nelken hatte er am meisten an ihr gemocht. Fast noch mehr als ihre unglaublich prallen Titten. Er grinste höhnisch. Es war ihm nicht leicht gefallen, sie zu töten. Allerdings hatte er nicht zulassen können, dass sie das gesamte Unternehmen gefährdete, nur weil sie Gewissensbisse hatte. Mit einem Naserümpfen – der Geruch erschien ihm plötzlich unangenehm – durchsuchte er die Wohnung nach den Bildern. Ohne Erfolg. Offenbar kam er zu spät, die Bullen hatten die Bilder bereits mitgenommen.

Kapitel 45

Stuttgart, 13. November 2015

»Sind das alle?« Markus Hauer betrachtete die Liste der Namen, die der Wachmann des Wertstoffhofes ihm gegeben hatte. Nach viel gutem Zureden und dem Versprechen, eine Streife in der Nähe seines Hauses zu postieren, hatte der Mann schließlich eingelenkt.

»Alle, die ich zusammen mit Sami gesehen habe«, sagte er. »Bin ich in Schwierigkeiten wegen des Schlüssels?«

»Das wird sich herausstellen«, erwiderte Markus. Wenn es nach ihm gehen würde, wäre der Kerl in riesigen Schwierigkeiten. Aber das Gesetz richtete sich nicht nach ihm – nicht mal in diesem Fall. Er übergab den Mann an einen Kollegen, damit der noch ein paar Kleinigkeiten klären konnte, und ging zu Alex Wolf. »Ich habe eine neue Spur.« Er fasste kurz zusammen, was der Wachmann ihm erzählt hatte.

»Gut«, sagte der Chef. »Klapper die Fahrer ab und finde raus, was die mit Sami Heitz zu schaffen haben.«

»Was Neues von der Fahndung?«, fragte Markus.

Der SOKO-Leiter schüttelte den Kopf. »Nichts.«

»Scheiße!«

»Die Reifenspuren stammen von 08/15-Reifen, bringen uns also nicht weiter. Wir wissen nur, dass sie von einem anderen Nutzfahrzeug stammen. Und niemand scheint was gesehen zu haben.«

»Was ist mit Annas Video vom Wertstoffhof?«

»Da ist Helmut dran.«

»Ich weiß«, sagte Markus. »Irgendwas Neues?«

Alex Wolf verzog den Mund. »Nur, dass es sich bei einem der Wagen um einen Maserati handelt.«

»Davon wird's nicht so viele geben«, sagte Markus. »Wie schwer kann es sein, den Besitzer ausfindig zu machen?«

»Ziemlich schwer«, war die frustrierende Antwort. »Vor allem, weil man nichts vom Kennzeichen sehen kann. Der Wagen könnte überall zugelassen sein.«

»Na, toll«, brummte Markus. »Ist Eva da?«

Alex Wolf nickte. »In ihrem Büro.«

»Dann nehme ich sie mit zum Wertstoffhof.« Er verließ das Büro seines Chefs und stand kurz darauf vor dem Schreibtisch von Eva Hägele. »Hast du Zeit? Ich fahre nach Plieningen.« Er erklärte ihr kurz, was er von dem Wachmann erfahren hatte.

»Klar hab ich Zeit.« Eva schnappte sich ihre Jacke. »Ich

mache mir Sorgen um Anna«, gestand sie wenig später, als sie im Auto saßen. »Meinst du, sie lebt noch?«

Diese Frage wollte sich Markus gar nicht stellen. Er war froh, dass Bea noch nichts von Annas Entführung wusste, sonst hätte vermutlich alle zehn Minuten sein Telefon geklingelt. »Was anderes dürfen wir nicht annehmen«, sagte er mit einem Seufzen. »Du kennst Anna. Sie ist zäh wie Leder.«

Evas schnitt eine Grimasse. »Wenn wir nicht bald eine Spur finden ...«

»Denk einfach nicht dran, okay?« Markus war gereizt. Schwarzmalerei konnte er jetzt nicht gebrauchen. Die Vorwürfe, die er sich selbst machte, genügten vollauf. Obwohl ihm sein Verstand klarmachte, dass er die Entführung nicht hätte verhindern können, sagte ihm sein Bauch etwas anderes.

Den Rest des Weges legten sie schweigend zurück, jeder in die eigenen Gedanken vertieft. Am Wertstoffhof angekommen, gingen sie direkt zum Leiter und fragten ihn nach den Männern auf der Liste. Vier Namen standen darauf.

»Nur einer davon ist hier, tut mir leid«, sagte der Chef. »Die anderen sind unterwegs.«

Markus unterdrückte einen Fluch. »Können Sie ihn hierher bringen lassen? Wir würden ihm gern ein paar Fragen stellen.«

Der Mann nickte. »Hat er etwas mit der Schießerei zu tun?«

»Das wissen wir nicht«, erwiderte Eva. »Aber es könnte sein, dass er ein wichtiger Zeuge ist.«

Es dauerte nicht lange, bis der Leiter mit dem Fahrer zurückkam. Der steckte in einem schmutzigen Overall und wirkte ganz und gar nicht begeistert. »Was wollen Sie?«, fragte er feindselig.

»Hinsetzen!«, befahl Markus schroff.

Der Mann gehorchte widerwillig.

»Lassen Sie uns bitte allein«, forderte Markus den Chef auf. Als der protestieren wollte, hob er warnend die Hand. »Wir wissen, dass sie Geschäfte mit diesem Mann machen«, sagte er, sobald der Leiter die Tür hinter sich zugemacht hatte. Er hielt dem Fahrer das Bild von Sami Heitz vor die Nase. »Was haben Sie mit ihm zu schaffen?«

»Gar nichts«, gab der Fahrer patzig zurück. »Den habe ich noch nie gesehen.« Er wollte aufstehen.

»Sitzen bleiben!«, fuhr Eva ihn an.

Der Mann warf ihr einen wütenden Blick zu.

»Mir ist scheißegal, in was für krumme Geschäfte Sie verwickelt sind«, sagte Markus. Er beugte sich zu dem Sitzenden hinunter, sodass sein Gesicht keine zwei Zentimeter von ihm entfernt war. »Aber dieser Mann hier hat eine Kollegin von uns entführt. Wenn Sie nicht den Rest Ihres Lebens im Gefängnis verbringen wollen, sollten Sie uns verdammt schnell sagen, was Sie mit ihm zu schaffen haben!«

Der Fahrer erbleichte. »Entführt?«

»Ja. Entführt«, mischte sich Eva ein. »Wenn ihr etwas passiert, sind Sie in ein Tötungsdelikt verwickelt.«

»Mooooment«, protestierte der Fahrer. »Damit hab ich nichts zu tun!«

»Dann sagen Sie uns, was für Geschäfte Sie mit ihm…«, Markus stach mit dem Zeigefinger nach Samis Bild, »… gemacht haben! Sonst wandern Sie für lange, lange Zeit in den Knast. Kapieren Sie das?«

»Nur, wenn Sie mir versprechen, dass ich straffrei ausgehe«, sagte der Fahrer.

Markus lachte. »Sie sehen wohl zu viele Filme? Das kann ich nicht. Ich kann Sie nur darauf hinweisen, dass Sie die Aussage verweigern dürfen, wenn Sie sich damit selbst belasten.«

Der Mann horchte auf.

»Das würde ich mir an Ihrer Stelle aber wirklich sehr gut überlegen«, fügte Markus hinzu.

Es war deutlich zu sehen, wie es im Kopf des Fahrers arbeitete. Nach einigen Sekunden fuhr er sich schließlich mit der Zungenspitze über die Lippen und sagte: »Was wäre, wenn man mich dafür bezahlt hätte, Schrott abzuzweigen?«, fragte er mit einem listigen Ausdruck.

»Nicht unsere Angelegenheit«, log Markus. »Uns interessiert nur, was Sie uns zu Sami Heitz sagen können. Hat er Sie für den Schrott bezahlt?«

Der Fahrer zögerte einen Moment, ehe er nickte. »Mich und die anderen. Wir haben aber nichts Wertvolles weggefahren«, beeilte er sich hinzuzusetzen. »Nur alte Kühlschränke, Fernseher und Monitore. Das Zeug, das die Recyclingfirma ohnehin hier lässt, weil es zu teuer ist, es wieder aufzubereiten.« Seine Zungenspitze leckte erneut über die Lippen. »Das ist nicht wirklich illegal. Niemand braucht die Sachen. Es ist Müll.«

Markus tauschte einen Blick mit Eva. Elektroschrott? Was wollte Sami damit? Die ganze Sache wurde immer rätselhafter. »Wo haben Sie den Schrott hingefahren? Hat er ein Lagerhaus? Eine Firma?«

»Wir haben immer in Vaihingen angeliefert«, gab der Mann zurück. »In einer Lagerhalle.«

»Wo ist diese Lagerhalle?« Markus zog sein Handy aus der Tasche und suchte nach einem Navigationsprogramm. Er zoomte das Industriegebiet in Stuttgart-Vaihingen heran.

Der Fahrer starrte einen Augenblick auf die Karte, dann schüttelte er den Kopf. »Sorry, ich bin nicht gut im Kartenlesen. Aber ich kann Ihnen zeigen, wo es ist.«

Markus' Herzschlag beschleunigte sich. Eine Spur! Endlich eine Spur zu diesem Sami!

Kapitel 46

Stuttgart, 13. November 2015

Sami Heitz spürte die Wut in sich hochkochen. Mit jeder Sekunde, die er länger in diesem verdammten Stau steckte, wurde er aggressiver. Die Scheißbullen hatten die Bilder mitgenommen! Wenn sein Auftraggeber das erfuhr, würde er ihm den Wert der Gemälde vermutlich von seinem Honorar abziehen. Dann blieb von der gewaltigen Summe nicht mehr viel übrig und er hatte all die Risiken umsonst auf sich genommen. Er stieß eine Verwünschung auf Thailändisch aus und schlug mit der Faust aufs Lenkrad. »Fahrt endlich, ihr Idioten!«, fauchte er, als sich die Autoschlange vor ihm nur langsam in Bewegung setzte. Er war kaum ein paar Meter gerollt, als der Wagen vor ihm erneut zum Stehen kam.

Er hätte sich nie auf diese Sache einlassen sollen! Von Anfang an waren die Dinge nicht so gelaufen, wie er es sich vorgestellt hatte – angefangen mit Marilene. Eigentlich hatte er sie nur ausnutzen, sie süchtig und von sich abhängig machen wollen. Aber irgendetwas an ihr hatte ihm gefallen. Hätte sie ihm doch nur nicht gesagt, dass sie aussteigen wollte! Dann hätte er sie nicht töten müssen. Auch wenn Reue für ihn ein Fremdwort war, irgendetwas, das er nicht näher benennen konnte, nagte an ihm. Vermutlich vermisste er ihre Kreativität im Bett. Obwohl sie so spießig ausgesehen hatte, war der Sex mit ihr unglaublich gewesen. Anders als Nang und den anderen Nutten hatten ihr die Dinge Spaß gemacht, auf die Sami abfuhr. Als sich das Auto vor ihm endlich wieder in Bewegung setzte, wischte er den Gedanken an Marilene beiseite und sah auf die Uhr. Nicht mehr lange bis zum Schichtende. Wenn der Maler ihm bis dahin nicht gesagt hatte, was er wissen wollte, würde er die Bitch, die er zu Nang gesperrt hatte, selber nehmen. Vielleicht war sie wie Marilene. Ein kaltes Lächeln huschte über sein Gesicht. Als ein Streifenwagen mit Blaulicht an der Autoschlange vorbeifuhr, machte er sich so klein wie möglich. Obwohl er im Mini saß und man so gut wie nichts von seinem Gesicht erkennen konnte, war er vorsichtig.

Es dauerte beinahe eine Stunde bis zum Industriegebiet Stuttgart-Vaihingen. Zum Glück hatte sich der Schnee inzwischen in Regen verwandelt, was seine Laune allerdings nicht verbesserte. Als er an der Lagerhalle angekommen war, steckte er die CD aus dem Bordell ein und betrat das Gebäude durch eine der zwei Seitentüren.

»Mach mich los, ich muss mal«, begrüßte ihn der Maler. »Sonst pinkel ich auf den Boden.«

Einen Augenblick war Sami versucht, ihn zu ignorieren. Allerdings hatte er keine Lust auf eine stinkende Lache. Er zog seine Waffe und ging zum Maler. »Keine Tricks, sonst blase ich erst dir das Hirn raus und dann dem Flittchen«, drohte er. Das Aufflackern in den Augen des anderen verriet ihm, dass er ins Schwarze getroffen hatte. Mit der anderen Hand zog er ein Messer aus der Tasche und durchschnitt die Fesseln. »Das Klo ist in der Halle«, sagte er und wies mit dem Kinn auf die Tür.

Kapitel 47

Stuttgart, 13. November 2015

»Da lang.« Der Müllfahrer zeigte auf eine Straße, die von der Hauptstraße des Industriegebietes abzweigte. Dort befanden sich mehrere große Lagerhallen, die für Markus alle gleich aussahen. »Die da vorne ist es«, sagte der Mann. Vor dem Zweckbau herrschte reger Betrieb. Mehrere LKW standen bei den großen Rolltoren, zwei davon offensichtlich Schrottlaster.

»Ihre Kollegen?«, fragte Eva.

Der Müllfahrer zuckte mit den Achseln. »Kann sein.«

Markus parkte den Dienstwagen und sagte zu dem Fahrer: »Warten Sie kurz im Auto.« Dann bedeutete er Eva, auszusteigen.

»Denkst du, die haben Anna und Kirchberger hierher gebracht?«, fragte Eva.

Markus nickte. »Ist der ideale Ort für einen Transporter. Der fällt hier nicht auf.«

»Aber den Transporter haben sie doch stehen lassen«, wandte Eva ein.

»Die Reifenspuren stammten aber auch von einem Nutzfahrzeug«, sagte Markus. »Ich wette, die haben sie einfach in einen Sprinter oder Vito umgeladen.«

»Sollen wir nach Zeugen suchen?«

Markus überlegte kurz. Dann sah er auf die Uhr. Es war kurz vor vier. »Die Arbeiter haben sicher bald Feierabend. Ich sage Alex, er soll uns ein paar Mann zur Verstärkung schicken. Dann können wir hier im näheren Umkreis alle befragen.«

Eva zeigte auf die Schrottlaster. »Wenn die da schon länger mit ihren Lastern stehen, haben die Fahrer sicher was gesehen.«

»Wir warten, bis sie fertig entladen haben, dann stoppen wir sie außer Sichtweite.« Er zückte sein Telefon, um Alex Wolf anzurufen.

Der versprach, dem Polizeiführer vom Dienst Bescheid zu geben, damit der für Verstärkung sorgen konnte. »Wenn Anna dort ist …«

»Melden wir uns sofort«, unterbrach ihn Markus. Dann konnte der PvD die Verhandlungsgruppe und das SEK alarmieren.

»Ich hoffe, ihr habt sie aufgespürt!«, sagte der SOKO-Leiter.

»Glaub mir, das hoffe ich auch«, seufzte Markus.

»Wo sollen wir anfangen?«, wollte Eva wissen.

»Nimm du dir die Belegschaft der umliegenden Gebäude vor«, sagte Markus. »Ich fange am besten mit dem da an.« Er zeigte auf einen der Schrottlaster, der in diesem Moment zurücksetzte.

»Alles klar.«

Als Markus zurück in den Dienstwagen stieg, fragte der Mann auf dem Rücksitz: »Kann ich jetzt gehen?«

»Sobald meine Kollegen hier sind und Sie denen noch ein paar Angaben gemacht haben«, erwiderte Markus.

»Was für Angaben?«

Markus ignorierte ihn und ließ den Wagen an. Sobald der Schrottlaster in ihre Richtung fuhr, wendete er und hängte sich an seine Stoßstange. Erst als die Lagerhalle außer Sichtweite war, öffnete er das Fenster, pappte das Magnetblaulicht aufs Dach, überholte den LKW und stieg aus.

Der Fahrer ließ das Fenster herunter. »Was ist denn?«, fragte er. »War ich zu schnell?«

»Steigen Sie bitte aus.«

Der Mann stieg aus. Er war klein und breit, mit einem beachtlichen Bierbauch. Ein dichter grauer Schnauzer verbarg seine Oberlippe.

»Haben Sie eine dieser beiden Personen in der Lagerhalle da drüben gesehen?« Markus zeigte ihm Bilder von Anna und Roland. Er sah Erleichterung in den Augen des Mannes.

Augenblicklich entspannte sich seine Haltung. Er kniff die Augen zusammen und kratzte sich am Kinn. »Ich weiß nicht«, sagte er schließlich. »Die Frau habe ich nicht gesehen. »Aber den Mann, denke ich.«

»In der Halle?«, hakte Markus nach.

Der Fahrer hob eine Schulter. »Ja, ich glaube schon. Der Chef war bei ihm.«

»Der Chef?«

Markus' Gegenüber trat von einem Fuß auf den anderen.

»Hören Sie«, drängte Markus, »ich weiß, dass Sie den Schrott vom Wertstoffhof stehlen. Aber das interessiert mich nicht. Wenn sich eine dieser beiden Personen in der Lagerhalle befindet, müssen Sie es mir sagen! Sonst haben Sie gewaltigen Ärger am Hals.«

»Wer hat behauptet, ich würde Schrott stehlen?«, protestierte der Mann.

»Er.« Markus zeigte mit dem Daumen auf sein Dienstfahrzeug. Als der Fahrer aufbrausen wollte, unterbrach er ihn. »Ich sage Ihnen noch mal, dass mich der Schrott nicht interessiert. Hier geht es um ein Kapitalverbrechen!«

Genau wie der andere Fahrer, wurde auch der Dicke bleich. »Ein ...?«

»Ja. Also?« Markus hielt ein Bild von Sami in die Höhe. »Ist das der Chef?«

Der Mann nickte. Das genügte Markus. »Rühren Sie sich nicht vom Fleck«, befahl er, ehe er ein paar Schritte abseits ging, um Alex Wolf anzurufen. »Ein Zeuge hat Roland Kirchberger in der Lagerhalle gesehen«, setzte er den SOKO-Leiter in Kenntnis.

Der zögerte nicht lange. »Ich kümmere mich um alles. Bleibt ihr da. Du bist unser Verbindungsbeamter.«

»Alles klar.« Somit würde es Markus' Aufgabe sein, alle Erkenntnisse des Einsatzabschnittes »Ermittlungen« an das SEK und die Verhandlungsgruppe weiterzugeben, sobald diese vor Ort waren. Er sah erneut auf die Uhr. Es würde vermutlich eine halbe Stunde dauern, bis die ersten SEK-Beamten eintrafen. Diese, die Aufklärer und die Männer für den Notzugriff, würden in einiger Entfernung mit dem Hubschrauber abgesetzt und dann mit einem Einsatzwagen abgeholt werden. Da es sich um einen Kommandoeinsatz handelte, würden zusätzlich dreißig bis vierzig Mitglieder der Spezialeinheit, inklusive Präzisionsschützen, dazustoßen. Vermutlich lief beim PvD gleich das Telefon heiß, damit die Lagerhalle so schnell wie möglich weiträumig abgesperrt werden konnte.

Zum Glück leerten sich die Parkplätze der umliegenden Firmen. Nicht auszudenken, wenn Unbeteiligte in die Schusslinie gerieten. Markus ging zurück zum LKW-Fahrer.

»Sind Sie sicher, dass Sie die Frau nicht gesehen haben?«, fragte Markus ihn ein weiteres Mal.

Der Mann schüttelte den Kopf. »Ehrlich nicht. Nur den Mann.«

»Beschreiben Sie mir das Innere der Lagerhalle«, forderte Markus. »Wie viele Leute sind vor Ort? Was wird dort gelagert außer Schrott? Gibt es weitere Eingänge? Türen, Fenster – alles, was Sie wissen.«

Kapitel 48

Stuttgart, 13. November 2015

Anna hatte ihren Beobachtungsposten aufgegeben. Auf die Dauer wurden ihr die Arme lahm und allmählich fühlte sie sich schwindelig vor Hunger. Wenn sie nicht bald etwas zwischen die Zähne bekam, würde sie sich schwer tun mit dem Plan, den sie sich zurechtgelegt hatte. Sie hatte keinerlei Zweifel, dass Sami seine Drohung wahr machen und sie und Nang den Arbeitern zur Belustigung überlassen würde. Zum Glück waren einige der Wasserflaschen noch voll, sodass sie wenigstens keine Angst haben musste, zu verdursten. Nang war inzwischen eingeschlafen und schnarchte leise vor sich hin. Auch Anna war erschöpft, aber die Angst um Roland und die schmerzende Schusswunde ließen sie hellwach bleiben.

Da sie nicht wusste, wie viel Zeit ihr blieb, bis Sami zurückkam, grub sie die Fingernägel tiefer in das Plastik der leeren Flasche, die sie schon halb zerlegt hatte. Mit Hilfe der Zähne gelang es ihr, ein großes Stück herauszulösen, das sie an einer rostigen

Stelle der Wand schärfte. Mit dieser Behelfswaffe platzierte sie sich direkt neben der Tür des Containers und wartete.

Es kam ihr vor wie eine Ewigkeit, bis sich endlich jemand an dem Vorhängeschloss zu schaffen machte. Das scharfe Stück Plastik fest in der Hand, drückte sie sich mit dem Rücken gegen die Wand und schnellte vor, sobald die Tür aufschwang. Allerdings schien Sami auf einen Angriff gefasst gewesen zu sein, da sie ins Leere lief. Mit einer blitzschnellen Bewegung packte er ihren Arm, entwand ihr das Stück Plastik und versetzte ihr einen Faustschlag in den Magen. Sie sackte zusammen. Der Schmerz war so heftig, dass sie sich beinahe übergeben hätte.

»Steh auf, du Fotze!«, befahl Sami. Als Anna nicht sofort gehorchte, zog er sie an den Haaren auf die Beine. »Wer bist du?«, zischte er so nah an ihrem Gesicht, dass sie seinen schlechten Atem riechen konnte.

Bevor sie antworten konnte, zog er sie aus dem Container und packte sie grob am Hals. Mit der freien Hand verschloss er die Tür, dann stieß er sie vor sich her zum Büro. Dort sah Roland sie mit ängstlichem Blick an. Statt sie auf den Stuhl neben ihm zu bugsieren, zerrte Sami sie zum Schreibtisch, auf dem ein aufgeklappter Laptop stand.

Anna fror mitten in der Bewegung ein. Auf dem Video, das Sami auf dem Bildschirm angehalten hatte, waren deutlich Jens, sie und Nang zu sehen. Offensichtlich handelte es sich um eine Aufnahme aus dem Bordell.

»Das warst du auf dem Wertstoffhof«, stellte Sami gefährlich ruhig fest. »Wer ist der Typ da?« Er zeigte auf Jens. »Und warum habt ihr mir hinterhergeschnüffelt? Bist du ein Bulle?«

Annas Gedanken überschlugen sich. Der Ausdruck auf Samis Gesicht war eindeutig. Würde es ihn davon abhalten, sie und Roland zu töten, wenn sie ihm sagte, wer sie war? Oder würde das ihren Tod beschleunigen? Sie warf Roland einen Blick zu. Die Lage war vollkommen aussichtslos. Sie traf eine Entscheidung und hoffte, dass sie nicht zu hoch pokerte. Es gab nicht mehr viele andere Möglichkeiten in ihrer Lage. »Ja«, erwiderte sie. Samis Wut war mittlerweile spürbar größer geworden. »Ich bin von der Polizei. Wenn Sie mich oder ihn«, sie zeigte auf Roland, »umbringen, haben Sie verdammt viel Ärger am Hals.« Distanz durch Anrede. Hoffentlich wirkte es. »Der andere auf dem Video ist mein Partner.« Das ist nicht mal eine Lüge, dachte sie. Nur eine Spitzfindigkeit.

Samis Griff um ihren Hals wurde noch härter und einen Moment lang dachte Anna, er wolle sie erwürgen. Dann zischte er etwas in einer Sprache, die Anna nicht verstand, und trat mit dem Fuß nach dem Schreibtischstuhl. Der rollte unbeeindruckt von dem Gewaltausbruch über den Boden und blieb an der Wand stehen.

»Hören Sie ...«, hob Anna an.

Aber Sami schnitt ihr das Wort ab. »Halt die Klappe!«, knurrte er. Eine weitere unverständliche Schimpftirade folgte, ehe er Anna zu dem Stuhl neben Roland schleifte und sie wieder daran fesselte. Dann zog er sein Handy aus der Tasche und verließ wortlos das Büro. Die Tür fiel mit einem lauten Knall ins Schloss.

»Geht es dir gut?«, fragte Roland besorgt.

Anna nickte. »Dir auch?«

»Ja. Was war das auf dem Bildschirm?«

»Ein Video von Jens und mir. Aus dem Puff.« Die Geschichte von dem gefährlichen Ausflug hatte sie ihm in der Konditorei in Stammheim erzählt. Es kam ihr vor, als sei das vor einer Ewigkeit gewesen. »In was hat Marilene dich da nur reingezogen? Ich habe gesehen, dass die hier Schrott anliefern. Das macht alles überhaupt keinen Sinn.«

⊡

Während sich Anna und Roland die Köpfe zerbrachen, wartete Sami darauf, dass sein Auftraggeber endlich ans Telefon ging. Zweimal war sein Anruf schon auf die Mailbox weitergeleitet worden, aber er wählte ein drittes Mal.

»Was gibt es? Ich bin in einem Meeting!«, zischte es ihm ins Ohr. »Ich kann hier nicht sprechen! Ruf mich ...«

»Es ist wichtig«, unterbrach Sami ihn. »Die Tussi, die bei dem Maler mit im Auto war, ist ein Bulle.«

Einige Sekunden lang herrschte Stille am anderen Ende. Sami erschien es so lange, dass er dachte, die Verbindung sei unterbrochen worden. »Das ist nicht dein Ernst?«, fragte sein Auftraggeber schließlich.

»Doch. Verdammt, das wusste ich nicht!«

»Goooott«, stöhnte der Mann am anderen Ende der Leitung. »Wofür haben wir dich eigentlich engagiert? Weißt du, was passiert, wenn die Polizei rausfindet, wo ihr seid? Dann fliegt uns die ganze Sache um die Ohren!« Die Panik in seiner Stimme war nicht zu überhören. »Die Käufer warten auf die Ware. Wenn wir nicht liefern ...«

»Wir werden liefern«, versprach Sami. Er warf einen Blick zu den Ladebuchten. Die Lastwagen waren inzwischen entladen und die Staplerfahrer verstauten die letzte Lieferung. Nur noch eines der Rolltore war geöffnet. Draußen dämmerte es bereits. »Ich bringe sie woanders hin«, sagte er. »Wo sie niemand so schnell findet.«

»Wie willst du das anstellen bei den ganzen Straßensperren?«

»Da fällt mir schon was ein.« Sami bemühte sich, zuversichtlich zu klingen, obwohl er keine Ahnung hatte, wie er sie wegschaffen sollte.

»Ich komme gleich!«, hörte er den Mann rufen. Man schien ihn in seiner Besprechung zu vermissen. »Ich muss auflegen«, sagte er. »Ich erwarte deinen Anruf.«

Nachdem er das Telefon zurück in die Tasche gesteckt hatte, überlegte Sami, wo er die beiden und Nang – er wollte jetzt kein Risiko mehr eingehen – am besten verscharren konnte. Sobald die Staplerfahrer ihre Schicht beendeten, würde er sie von hier fortschaffen. Morgen kam die letzte Lieferung, dann würde alles auf andere Lastwagen verladen werden und er war aus dem Schneider. Jetzt ging es nur noch darum, dass er heil aus der Sache rauskam. Die Panik seines Auftraggebers hatte sich auf ihn übertragen. Er wartete, bis die Männer mit ihrer Arbeit fertig waren, dann schloss er das Rolltor. Sobald er sicher war, alleine in der Halle zu sein, ging er zum Container. Nang lag reglos am Boden. Er schraubte eine der Wasserflaschen auf und goss ihr den Inhalt über den Kopf. Prustend kam sie zu sich.

»Steh auf!«, herrschte er sie auf Thailändisch an.

Sie hob schützend die Arme, als er auf sie zutrat. »Bitte«, flehte sie.

Sami zog sie auf die Beine. »Raus hier.«

Als er sie losließ, sackte sie in sich zusammen wie eine Marionette.

Sami versetzte ihr einen Tritt in die Seite, was außer einem Wimmern nicht viel bewirkte. Offenbar war sie zu schwach, um selbst zu ihrem Begräbnis zu gehen. Ohne lange zu fackeln, hob er sie auf und warf sie sich über die Schulter wie einen Sack Mehl. Sie wog kaum etwas. Während er in Gedanken die Orte durchging, an denen man drei Leichen verschwinden lassen konnte, schaffte er sie ins Büro und warf sie auf den Boden.

»Warten Sie!«, rief ihm die Bullenkuh hinterher, als er das Kabuff wieder verließ. Am besten knebelte er sie. Das Gelaber ging ihm auf die Nerven. Mit einem scheußlichen Gefühl im Magen ging er zu einem der Eingänge für die Arbeiter und öffnete die schwere Metalltür. Wie sollte er die drei in dem Mini unterbringen? Vermutlich war es das Einfachste, sie in der Lagerhalle zu erschießen und dann in den Kofferraum zu stopfen. Als er auf den Hof vor der Halle trat, fiel ihm die seltsame Stille auf. Eigentlich herrschte um diese Uhrzeit reger Verkehr auf den beiden Straßen, die man von hier aus sehen konnte. Pendler, die nach Feierabend noch etwas in einem der umliegenden Supermärkte einkauften, Angestellte, die nach Hause fuhren, oder Lastwagenfahrer, die zu dem Fastfood-Restaurant unterwegs waren. Irgendetwas stimmte nicht! Er trat hastig zurück in die Lagerhalle und schlug die Tür wieder zu. Dann zog er die Waffe und rannte zum Büro.

Kapitel 49

Stuttgart, 13. November 2015

Markus wippte nervös mit dem Fuß auf und ab, während er auf die Ankunft des SEKs wartete. Aus den umliegenden Revieren waren inzwischen zahllose Einsatzfahrzeuge vor Ort, die Lagerhalle weiträumig abgesperrt. Die Gabelstaplerfahrer befanden sich in Gewahrsam, hatten aber angeblich nichts Auffälliges bemerkt. Alle behaupteten, nicht zu wissen, was vorging und vermutlich sagten sie die Wahrheit.

Vor zwei Minuten waren die Mitglieder der Verhandlungsgruppe vorgefahren und hatten Markus Löcher in den Bauch gefragt. Der Sprecher und sein Assistent unterhielten sich im Augenblick mit dem Schrottfahrer, der Roland in der Halle gesehen hatte.

Inzwischen war es fast ganz dunkel. Zum Glück hatte es aufgehört zu regnen, dennoch war es unangenehm kalt und feucht. Immer wieder ging Markus zurück zu seinem Dienstwagen, um sich kurz aufzuwärmen. Er hatte sich gerade hinters Lenkrad gesetzt und die Heizung ganz aufgedreht, als er den Einsatzwagen heranfahren sah, der die ersten SEKler vom Hubschrauber abgeholt hatte. Die Männer steckten zum Teil in voller Montur: anthrazitfarbene Overalls, robuste Einsatzstiefel, Knieschützer und eine schwere Schutzweste. Außerdem trugen sie Sturmhauben und mattschwarze Helme mit durchsichtigem Visier und integriertem Funk. Bewaffnet waren sie mit Gewehren und Kurzwaffen. Lediglich die Aufklärer und die Techniker waren in Zivil, die Pistolen unter weiten Jacken verborgen.

Markus stieg aus dem Wagen und ging auf die Männer zu. »Markus Hauer«, stellte er sich vor. »Ich bin der Verbindungsbeamte des Abschnitts ›Ermittlungen‹. Haben Sie Pläne von dem Gebäude?«, fragte er den Teamleiter des SEKs. Die hatte sich der Führungsstab im FLZ sicher schon besorgt.

»Ja«, bestätigte der Mann Markus' Vermutung. »Was wissen Sie über die Lage?«

Markus berichtete dem SEKler, was der Schrottfahrer ihm gesagt hatte.

»Das ist nicht viel«, brummte der Beamte. Er wandte sich an die Aufklärer. »Wir brauchen so schnell wie möglich Ton und Bilder, damit wir alle lokalisieren können. Los, los, los!«

Augenblicklich schwärmten die Männer aus; abgesichert durch bewaffnete Kollegen.

»Ihr versucht, reinzukommen«, wandte sich der Teamleiter an einige Mitglieder des Notzugriff-Teams. »Die anderen sichern alle Fenster und Türen.« Er ignorierte Markus und zog einen Plan aus der Tasche. »Lichtschächte hier und hier.« Er tippte auf das Papier. »Das sieht wie ein Abwasserkanal aus. Eingänge da, da und da.«

Obwohl Markus schon oft bei Einsätzen des SEKs dabei gewesen war, beeindruckte ihn deren Präzision jedes Mal aufs Neue.

»Wir warten mit der Kontaktaufnahme, bis die restlichen Kollegen vor Ort sind«, sagte der Sprecher der Verhandlungsgruppe.

Es dauerte nicht lange, bis die schwarzen VW-Busse die Straße entlanggerast kamen. Die Türen sprangen auf und etwa vierzig Mann versammelten sich um den stellvertretenden Kommandoführer. Der stand über Funk in Kontakt mit all seinen Männern und dem Führungsstab, damit alles reibungslos koordiniert werden konnte.

»Ihr postiert euch auf den umliegenden Dächern«, wies er eine Handvoll Präzisionsschützen an. »Ich will regelmäßig Meldung, was ihr seht.«

Die Männer nickten und zogen ab.

»Was wissen wir?«, fragte er den Teamleiter des Notzugriffteams. »Sind wir schon im Gebäude?«

Der Angesprochene schüttelte den Kopf. »Es gibt drei Rolltore und zwei Stahltüren, alle verschlossen. Vier Fenster, eher Luken. Ein Lüftungsschacht auf dem Dach.«

»Wie sieht's drinnen aus? Stehen Bild und Ton?«, wollte der Einsatzleiter wissen.

»Bild und Ton stehen. Aber wir sehen nicht viel. Paletten und Container, ein Büro, abgestellte Gabelstapler. Keine Personen. In dem Büro brennt Licht.«

»Fenster?«

»Ein Milchglasfenster, zwei Silhouetten sichtbar. Sitzend.«

»Sprengmeister.« Der Einsatzleiter winkte einen Mann zu sich. »Bring eine Ladung an der Tür an, die am weitesten von dem Büro entfernt ist. Ihr gebt Deckung.« Er zeigte auf fünf Vermummte. Augenblicklich entfernten sich die Männer. »Du bist der Verbindungsmann zur Verhandlungsgruppe«, wies er einen anderen an. »Sobald alles gesichert ist, geben wir ein Zeichen. Dann kann es losgehen.«

Markus verfolgte mit mulmigem Gefühl, wie sich das SEK verteilte. Hoffentlich verlor in der Lagerhalle niemand die Nerven! Wenn Anna etwas zustoßen würde ... Er brach den Gedanken ab, da er ihn unweigerlich zu Jens führte. Wie es dem wohl im Moment ging? Anders als Markus, war er nicht vor Ort, musste sich folglich noch machtloser fühlen.

»Okay, wir sind so weit«, ließ der Verbindungsbeamte die Verhandlungsgruppe wissen. »Wir geben euch Deckung.«

Der Sprecher griff nach einem Megaphon und machte sich mit seinem Assistenten auf den Weg zur Lagerhalle. Dort angekommen, stellte er sich vor die Rolltore. »Sami Heitz, hier spricht die Polizei. Wir wissen, dass Sie sich mit Geiseln im Gebäude befinden. Das Gelände ist umstellt!«

Von seinem Standort aus konnte Markus nicht hören, ob Sami antwortete. Zuerst schien es nicht so. Dann wurde offensichtlich etwas aus der Halle gebrüllt.

»Lassen Sie die Geiseln frei«, dröhnte es aus dem Megaphon.

Wieder Warten auf eine Antwort.

»Sie haben ein Telefon da drin«, rief einer der Beamten. »Das FLZ hat gerade die Nummer durchgegeben.« Er informierte den Sprecher darüber.

»Wir verstehen Sie sehr schlecht«, quäkte die verzerrte Stimme aus dem Lautsprecher. »Bitte gehen Sie ans Telefon, es ruft gleich jemand an.«

Offenbar kam eine positive Antwort aus der Halle, da der Sprecher und sein Assistent, begleitet von den SEKlern, zurück zu ihrem Wagen liefen. Ab jetzt würden die Kollegen der Verhandlungsgruppe aus stationären Räumen übernehmen. Der Sprecher und seine Leute würden vor Ort bleiben, falls die Kommunikation über das Telefon abreißen sollte.

Markus ließ sich vom Verbindungsbeamten des SEK ein Fernglas mit Restlichtverstärker geben. Dadurch waren die Teams an den Türen und Fenstern deutlich zu erkennen. Der Sprengmeister machte sich an einer Stahltür zu schaffen. Nachdem er die Scharniere und das Schloss der Tür mit Sprengstoff versehen hatte, griff er nach einer Sprengschnur und brachte einen Zünder an. Dieser würde im Zugriffsfall ferngezündet.

Zeitgleich würden die Männer an den Zugriffspunkten, den Türen und Fenstern, den Luken und Schächten, Irritationskörper zünden, um für so viel Ablenkung wie möglich zu sorgen.

Markus sandte ein Stoßgebet zum Himmel, dass es dazu nicht kommen möge.

Kapitel 50

Stuttgart, 13. November 2015

»Haltet die Klappe!« Samis Stimme überschlug sich vor Wut. Er hob die Waffe und hielt sie waagerecht in der Luft – auf Annas Kopf gerichtet. »Ich blas euch das Hirn raus, das verspreche ich euch! Haltet bloß die Klappe!«

»Beruhigen Sie sich«, missachtete Anna den Befehl.

»Sag mir nicht, was ich tun soll!« Speicheltröpfchen glitzerten im Licht der Neonröhren. »Verdammte Scheiße!« Samis Stirn glänzte feucht. Ihm war deutlich anzusehen, dass er kurz davor war, die Nerven zu verlieren.

Anna wusste, wie gefährlich die Lage war. Wenn Sami Heitz jetzt durchdrehte, waren sie alle tot. Sie versuchte, sich ihre Angst nicht anmerken zu lassen, und fummelte weiter hinter ihrem Rücken an den Fesseln herum. Die waren jedoch zu fest, um sich ohne Hilfe daraus zu befreien. Keine Chance, wie im Film einen Knoten zu öffnen oder sie an einem Stuhlbein durchzuscheuern, obwohl Roland und sie es versucht hatten.

Als das Telefon klingelte, zuckten alle zusammen.

»Gehen Sie ran«, sagte Anna so ruhig wie möglich. Sami starrte das Gerät an, als sei es giftig.

Er schien sie nicht zu hören. Den Finger immer noch am Abzug der Pistole, starrte er auf das Telefon, das immer weiter klingelte.

Anna hatte den Eindruck, der Ton würde immer anklagender, je länger Sami das Klingeln ignorierte.

Unschlüssig hob er die Hand mit der Waffe und wischte sich mit dem Handrücken den Schweiß von der Stirn. Dann zuckte sein Blick von Anna zu Roland und Nang und zurück. Seine Nasenflügel bebten. Jeder Muskel in seinem Körper schien vor Anspannung zu vibrieren.

Geh schon ran!, dachte Anna. Wenn ihn jemand zum Aufgeben überreden konnte, dann die Kollegen von der Verhandlungsgruppe.

»Fuck!«, stieß Sami schließlich hervor und riss den Hörer von der Gabel. »Was?«

Anna konnte nicht hören, was am anderen Ende gesagt wurde.

»Ja.«

Vermutlich hatte man ihn gefragt, ob es allen Geiseln gut ging.

»Ein Auto und freien Abzug«, sagte Sami.

Erneutes Lauschen.

»Nein. Eine kommt mit mir.« Er sah zu Anna. »Die Bullenkuh.«

Anna nahm an, dass die Kollegen vehement widersprachen.

»Das ist nicht verhandelbar!«, brauste Sami auf. »Wenn ich nicht kriege, was ich verlange, bringe ich sie um!« Er knallte den Hörer aufs Telefon und wirbelte zu Anna herum. Seine Augen wirkten wie die eines gehetzten Tieres.

Anna senkte den Blick, um ihn nicht zu provozieren. In dem aufgebrachten Zustand war er so gefährlich wie eine Handgranate kurz vor dem Explodieren.

Einige Sekunden stand Sami unschlüssig im Raum. Dann zog er sein Handy aus der Tasche und stürmte wortlos aus dem Büro.

Augenblicklich kam Leben in Anna. »Wir müssen es noch mal versuchen«, sagte sie zu Roland. »Wenn der nicht kriegt, was er will …«

»Vielleicht kann sie uns helfen?« Roland zeigte auf Nang, die sich ein wenig gerührt hatte.

»Ich glaube nicht«, erwiderte Anna. »Das müssen wir alleine hinkriegen.« Sie schob ihren Stuhl so zur Seite, dass sie Rücken an Rücken war mit Roland und suchte nach seinen Fesseln. Dann grub sie den Nagel ihres Daumens in den Knoten – in der Hoffnung, ihn vielleicht doch noch lösen zu können.

»Was denkst du, haben die am Telefon gesagt?«, wollte Roland wissen.

»Sie werden versucht haben, ihn davon zu überzeugen, uns gehen zu lassen«, gab Anna zurück.

»Ich werde nicht zulassen, dass er dich irgendwohin mitnimmt!« Rolands Stimme zitterte. »Ich …«

»Bleib einfach ganz ruhig, egal, was passiert«, sagte Anna. »Die Lagerhalle ist umstellt, vielleicht haben sich die Kollegen vom SEK schon irgendwie Zutritt verschafft. Wenn wir Glück haben, kommt der Scheißkerl gar nicht zurück.«

Diese Hoffnung wurde allerdings nicht erfüllt. Wenige Minuten, nachdem Sami aus dem Büro gestürmt war, flog die Tür wieder auf.

»Was treibt ihr da?«, brüllte er Anna und Roland an.

Anna stockte fast das Herz, als sie sah, was er in der Hand hielt. Ein Sturmgewehr, in dem ein offenbar volles Magazin steckte.

Er machte einen Schritt auf Roland zu und rammte ihm den Schaft des Gewehrs mit solcher Wucht in die Seite, dass er mitsamt dem Stuhl umkippte. Dann drückte er Anna die Mündung auf die Brust. »Weißt du, was mit deinen Titten passiert, wenn ich abdrücke?«, fragte er heiser.

Anna wagte nicht einmal, zu atmen.

Kapitel 51

Stuttgart, 13. November 2015

»Ziel hat ein Sturmgewehr. Ich wiederhole, ein Sturmgewehr«, quäkte es aus dem Funkgerät des Einsatzleiters.

Markus blieb fast das Herz stehen.

»Seid ihr drin?«, fragte der Mann vom SEK.

»Team drei und vier sind in Position«, war die Antwort. »Fertig zum Abseilen.«

»Ziel befindet sich mit den Geiseln im Büro. Kein Zugriff möglich«, informierte ihn ein anderer Kollege.

»Verstanden.« Der stellvertretende Kommandoführer fuhr sich mit der Hand übers Kinn. Er war genauso angespannt wie Markus und die anderen Beamten vor Ort.

Wenn sie jetzt einen Fehler machten, waren Anna, ihr Vater und die dritte Geisel tot.

»Könnt ihr ihn irgendwie aus dem Büro locken?«, fragte der Kommandoführer den Verbindungsbeamten der Verhandlungsgruppe.

»Versuchen können wir es«, sagte er.

»Dann tut es! Tischt ihm irgendeine Lüge auf, dass sein Fluchtwagen da ist oder sonst irgendwas. Wir brauchen freies Schussfeld.«

Mit einem scheußlichen Gefühl im Magen verfolgte Markus, wie die Männer von der Verhandlungsgruppe die Informationen an ihre Kollegen in der stationären Zentrale weitergaben. Zweifelsohne würde in der Lagerhalle gleich wieder das Telefon klingeln. Er trat nervös von einem Fuß auf den anderen, als das Handy in seiner Tasche vibrierte. Ein Blick aufs Display verriet ihm, dass es sich um Jens handelte. Er unterdrückte ein Stöhnen. Das hatte ihm gerade noch gefehlt! Was sollte er ihm sagen? Dass Anna von einem Irren mit einem Schnellfeuergewehr bedroht wurde?

»Du wolltest mich auf dem Laufenden halten!«, fuhr Jens ihn an, kaum hatte er den Anruf angenommen. »Habt ihr Anna?«

Markus biss sich auf die Lippe. Er wusste nicht, was der Betreuer ihm gesagt hatte, aber offensichtlich genügten Jens die Informationen nicht. »Ich kann jetzt nicht sprechen«, sagte er. »Ich melde mich, sobald Anna in Sicherheit ist.«

»Einen Scheiß tust du!«, schnauzte Jens ihn an. »Ich komme zu euch!«

»Das geht nicht«, hörte Markus den Betreuer im Hintergrund.

»Sagen Sie mir nicht, was geht und was nicht geht!«, fauchte Jens. »Sie ist meine Frau!«

Hatten die beiden geheiratet? Der Gedanke war absurd in der momentanen Lage.

»Es ist in allen sozialen Medien!« Jens klang vollkommen hysterisch.

»Gib mir den Betreuer«, sagte Markus anstelle einer Antwort. »Bitte.«

Es dauerte so lange, bis der Mann ans Telefon kam, dass Markus fürchtete, Jens hätte aufgelegt. Schließlich meldete sich der Betreuer.

»Lass ihn herkommen«, sagte Markus. Er wusste, dass Jens es ihm niemals verzeihen würde, wenn er Schuld daran hatte, dass ... »Sieh zu, dass er außerhalb der Absperrung bleibt. Wenn wir es schaffen, Anna da rauszuholen, wird sie ihn brauchen.« Panik, Schock, vielleicht eine Verletzung. Ja, Anna würde Jens definitiv brauchen. Sein Blick wanderte zu der Ansammlung von Rettungswagen, die in einiger Entfernung vom Tatort parkten. Ihr Blaulicht und das der Streifenwagen und Mannschaftsbusse erhellte die Dunkelheit.

»In Ordnung.« Der Kollege in Tübingen klang nicht sonderlich begeistert.

Markus verstaute das Telefon wieder in der Tasche und konzentrierte sich auf die Lagerhalle. Ein SEK-Beamter fuhr soeben einen Kombi auf den Parkplatz vor der Halle.

»Wagen in Position«, ertönte es aus dem Funkgerät.

Der Kommandoführer nickte dem Verbindungsbeamten der Verhandlungsgruppe zu, der daraufhin mit den Kollegen in der Zentrale kommunizierte.

Markus hielt die Luft an. Jetzt hing alles davon ab, ob Sami Heitz auf den Trick hereinfiel. Wenn nicht, würde es vielleicht ein Blutbad geben.

»Er kommt aus dem Büro«, hörte Markus einen der Männer vom Notzugriffsteam sagen. »Er hat eine Geisel dabei, eine Frau, dunkle Haare.«

Markus schluckte. Entweder Anna oder die Thailänderin.

»Mündung des Sturmgewehrs zeigt auf den Boden!«

»Zugriff freigeben!« kam der Befehl aus dem FLZ. »Zugriff freigeben!«

Keine fünf Sekunden später ertönte ein ohrenbetäubender Knall, als der Sprengmeister die Ladung an der Tür zündete.

⊡

Die Druckwelle war so gewaltig, dass Anna sie im Brustkorb spürte. Sami und sie wurden zu Boden geschleudert und von mehreren grellen Blitzen geblendet. Augenblicklich versuchte Anna, so viel Abstand wie möglich zwischen sich und Sami zu bringen, auch wenn sie so gut wie nichts mehr sehen konnte. Die gesamte Halle schien sich um sie zu drehen und wurde von weiteren Explosionen erschüttert.

»Auf den Boden!«

»Bleiben Sie auf dem Boden! Hände hinter den Kopf!«

»Waffe weg!«

Aus dem Augenwinkel erkannte sie schemenhaft, dass Sami nach dem Sturmgewehr griff.

»Hände von der Waffe!«

Sami bewegte sich weiter.

Mehrere Schüsse peitschten durch die Halle.

Keine Bewegung mehr, dafür breitete sich etwas Rotes rings um Samis Kopf aus.

Da Anna wusste, dass die Kollegen vom SEK bei einem Notzugriff erst einmal jeden platt machten, egal ob Freund oder Feind, blieb sie regungslos liegen und wartete darauf, dass sie einer der Vermummten fesselte.

»Liegen bleiben!«, herrschte sie kurz darauf einer der Männer an. Dann schlossen sich Kabelbinder um ihre Handgelenke und sie wurde auf die Seite gedreht, damit sie nicht anfing zu hyperventilieren.

Noch immer konnte sie kaum etwas erkennen. In ihren Ohren klingelte es und sie spürte, wie ihre Beine anfingen, unkontrolliert zu zittern. Adrenalin. Ihr Herzschlag preschte davon. Plötzlich hatte sie das Gefühl, jemand würde auf ihrem Brustkorb sitzen. Ruhig und gleichmäßig atmen, schärfte sie sich ein. Sie wusste, dass diese körperliche Reaktion normal war.

Es schienen Stunden vergangen zu sein, als sich endlich jemand in einer roten Jacke über sie beugte. Die Kabelbinder wurden durchtrennt. Ein grelles Licht blendete ihre immer noch empfindlichen Augen. Kurz darauf krempelte jemand ihren Ärmel hoch und fühlte ihren Puls.

»Die Wunde muss versorgt werden«, hörte Anna einen Mann sagen.

Allmählich klärte sich ihr Blick. Nach mehrfachem Blinzeln erkannte sie einige schwarz gekleidete SEKler, die Roland aus dem Büro führten. Nang wurde vom Rettungsdienst auf eine Trage geladen. Zwei Rettungswagen standen in der Halle.

»Wie viele Finger sehen Sie?«, wollte der Sanitäter wissen.

»Drei«, brummte Anna. Sie versuchte, sich aufzusetzen. Allerdings wurde ihr sofort schwindelig.

»Sie haben einiges an Blut verloren«, sagte der Notarzt. »Aber Sie hatten Glück. Keine Gehirnerschütterung, kein sonstiges Trauma. Nur die Fleischwunde am Arm.«

»Helfen Sie mir«, bat Anna. Sobald sie saß, begann sich die Halle erneut um sie zu drehen. Während einer der Männer die Wunde an ihrem Arm verarztete, flößte ein zweiter ihr etwas zu trinken ein. Augenblicklich fühlte sie sich besser. »Wenn ihr jetzt noch was zu essen dabei habt, bin ich euer Fan«, scherzte sie lahm.

»Kein Problem«, gab der mit der Wasserflasche zurück. Er trabte davon und kam wenig später mit einem Müsliriegel zurück. »Bitte.«

Auch wenn Anna flau im Magen war, biss sie dankbar hinein.

»Wir helfen Ihnen jetzt aufzustehen«, sagte der Rettungsassistent, sobald er ihren Arm verbunden hatte.

Dank des Wassers und des Müsliriegels kam Anna problemlos auf die Beine und wollte sich von den beiden Männern losmachen.

Doch die Rettungsdienstler hielten sie davon ab. »Wir sind noch nicht fertig.«

»Mir geht es gut«, protestierte Anna. »Ihr fahrt mich hier nicht im Auto raus. Das könnt ihr vergessen!« Sie wollte zu Roland, der wie ein Häufchen Elend auf einer Trage saß. Auch ihn umschwirrten zwei Sanitäter.

»Ich meine es ernst«, sagte der Notarzt. »Wie sieht es mit Ihrem Tetanusschutz aus?«

»Was?«

»Tetanus? Wann war die letzte Impfung?«

Anna zuckte mit den Achseln. »Keine Ahnung.«

»Dann kommen Sie mit ins Fahrzeug und wir sind ganz schnell fertig«, sagte er honigsüß.

Na, prima, dachte Anna, als sie sich kurz darauf vornüberbeugte und die Hose runterzog. »Aua! Verdammt, geht das nicht sanfter?«

»Schon überstanden.«

Anna brummte etwas Unschmeichelhaftes, rieb sich den Hintern und schüttelte die letzte Benommenheit ab. Dann kletterte sie aus dem RTW, um nach Roland zu sehen.

Kapitel 52

Stuttgart, 13. November 2015

»Anna!« Markus' Stimme überschlug sich fast, als er auf Anna und Roland zustürmte. »Gott, sei Dank, euch geht es gut!« Bevor Anna reagieren konnte, zog er sie in eine rippenbrechende Umarmung.

»Hey, nicht so stürmisch!«, protestierte sie. »Mein Arm.«

»Sorry.« Markus ließ sie erschrocken los. Sein Gesichtsausdruck war beinahe komisch, wäre ihm nicht die Sorge der vergangenen Stunden anzusehen gewesen. »Jens ist auf dem Weg«, informierte er sie. »Er müsste gleich hier sein. Ich hab ihn sofort angerufen, als durchgegeben wurde, dass es dir gut geht.«

Anna spürte Tränen in ihren Augen aufsteigen. Jetzt bloß nicht heulen!, dachte sie. »Sami ist tot«, sagte sie mit belegter Stimme, um dem Moment das Persönliche zu nehmen. Sie wollte nicht hier, vor all den harten Kerlen vom SEK, flennend zusammenbrechen wie eine Memme. »Der wird uns nicht mehr sagen können, worum es geht. Aber ich vermute, dass der Inhalt der Container da hinten die nötigen Antworten liefern wird. Ich denke nicht, dass die nur Schrott verladen haben.« Sie erzählte Markus von dem, was sie beobachtet hatte, als sie mit Nang eingesperrt gewesen war.

»Wozu die den Schrott brauchen, ist mir auch ein Rätsel«, sagte Markus. »Sobald Rainer und seine Leute hier sind, werden wir es erfahren.«

»Sami hat vorhin mit jemandem telefoniert«, ließ Anna ihn wissen. »Ich nehme an, das war einer der Komplizen vom Schrottplatz. Wenn ihr die Verbindungsnachweise überprüft ...«

»Das gebe ich gleich an Alex weiter.« Markus holte sein Telefon aus der Tasche und ging ein paar Schritte abseits.

»Was für ein Tag!«, sagte Roland. Er wirkte weniger mitgenommen, als man unter diesen Umständen erwartet hätte. Sein Blick schweifte zu Sami, der immer noch dort lag, wo ihn das SEK erschossen hatte. »Wenigstens ist dieser Scheißkerl jetzt auch tot«, sagte er bitter. »Ich weiß nicht, in was Marilene sich da hat reinziehen lassen ...« Er biss die Zähne aufeinander und machte eine vage Handbewegung. »Wegen dieses Arschlochs!«, presste er hervor.

Anna legte wortlos den Arm um ihn und zog ihn an sich. Eine Weile standen sie einfach nur so da – schweigend, in die eigenen Gedanken vertieft. Immer wieder liefen die letzten Momente vor Samis Tod vor Annas innerem Auge ab wie ein Film, der sich ständig wiederholt. Ihr war klar, dass sie noch eine Weile an dieser Sache knabbern würde, dass sie vielleicht sogar wieder die Hilfe von Dr. Heinemann brauchen würde. Aber im Augenblick war ihr das egal. Der Trost, der von Rolands Wärme ausging, war beinahe unheimlich. Es gab nur einen einzigen anderen Menschen, dem sich Anna so vollkommen verbunden fühlte: Jens. »Wie fühlst du dich?«, fragte sie schließlich und sah zu Roland auf.

Der schnitt eine Grimasse. »Ganz ehrlich? Ich habe keine Ahnung.«

Anna lächelte schwach. »Ich hab kein Telefon mehr, um Jens anzurufen«, sagte sie. »Bist du fit genug, um raus zu gehen?«

Roland nickte. »Klar. Mich hat niemand angeschossen. Aber du siehst noch ein bisschen käsig aus.«

»Mir geht es gut.« Sie ignorierte den säuerlichen Blick des Rettungsassistenten und machte sich mit Roland auf den Weg zu der aufgesprengten Tür. »Sag Bescheid, dass wir rauskommen«, sagte sie zu einem der SEKler, die bei der Tür geblieben waren.

Der sprach in sein Funkgerät und nickte ihr dann zu. »Alles klar.«

Ohne einen Blick zurück in die Lagerhalle zu werfen, traten Anna und Roland hinaus in die von Blaulicht erhellte Dunkelheit.

»Wo willst du hin?«, rief Markus, der offenbar fertig war mit seinem Telefonat mit dem SOKO-Leiter. Er ging an ihre Seite.

»Gib mir dein Handy. Ich will Jens anrufen.«

Markus händigte ihr das Telefon ohne Protest aus.

»Ich bin's«, meldete sich Anna.

»Anna?« Jens' Stimme klang heiser. »Oh, Gott, Anna!« Sie hörte etwas, das wie ein Schluchzen klang. »Bist du okay?«

»Mir geht's gut, alles in Ordnung. Roland ist auch unverletzt«, sagte Anna. Ihre Kehle wurde eng, da deutlich zu hören war, dass Jens weinte.

»Wir sind gleich da. Ich kann schon die Streifenwagen sehen«, gab Jens zurück.

Anna kniff die Augen zusammen und versuchte, etwas zu erkennen. Allerdings war die Tatortabsperrung zu weit entfernt. »Wir warten beim Einsatzleiter-Fahrzeug auf euch«, sagte sie. »Ich sag Bescheid, dass man euch durchlässt.«

»Anna?«

»Ja.«

»Ich ...«

»Schon gut«, wisperte Anna, weil der Kloß in ihrem Hals immer dicker wurde. »Bis gleich.« Sie beendete mit zitternden Händen das Gespräch und gab Markus sein Telefon zurück.

»Geht ihr zum Wagen«, sagte Markus, »ich sorge dafür, dass sie Jens durch die Absperrung lassen.«

Dankbar dafür, nicht mit dem Einsatzleiter diskutieren zu

müssen, ließ sich Anna von Roland über den verwaisten Parkplatz führen. Mit jedem Schritt wurden ihre Beine schwächer, da allmählich das Adrenalin nachließ. In einer halben Stunde würde sie wahrscheinlich spüren, was ihr alles weh tat.

Jens erwartete sie bereits beim Einsatzwagen. Sobald er Anna sah, rannte er auf sie zu, schlang die Arme um sie und drückte sie so fest an sich, dass sie kaum mehr Luft bekam. »Anna«, murmelte er. »Ich hatte solche Angst.«

Das Gefühl der plötzlichen Geborgenheit war so überwältigend, dass der Damm brach. Ohne sich Gedanken um die Gaffer und Kollegen zu machen, ließ Anna ihren Tränen freien Lauf und klammerte sich an Jens. Sie wusste nicht, wie lange sie so in der Kälte gestanden hatten, bevor Jens sie schließlich losließ und ihr seine Jacke um die Schultern legte.

»Du bist eiskalt«, sagte er. Seine Augen waren gerötet. »Was ist das?« Sein Blick fiel auf das Blut an ihrem Ärmel.

»Nur ein Kratzer«, sagte Anna heiser. Sie fühlte sich auf einmal vollkommen leer und ausgelaugt. Ihre Beine wurden schwach.

»Hey, hey, hey!« Jens fing sie auf, bevor sie zusammensackte.

»Mir ist nur ein bisschen schwindelig«, wiegelte Anna ab, als Jens einen Sanitäter herbeiwinkte. »Wirklich, es ist alles gut«, protestierte sie.

»Sie sollten so schnell wie möglich etwas essen und viel trinken«, riet der Rettungsassistent, obwohl Anna ihn verscheuchen wollte wie eine lästige Fliege. »Sie sind dehydriert.«

»Ich besorge jemanden, der euch heimfährt«, mischte sich Markus ein. »Jens, kommst du klar?«

Jens nickte. »Jetzt schon«, brummte er und legte den Arm um Anna, als sei sie aus Glas.

»Roland kommt mit uns«, sagte Anna.

»Ich kann auch in ein Hotel gehen«, gab der zurück.

»Auf keinen Fall!«

Als Markus mit einem Streifenbeamten im Schlepptau zurückkam, sagte er: »Schönen Gruß von Alex. Du sollst dich erholen und die Füße still halten.«

»Ehrlich?«, gab Anna zurück. »Ich dachte, wir finden jetzt zusammen raus, für wen dieser Sami gearbeitet hat.«

Markus schüttelte den Kopf und wollte etwas erwidern.

»Das war ein Spaß«, sagte Anna. »Ich will jetzt erst mal vierundzwanzig Stunden lang schlafen.«

Zusammen mit Roland und Jens stieg sie wenig später in einen Streifenwagen und ließ sich von einem jungen Polizeimeister nach Hause fahren. Dort nahmen sie und Roland eine lange heiße Dusche, während Jens das Schlafsofa bezog und drei Pizzen aus dem Gefrierschrank zog. Mit Wollsocken und ihrem Lieblingsjogginganzug machte es sich Anna neben ihren beiden Männern in der Küche gemütlich und stopfte hungrig Pizza in sich hinein.

»Kann man hier auch ein Glas Wein kriegen?«, fragte Roland. »Ohne Alkohol mache ich kein Auge zu.«

Kapitel 53

Tübingen, 15. November 2015

Das Wochenende verbrachten die drei mit so viel Ruhe, dass Anna froh war, als am Sonntagabend das Telefon klingelte.

»Wenn du fit bist, kannst du morgen zur SOKO-Besprechung kommen«, sagte Alex Wolf.

»Habt ihr die Drahtzieher gefasst?«, fragte Anna.

»Noch nicht alle, aber zwei von ihnen. Nach dem dritten fahndet inzwischen Interpol.«

»Sagst du mir, worum es eigentlich geht?«

»Das erfährst du in der Besprechung«, war die trockene Antwort.

Am Montagmorgen platzte Anna beinahe vor Neugier, als sie die Dienststelle betrat. Fast alle waren bereits im SOKO-Raum versammelt, auf ihrem Platz stand ein Schokoweihnachtsmann. Die Sorge der Kollegen wurde deutlich in ihren Blicken, dem Verstummen der Gespräche und der Tatsache, dass Markus ihr den Stuhl vom Tisch zog, damit sie sich leichter setzen konnte.

»Okay«, sagte sie. »Mir geht es gut, ich bin kein rohes Ei und ihr könnt aufhören, so zu tun, als ob ich aus Zuckerguss wäre.« Sie grinste und schnappte sich den Weihnachtsmann. »Danke für die Schokolade. Kann ich jetzt endlich erfahren, um was es bei dem ganzen Mist ging? Das würde Ro... meinen Vater übrigens auch interessieren.«

Erleichtertes Lachen. »Alles klar, Anna ist wieder da«, flachste Helmut Baumann. Markus knuffte sie in die Seite.

Alex Wolf verkniff sich ein Grinsen. »Alles ist noch nicht geklärt, aber wir haben einen groben Überblick.« Er warf ein Bild von der Lagerhalle an die Wand. Darauf waren die geöffneten Container zu sehen.

»Sind das ...?«, fragte Anna fassungslos.

Der SOKO-Leiter nickte. »Das sind Sturmgewehre, Präzisionsgewehre und Kurzwaffen in diversen Kalibern. Tausende.«

Anna fiel die Kinnlade runter.

»So ähnlich haben wir auch aus der Wäsche geguckt, als wir die Container aufgebrochen haben«, sagte Rainer Stemmler.

»Die Waffen stammen aus einer Firma ganz in der Nähe«, fuhr Alex Wolf fort. Er klickte ein anderes Bild auf die Leinwand.

»Das sind zwei der Typen vom Wertstoffhof«, sagte Anna.

»Die beiden sind inzwischen in Haft. Der dritte ist auf der Flucht. Alle drei waren im mittleren bis gehobenen Management der Waffenfirma beschäftigt und haben die Ladungen«, Alex Wolf machte mit den Fingern Anführungszeichen in der Luft, »ganz offiziell abgezweigt.«

»Wie geht denn so was?«, wollte Anna wissen.

»Mark?« Der SOKO-Leiter sah einen der Kollegen von der Abteilung für Cybercrime erwartungsvoll an.

Der überlegte kurz, ehe er sagte: »Ich mach es kurz. Wie fast jede größere Firma, haben die SAP für ihr Warenmanagement benutzt. Normalerweise gibt es ein Vier-Augen-Prinzip, das heißt, es sollte nicht ein und dieselbe Person die Rechte für die Wareneinbuchung und die Warenausbuchung haben. Könnt ihr mir folgen?«

Die Kollegen nickten.

»In diesem Fall haben es die drei offenbar so hingedreht, dass einer von ihnen als Key User all diese Rechte hatte.«

»Und so kann man Waffen klauen?«, fragte Markus.

Der IT-Mann nickte. »Das ist so einfach, wie einem Baby den Schnuller wegzunehmen. Die haben alles ganz offiziell abgewickelt, inklusive Seriennummer und Qualitätsprüfung, nur dass die Ware nie registriert worden ist. So konnten die einfach mit LKWs auf den Hof fahren und die Paletten abholen.«

Anna runzelte die Stirn. »Fällt das nicht auf?«

»Erst bei einer Inventur. Ich nehme an, deshalb hatten die jetzt Zeitdruck«, erwiderte der Cybercrimer.

»Aber wie wollten die die Waffen außer Landes schaffen? Haben die Zollbeamte bestochen?«, fragte Eva Hägele.

»Das brauchten sie gar nicht«, mischte sich Alex Wolf ein. »Die waren ganz schlau. Beim Versand ins Ausland gibt es zwei Stationen«, erklärte er. »Die Ausfuhrzollstelle, da wo die Ware verladen wird, und die Ausgangszollstelle, also dort, wo die Ware über die Grenze geht. Für alles braucht man Papiere. Die Rechnung natürlich, ein ABD – ein Ausfuhrbegleitdokument – oder ein EUR.1-Dokument.«

Anna biss in ihren Schokoweihnachtsmann. »Wie konnten die dann schmuggeln, wenn sie das schon bei der Waffenfirma anmelden mussten?«, fragte sie kauend.

Der SOKO-Leiter lachte. »Ich hab ja gesagt, dass die ganz schlau waren. Sie haben die LKW mit den Originalpapieren vom Hof gefahren zu dem Lagerhaus, in dem ihr gefangen wart. Unter der Adresse war eine Schrottfirma angemeldet. Ergo haben sie die alten Papiere weggeschmissen und neue Zollpapiere für Schrott ausgestellt.« Er machte eine Handbewegung wie ein Zauberer. »Voilá, fertig war das trojanische Pferd.«

»Clever«, bemerkte Rainer Stemmler. »Ich nehme an, die haben die Paletten mit den Waffen in die Mitte gestellt und Schrott drumherum geladen, damit das beim Wiegen nicht auffällt.«

Alex Wolf nickte. »Daher die Verbindung zum Wertstoffhof«, sagte er. »Ohne den Schrott hätte der Plan nicht funktioniert.«

»War das nicht ein enormes Risiko?«, fragte einer der jüngeren Kollegen. »Was, wenn der Zoll eine Beschau der Ladung im Zolllager am Hafen oder an der Grenze durchgeführt hätte?«

Alex Wolf zuckte die Achseln. »Diese Unsicherheit mussten sie wohl in Kauf nehmen.«

»Und Marilene hat das Geld für sie gewaschen?«, fragte Anna.

»War dieser Sami Heitz der Kopf?«, kam zeitgleich die Frage von Helmut Baumann.

»Wie es aussieht, hat Marilene Hübner im Auftrag der Bande Bilder von Annas Vater gekauft, um sie dann wieder zu verkaufen. Dadurch konnten die ihre schmutzigen Einkünfte in blütenweiße Euros umwandeln. Mit relativ geringem Aufwand, weil die Bilder so teuer waren.«

»Und Sami Heitz?«, wiederholte Helmut Baumann seine Frage.

»War offenbar der Mann fürs Grobe«, erläuterte der SOKO-Leiter. »Es sieht so aus, als ob er Marilene Hübner rekrutiert und dann süchtig gemacht hat. Außerdem steckte der ganz tief im Drogenhandel und im Prostitutionsmilieu. Würde mich nicht wundern, wenn er seine Finger auch im Mädchenhandel gehabt hätte.«

»Aber wieso wollte er das alles Roland anhängen?« Anna stellte den Schokonikolaus auf den Tisch, weil er plötzlich bitter schmeckte.

»Da können wir bisher nur spekulieren«, erwiderte der SOKO-Leiter. »Vermutlich wollte Marilene Hübner aussteigen oder hat gedroht, Roland alles zu beichten.«

»Dann hätte Sami Roland doch auch gleich umbringen können«, warf Markus ein.

»Ich denke, er sollte der Sündenbock sein«, gab Alex Wolf zurück. »Hätte Sami Roland Kirchberger auch umgebracht, wären wir der Bande vielleicht schon vorher auf die Schliche gekommen. Die wollten Zeit schinden, bis die letzte Lieferung raus geht. Ihre Hoffnung war wohl, dass wir uns auf Roland als Tatverdächtigen einschießen und die ganze Schweinerei nicht mitbekommen.«

»Tja, Pech gehabt«, brummte Anna. »Das Theater mit dem *King's Club* war vermutlich nur dazu gut, um an Rolands Handy zu kommen. Ohne das hätte es nicht so ausgesehen, als ob Roland sie mit einer SMS zu sich nach Hause gelockt hätte.«

»Das vermute ich auch.« Alex Wolf seufzte. »Um den Waffenschmuggel kümmert sich das LKA. Wir haben zwei der Drahtzieher, der Dritte geht uns sicher auch noch ins Netz. Wenn wir Glück haben, kriegen wir von einem der drei ein Geständnis.«

»Glaube ich kaum«, murmelte Markus, »die haben sich die besten Anwälte besorgt.«

Anna lehnte sich in ihrem Stuhl zurück und starrte auf den angebissenen Weihnachtsmann. »Was ist mit Nang?«, fragte sie.

»Dem Mädchen geht es gut«, sagte ihr Chef. »Sie ist im Krankenhaus, wird aber bald entlassen.«

Anna fiel ein Stein vom Herzen. Die Sorge um die junge Thailänderin hatte sie die halbe Nacht nicht schlafen lassen.

»Wissen wir, wohin die Waffen gehen sollten?«, wollte Rainer Stemmler wissen.

Alex Wolf schüttelte den Kopf.

»Na ja, wer auch immer sie kriegen sollte, guckt jetzt in die Röhre«, stellte Markus schadenfroh fest.

KAPITEL 54

TÜBINGEN, 15. NOVEMBER 2015

Nach der SOKO-Besprechung bestellte Alex Wolf Anna zu sich ins Büro. »Mach die Tür zu«, bat er sie.

Anna schloss die Tür und verschränkte die Arme vor der Brust. »Hör zu ...«, hob sie an, aber ihr Chef schnitt ihr das Wort ab.

»Was ich von deinem Alleingang auf dem Wertstoffhof halte, habe ich dir schon gesagt«, brummte er. »So was kommt besser nicht noch mal vor.«

Anna mied seinen Blick.

»Allerdings war dein Verhalten in der Geiselsituation sehr professionell.«

Sie sah ihn erstaunt an.

»Du hast dich vorbildlich verhalten. Den Angriff in Stammheim mitzufilmen, war eine tolle Idee.«

Anna wusste nicht, was sie erwidern sollte.

»Warum hast du mir das mit deinem Vater nicht vorher gesagt?«, fragte Alex Wolf nach einigen Augenblicken des Schweigens. »Du hättest mir ruhig soweit vertrauen können.«

Anna seufzte. »Ich weiß. Aber in dem Moment war ich nicht besonders rational. Ich hab Mist gebaut, sorry.«

Ihr Chef schüttelte den Kopf, stand auf und klopfte ihr auf die Schulter. »Kann mal vorkommen«, sagte er. »Aber nur einmal.« Er sah sie streng an. »Und jetzt geh heim und ruh dich aus. Vor Mittwoch will ich dich hier nicht mehr sehen.«

»Aber ...«

Alex Wolf hob warnend die Hand. »Mittwoch. Ich meine es ernst.«

Mir geht es gut, wollte Anna protestieren, schluckte die Worte jedoch, da der Ausdruck auf Alex Wolfs Gesicht keinen Widerspruch zuließ.

»Na gut. Danke«, sagte sie und ließ ihn allein mit einem riesigen Stapel Papierkram. Erleichtert ging sie zurück zu ihrem Büro, holte ihre Jacke und verabschiedete sich wenig später von Markus. »Haben Bea und du heute Abend schon was vor?«, fragte sie.

Markus schüttelte den Kopf. »Warum?«

»Jens, Roland und ich gehen zum Mexikaner über dem *Neckarmüller.* Wollt ihr mitkommen?«

»Da muss ich erst Bea fragen.«

»Hab ich schon.« Anna grinste. Sie hatte gestern Abend noch mit der Freundin telefoniert und eigentlich war die Idee mit dem Mexikaner auf ihrem Mist gewachsen. Bea platzte fast vor Neugier und konnte es kaum erwarten, Roland endlich kennenzulernen.

»Ach was?« Markus zog spöttisch eine Augenbraue hoch. »Nett, dass ihr mich überhaupt noch fragt.« Als Anna den Mund aufmachte, um etwas zu erwidern, lachte er. »War ein Spaß. Klar, hab ich auch Lust. Mal wieder ein richtig saftiges Steak.«

»Um sieben?«

Markus nickte.

Der Tag verging wie im Flug und als Anna, Jens und Roland kurz vor sieben das *El Chico* betraten, lachte ihnen Bea von einem Tisch beim Fenster entgegen. Die Beleuchtung war angenehm gedämpft. Die terracottafarbenen Wände und große Topfpalmen trugen dazu bei, dass man beim Betreten des Restaurants die ungemütliche Witterung vergaß. Ein Kellner brachte ihnen die Speisekarten, kaum hatten sie sich zu Bea an den Tisch gesetzt.

»Wo ist Markus?«, wollte Jens wissen.

»Müsste gleich hier sein«, sagte Bea. Sie hielt Roland die Hand hin. »Ich bin Bea Schiller. Annas beste Freundin. Sie müssen Roland sein.« Sie lächelte entwaffnend.

Roland schüttelte ihre Hand. »Von mir aus können wir uns gerne duzen. Ich bin kein großer Fan von Förmlichkeiten.«

Beas Lächeln wurde breiter. »Ich auch nicht.«

Die beiden kamen offenbar blendend miteinander aus, da Bea augenblicklich anfing, Roland Löcher über seine Arbeit in den Bauch zu fragen. Als Markus zehn Minuten später schnaufend zu ihnen stieß, warf er Roland einen eifersüchtigen Blick zu.

»Ich habe einen Bärenhunger«, sagte er und ließ sich neben Bea auf den einzig freien Stuhl fallen. »Hallo, Schatz.« Er drückte ihr demonstrativ einen Kuss auf den Mund.

Anna verdrehte die Augen. Als ob Roland Konkurrenz für ihn wäre! Zum Glück kam der Kellner zurück.

Anna bestellte sich gefüllte Tortillas, Röstkartoffeln, Grillgemüse und Pommes aus der Yuccawurzel. Dazu einen Rhabarber-Grapefruit-Spritz mit Thymian. Sie ignorierte den schiefen Blick, den Jens ihr zuwarf. Wenn sie schon beim Mexikaner waren, wollte sie nicht einfach nur ein Steak mit Bratkartoffeln und Bier.

Die nächsten drei Stunden aßen, tranken und lachten sie ausgiebig. Über den Fall wurde nicht geredet. Auch nicht über die Lagerhalle. Noch gestern Abend hatte Anna beschlossen, das Erlebte mit Dr. Heinemann zu besprechen, da sie aus Erfahrung wusste, dass es keine Schande war, Hilfe in Anspruch zu nehmen. Roland würde erst mal eine Weile bei Jens und ihr wohnen – bis er seine Villa verkauft und etwas Neues gefunden hatte. Auf keinen Fall wollte er zurück in das Haus, in dem Marilene so brutal ermordet worden war. Obwohl ihn die ganze Sache ziemlich mitgenommen hatte, war ihm in Stammheim die Idee zu einem neuen Bilderzyklus gekommen. Davon erzählte er Bea gerade so gestenreich, dass Jens sein Glas aus dem Weg räumte, um dessen Inhalt zu retten. Anna lächelte und legte ihre Hand auf Jens' Bein. Ab jetzt würde Roland ein fester Bestandteil ihres Lebens sein. Nicht der peinliche, geisteskranke Vater, den sie vor allen versteckte. Auch wenn sie wusste, dass es eine natürliche Reaktion war, schämte sie sich inzwischen für ihr Verhalten. Er gehörte zu ihr genau wie Jens. In der Zeit, die sie in der Lagerhalle miteinander verbracht hatten, war ihr klar geworden, wie ähnlich sie sich waren. Scheiß drauf, dass seine Krankheit vielleicht erblich ist!, dachte Anna und biss in ihre Tortilla. Manchmal musste man sich den Ungewissheiten im Leben einfach mutig stellen und abwarten, was passierte.

Danksagung

Auch bei diesem Krimi haben mir wieder sehr viele liebe und hilfsbereite Menschen geholfen, Fehler zu vermeiden. Ohne sie hätte ich mich in Stammheim verlaufen, wäre in jedem Tatort über die eigenen Füße gefallen und hätte ganz sicher meine Geiseln nicht befreien können. Sämtliche Fehler, die es vielleicht trotzdem noch zu entdecken gibt, stammen einzig und allein aus meiner Feder. Manchmal musste ich die Fakten ein wenig anpassen, damit meine Figuren handlungsfähig bleiben (z. B. im Fall des Phantombildes).

Mein ganz besonderer Dank gilt auch im dritten Anna-Benz-Krimi wieder Polizeioberkommissarin Anja Fromm, Kriminaltechnikerin bei der Kripo Stuttgart. Ohne deine geduldigen Erklärungen, die vielen winzigen, aber unheimlich wichtigen, Details, würde ich mich vermutlich im Dschungel eines jeden fiktiven Tatorts verirren. Ohne dich hätte ich Stammheim vermutlich nur von außen angeschaut. Die Führung, die wir zusammen machen durften, war einfach fantastisch! Wie immer konnte ich mich auch beim Überprüfen des gesamten Romans auf fachliche Fehler bei den Themen Polizei und Rettungsdienst, natürlich insbesondere im Bereich der Kriminaltechnik, voll und ganz auf dich verlassen. Ein Riesendank auch dafür.

Ein ganz großes Dankeschön gebührt auch wieder Hauptkommissar Jürgen Tam, ebenfalls von der Kripo Stuttgart, der mir all meine, sicher manchmal nervigen, Fragen zum Thema Ermittlungsarbeit beantwortet hat. Ohne dich hätte Anna Benz sich ganz bestimmt im Dezernat verlaufen und den SOKO-Raum nicht gefunden.

Auch Kriminalhauptkommissar Werner Härlen vom Polizeipräsidium Ulm hat mich wieder mit Rat und Tat unterstützt und den Roman als einer der ersten Leser auf Fehler und Ungereimtheiten überprüft. Ganz lieben Dank dafür und auch dafür, dass ich immer anrufen kann, wenn mich eines dieser winzigen Details um den Verstand bringt. Ohne dich hätte ich keine Ahnung gehabt, was eine Verhandlungsgruppe zu tun hat, wie solche Verhandlungen ablaufen und was passiert, wenn etwas schief geht.

Für die Action im letzten und wichtigsten Abschnitt war Kriminalhauptkommissar Kai Zaske vom Polizeipräsidium Ulm zuständig, der mir bei der »Komposition« des Showdowns geholfen hat. Besonders beeindruckt haben mich die diversen »Irritationskörper« und das Zusammenspiel zwischen den unterschiedlichen Einsatzgruppen vor Ort.

Ohne Drogen, Geldwäsche und Prostitution bin ich dieses Mal leider nicht ausgekommen, und auch hier wurde mir bereitwillig und ausführlich geholfen. Kriminalhauptkommissarin Jana Lukaschek, von der Kriminalpolizei Stuttgart, hat mich über Crystal Meth aufgeklärt und was passieren würde, wenn man solch ein Labor entdeckt.

Kriminalhauptkommissar Snjezan Tokic, ebenfalls von der Kripo Stuttgart, verdanke ich Einblicke in die Welt der Thai-Prostitution. Ich hatte mir alles ganz anders vorgestellt, vor allem die Örtlichkeiten, in denen das Geschäft betrieben wird.

Kriminalhauptkommissar Achim Groh, vom LKA in Stuttgart, hat mir alles rund ums Thema Geldwäsche erklärt. Ohne diese Einführung hätte ich wohl nie begriffen, wie das Waschen von schmutzigem Geld funktioniert.

Mein Dank gilt außerdem Thomas Belde, meinem Consultant für Zollfragen, der mir alles zu Ausfuhrbegleitdokumenten und Zollbestimmungen erklärt hat.

Als mir die Idee zu diesem Krimi kam, wusste ich, dass ich unbedingt die Justizvollzugsanstalt in Stuttgart-Stammheim besuchen muss, um Roland Kirchbergers Haft so realitätsnah wie möglich darzustellen. Das war möglich dank der wunderbaren

Führung von Andreas Pöltl, dem Zuständigen für Sicherheitsmanagement in der JVA. Geduldig wurde mir alles erklärt – von der Einlieferung über die Aufnahme, bis hin zum Tagesablauf und dem Hofgang. Bisher ganz klar eines der Highlights meiner Recherchebesuche. Sehr, sehr beeindruckend!

Und zu guter Letzt geht ein gewaltiges Dankeschön an meine tolle neue Lektorin Dorothée Engel. Dein Lektorat war fantastisch! Sorgfältig und mit wunderbaren Verbesserungsvorschlägen.

Silvia Stolzenburg, Mai 2016

Silvia Stolzenburg

Die Fliege

288 Seiten
Klappenbroschur
Edition 211
im Bookspot Verlag
ISBN 978-3-95669-053-2
12,95 €

Stuttgart, Anfang Juni 2015: Der vorgezogene Sommerurlaub von Oberkommissarin Anna Benz wird an einem Sonntagmorgen kurz nach fünf Uhr abrupt beendet. Offenbar haben Wanderer in einem Waldstück bei Stuttgart einen Toten gefunden, dessen Zustand Rätsel aufgibt.

»Wenn so etwas möglich wäre, würde ich sagen, jemand hat versucht, ihn mehr als einmal zu töten«, urteilt die Rechtsmedizinerin nach einem ersten Blick auf die Leiche. Kurz darauf bringt die Obduktion ans Licht, dass der Mann von zahlreichen Waffen verletzt worden ist. Die Tiefe und Schwere der Wunden lässt zudem darauf schließen, dass man es offensichtlich mit mehreren – teils unentschlossenen – Tätern zu tun hat.

Anna Benz und ihr Kollege Markus Hauer beginnen zu ermitteln. Was steckt hinter dem brutalen Mord? Wurde der Tote Opfer eines makaberen Rituals? Lief eine Mutprobe aus dem Ruder? Oder streift eine Horde mordlustiger Irrer durch die Gegend? Fragen über Fragen, die Anna und Markus schon bald in ein Labyrinth aus widersprüchlichen Fährten führen …

Das Stuttgarter Duo ist zurück: Anna Benz und Markus Hauer ermitteln nach »Tödliche Jagd« in ihrem zweiten Fall!

Bitte beachten Sie die Leseprobe auf den folgenden Seiten!

Kapitel 1

In der Nähe von Stuttgart, 6. Juni 2015

»Scheiße!«

Der Ausruf hallte so unerwartet durch den Kellerraum, dass Tobias Hofmann einen Satz nach hinten machte.

»Verdammte Scheiße!« Keuchend trat der Sprecher einen Schritt von dem Stuhl zurück, der direkt über dem Abflussgitter im Boden der Waschküche stand, und blickte angewidert auf die zusammengesunkene, nackte Gestalt hinab, auf die gelbliche Lache zwischen den gefesselten Beinen. Blut vermischte sich mit Urin und tropfte in regelmäßigen Abständen auf den kalten Betonboden. Der Kopf des Gefesselten hing schlaff nach hinten. Von dem ehemals gutaussehenden Gesicht war nicht mehr viel zu erkennen. Prellungen und Platzwunden entstellten den gesamten Körper, die schlimmsten davon so tief, dass sie genäht werden müssten. Bald.

Denn sonst würde der Mann verbluten.

Tobias Hofmann senkte den Baseballschläger, mit dem er dem hilflosen Opfer vor wenigen Minuten noch den Arm gebrochen hatte. Er wischte sich den Schweiß von der Stirn und starrte den anderen verständnislos an.

»Was ist los?« Sein Herz hämmerte so heftig, dass er es in seiner Halsgrube spüren konnte. Immer noch toste das Blut in seinen Ohren, während Adrenalin sein Gehirn vernebelte. Die Wut war wie eine gewaltige Woge, die ihn ergriffen und mit sich davongetragen hatte. Das Gefühl, das ihn durchströmt hatte, als das harte Holz den Knochen des Gefesselten zertrümmert hatte, war unbeschreiblich. Er schmeckte Blut – als ob er wie ein Raubtier die Zähne in seine Beute geschlagen hätte. Der Rausch der Macht war so überwältigend, dass ihm schwindelig war. Doch der Ausdruck auf dem Gesicht seines Gegenübers vertrieb das Hochgefühl und ließ die Welle der Euphorie in sich zusammenfallen.

»Ja, was ist?«, wollte jetzt auch der Dritte im Raum wissen. Er versetzte dem Gefesselten einen Fußtritt in den Unterleib, der jedoch keinerlei Reaktion hervorrief. »Ist er weggetreten oder was?« Er verzog das Gesicht. »Weichei!«

Der Angesprochene schüttelte den Kopf. Das dunkelblonde Haar klebte ihm in der Stirn, die genau wie der Rest seines Gesichtes die Farbe reifer Tomaten aufwies. »Nein.« Er rieb sich den Ellenbogen und wischte das Blut daran an seiner Hose ab. »Er ist tot.«

»Was?« Tobias Hofmann ließ den Baseballschläger fallen. »Wie meinst du das? Er kann doch nicht tot sein!« Etwas, das sich anfühlte wie die Spitze eines Eiszapfens, bohrte sich in seine Magengrube.

»Ist er aber«, war die gepresste Antwort.

Tobias Hofmann wich weiter von dem Stuhl zurück, bis er mit dem Rücken gegen die Wand stieß. »Scheiße!«

»Sag ich doch!«, brauste der Dunkelblonde auf.

»Bist du sicher?« Der Dritte beugte sich über das nackte Opfer und legte zwei Finger an dessen Schlagader. »Verdammt, du hast recht.« Er richtete sich wieder auf und sah von einem zum anderen.

Tobias Hofmann ballte die Hände zu Fäusten. Seine Knöchel schmerzten vom vielen Zuschlagen – weshalb er dann den Baseballschläger benutzt hatte. Er versuchte zu schlucken, aber sein Mund war vollkommen ausgetrocknet. Entsetzt bemerkte er, wie sich ein weiterer Tropfen vom Sitz des Stuhls löste und in die Lache am Boden tropfte. Das Geräusch wirkte unangemessen laut. Seine Beinmuskeln spannten sich, als ihn der überwältigende Drang zu fliehen überkam. Sein Blick ging zu der verschlossenen Metalltür, durch die sie vor wenigen Stunden ihr Opfer in die Waschküche gestoßen hatten.

»Bitte, lasst mich gehen«, hatte der Kerl gejammert. Aber Tobias und die anderen beiden waren so fest entschlossen gewesen, ihm eine Lektion zu erteilen, dass sein Flehen auf taube Ohren gestoßen war.

Tobias zwang sich, dort stehen zu bleiben, wo er war und tief ein- und auszuatmen. Panik würde ihm nicht weiterhelfen. Panik half niemals weiter! Er zerrte am Kragen seines T-Shirts, da es ihm die Luft abzuschnüren schien. Oh Gott! Was sollten sie jetzt tun? So hatte es nicht ausgehen sollen! Er spürte, wie auch der letzte Rest Wut in ihm verpuffte und eine schreckliche Furcht an ihre Stelle trat. Er schloss die Augen, um nicht mehr sehen zu müssen, wie sie ihr Opfer zugerichtet hatten.

»Wie …?«, fragte er schließlich schwach. Die eigene Stimme klang fremd in seinen Ohren. »Wer von uns …?« Er schaffte es nicht, den Gedanken auszusprechen. Die anderen verstanden ihn offensichtlich dennoch.

Der Dunkelblonde schnaubte. »Das ist doch wohl vollkommen egal, oder?« Er holte tief Luft und presste die Lippen aufeinander. Die Muskeln in seinen Wangen spielten. Sein breiter Brustkorb hob und senkte sich heftig und ihm war anzusehen, dass er fieberhaft nachdachte. Nach einigen Augenblicken, die Tobias wie eine Ewigkeit vorkamen, stellte er nüchtern fest: »Wenn wir nicht den Rest unseres Lebens im Gefängnis verbringen wollen, müssen wir ihn loswerden.«

»Aber wie?«, warf der dritte Mann ein. Er fuhr sich mit der Hand durch das schwarze, mit Gel zurückgekämmte Haar.

Der Dunkelblonde zeigte auf eine Rolle blauer Plastiksäcke, die auf einem der Kellerregale lag.

»Das kann doch nicht dein Ernst sein!«, platzte es aus Tobias heraus. »Wir können ihn doch nicht einfach wegwerfen wie einen Sack Müll!« Mit jeder Sekunde, die verstrich, nahm das Entsetzen über das, was sie getan hatten, zu. Der Mann war tot. Tot! Das hatte er doch nicht gewollt. Er stöhnte leise. Vielleicht lebte er ja doch noch. Vielleicht hatten sich die anderen beiden getäuscht. Er wollte einen Schritt auf den Gefesselten zumachen, um ihm selbst den Puls zu fühlen. Aber der Dunkelblonde packte ihn hart am Arm und hielt ihn zurück.

»Vergiss es, den erweckst du nicht mehr zum Leben«, sagte er kalt. Sein Blick tastete Tobias' Gesicht ab, bevor er ihn wieder losließ. »Krieg bloß nicht das große Zittern! Was passiert ist, ist nicht zu ändern. Jetzt müssen wir zusehen, dass wir heil aus der Sache rauskommen.« Er trat an das Regal und riss eine Handvoll Plastiksäcke von der Rolle ab, die er auf dem Boden ausbreitete. Dann – ohne ein weiteres Wort – kehrte er den beiden den Rücken zu und verschwand aus der Waschküche. Als er wenig später zurückkehrte, hatte er Gummihandschuhe, eine Axt, ein Messer und einen Hammer dabei. »Hier.« Er warf Tobias das Messer zu. »Schneide ihn los.«

Sobald der Mann vom Stuhl auf den Boden geglitten war, streckte er den Arm des Toten aus und holte mit der Axt aus.

Die abgetrennte Hand landete vor Tobias' Füßen.

...

Tobias Hofmanns Augen brannten vor Müdigkeit, als er endlich von der A8 abfuhr. Geistesabwesend lenkte er seinen VW Golf durch den Kreisel am Rasthaus Seligweiler und bog in Richtung Ulm ab. Der Verkehr an diesem langen Wochenende war ein Albtraum, selbst jetzt noch – um zehn Uhr abends. Morgen waren die Pfingstferien zu Ende und anscheinend fuhr inzwischen alles bei jeder Gelegenheit in den Urlaub. Mehr als einmal hätte er fast einen Unfall verursacht, weil er sich einfach nicht auf die Straße konzentrieren konnte. Dazu ging ihm viel zu viel im Kopf herum. Er fröstelte im kalten Luftzug der Klimaanlage. Ob die Bilder der vergangenen achtundzwanzig Stunden jemals verblassen würden? Seine Hände umklammerten das Lenkrad so fest, dass die Knöchel weiß hervortraten. Die verschorften Knöchel! Er schluckte mühsam, als die Erinnerungen ohne Vorwarnung mit aller Gewalt durch seinen Kopf tobten.

»Stell dich nicht so an!«, hatte Max ihn angeherrscht und mit dem Kinn auf das Messer in Tobias' Hand gezeigt. »Du weißt, was zu tun ist.«

Tobias presste die Zähne aufeinander. Niemals hätte er gedacht, dass er zu so etwas fähig sein würde. Doch der gestrige Tag hatte ihn eines Besseren belehrt. Während er an Raps- und Weizenfeldern vorbeifuhr, liefen die vergangenen Stunden wie ein Film in seinem Kopf ab. Immer und immer wieder.

Gott, war ihm schlecht! Am ganzen Körper zitternd, riss er kurz vor dem Ulmer Ortsschild das Lenkrad nach links, um dorthin abzubiegen, wo normalerweise ein fahrender Händler Blumensträuße verkaufte. Zum Glück war er um diese Uhrzeit nicht mehr da. Daher hatte Tobias keine unfreiwilligen Zeugen, als er die Tür aufstieß, sich aus dem Wagen beugte und sich heftig übergab.

»Ohgottohgottohgottohgott«, wimmerte er, als sein Magen nichts mehr hergab. Kalter Schweiß trat ihm aus allen Poren und verstärkte den säuerlichen Geruch, der von der Lache am Boden aufstieg. Sein ganzer Körper stank nach Angst und Stress. Das lange, hellbraune Haar klebte an seinen Wangen, einige Strähnen waren vollgekotzt.

»Was soll ich denn jetzt nur tun?«, murmelte er. Das lautstarke Zirpen der Grillen war die einzige Antwort auf seine Frage. Er stützte den Kopf in die Hände und wiegte sich hin und her wie ein Kind. Wie hatte er nur so dumm sein können, sich auf Max' Vorschlag einzulassen? Wie sollte er jetzt sein Leben weiterführen? So tun, als ob nichts passiert wäre? Erneut überkam ihn der Brechreiz. Aber es kam nur noch Galle.

»Jeder von uns muss die gleiche Geschichte erzählen, sollte uns die Polizei jemals befragen«, hatte Max ihm und Julian eingehämmert, nachdem sie den Toten in das Dornengestrüpp geworfen hatten.

Julian schien das alles nichts auszumachen, weil er bedächtig nickte und einen klugen Kommentar zu Alibis machte.

»Und unsere DNA?«, fragte Tobias.

»Die findet kein Mensch«, gab Max im Brustton der Überzeugung zurück. »Was denkst du, warum wir die Sachen tragen und ihn mit dem Schlauch abgespritzt haben?« Er warf Tobias einen entnervten Blick zu.

Tobias' Hände steckten ebenso wie die der beiden anderen auch in Gummihandschuhen, sein Körper in einem Plastikanzug mit Kapuze. Absurd bei den Temperaturen, aber notwendig – darauf hatte Max bestanden. Und wer sollte es besser wissen als er, der ehemalige Polizeibeamte, der oft genug dabei gewesen war, wenn Verbrecher überführt worden waren? Warum er diese Anzüge besaß, hatte Tobias sich lieber nicht fragen wollen.

»Niemand wird je darauf kommen, dass *wir* ihn getötet haben«, versuchte Max weiter, Tobias zu beruhigen. »Ohne erkennbares Motiv wird keine einzige Spur in unsere Richtung führen. Selbst wenn die Spurensicherung DNA findet, was soll sie denn damit anfangen ohne einen Vergleich?« Er klopfte Tobias auf die Schulter. »Wir waren alle zusammen auf Tour. Da soll uns erst mal jemand das Gegenteil beweisen.«

Tobias wünschte sich, dass er Recht hätte. Oh, wie sehr er sich wünschte, dass Max recht hätte! Allerdings sehnte sich ein winziger Teil von ihm auch danach, zum nächstgelegenen Polizeirevier zu fahren und alles zu beichten. Wenn er sagte, dass es ein Versehen gewesen war, galt das sicherlich als mildernder Umstand. Wenn er behauptete, dass einer der andern den tödlichen Schlag geführt hatte, konnte ein guter Rechtsanwalt ihn bestimmt irgendwie rauspauken. Er fuhr sich mit dem Ärmel über die Stirn und sah einige Augenblicke lang geradeaus. Aber wie konnte er sicher sein, dass nicht er es gewesen war …? Er brach den Gedanken ab. Sie saßen alle in einem Boot. Wenn jemand ein Loch in den Boden bohrte, würden sie alle damit untergehen!

Er brütete noch eine Zeit lang vor sich hin, bevor er ein benütztes Tempo aus der Tasche zog, um sich die Spritzer vom Kinn zu wischen. Dann schlug er die Autotür wieder zu und wendete den Wagen. Mit exakt 60 Stundenkilometern rollte er in Richtung Stadt, wo er seinen Golf schließlich im Müller-Parkhaus in der Rosengasse abstellte. Gebeugt wie ein alter Mann trottete er an der gegenüberliegenden Schule vorbei auf einen Laden mit Wohnaccessoires zu. In dem Gebäude dahinter befand sich seine winzige Zweizimmerwohnung. Obwohl er sich inzwischen etwas Teureres hätte leisten können, war ihm die Bude ans Herz gewachsen. Im zweiten Stock angekommen, steckte er fahrig den Schlüssel ins Schloss und betrat den Flur, in dem es nach abgestandener Luft und Staub roch. Duschen, lüften, schlafen, dann würde es ihm sicher wieder besser gehen. Jedenfalls hoffte er das inständig!

◈

In einem dunklen Zimmer nicht weit von Tobias Hofmann entfernt saß eine Gestalt vor einem Monitor und starrte auf die verwackelten Bilder, die über den Schirm flimmerten. Einem erstickten Schrei folgte wildes Gefuchtel mit der Kamera. Dann wurde alles schwarz. Dumpfe Stimmen ließen vermuten, dass das Handy, mit dem die Bilder aufgenommen worden waren, in einer Hosentasche verschwunden war.

»Hör auf, dich zu wehren!«, zischte jemand.

»Was soll das? Wer seid ihr?«

Die Gestalt erkannte den Sprecher trotz der schlechten Tonqualität. Ihre Nackenmuskeln spannten sich, als sie sich nach vorn beugte – in der Hoffnung, irgendetwas erkennen zu können.

»Halt's Maul!« Ein Schlag folgte. Das Geräusch eines Körpers, der auf dem Boden aufschlug.

»Wo ist sein Handy?«

Es kam wieder Leben in das Bild, als eine Hand das Telefon aus der Tasche zog. Für den Bruchteil eines Augenblicks wurde ein verwackeltes Bild sichtbar: Ein Gesicht im Vordergrund, im Hintergrund ein Auto. Teile eines Kennzeichens. Dann pfefferte der Mann das Handy auf den Boden und die Aufzeichnung brach ab.

Die Gestalt vor dem Monitor drückte auf »replay«. Und das ganze Spektakel begann von vorn.

...

Spannung pur von V. S. Gerling

Das Programm

448 Seiten
Klappenbroschur
Edition 211
im Bookspot Verlag
ISBN 978-3-95669-017-4
14,80 €

Falsche Fährten

448 Seiten
Klappenbroschur
Edition 211
im Bookspot Verlag
ISBN 978-3-95669-033-4
14,80 €

Sieben Gräber

464 Seiten
Klappenbroschur
Edition 211
im Bookspot Verlag
ISBN 978-3-95669-048-8
14,80 €

Skrupellose Menschenversuche, die dubiosen Machenschaften der Pharma-Konzerne oder Versklavung durch Zwangsprostitution – mit seinen rasanten Thrillern taucht V. S. Gerling tief in gesellschaftliche Abgründe ein.
Exzellent recherchiert und unfassbar spannend sind die Fälle seines Ermittlerpaars Nicolas Eichborn und Helen Wagner. Das unkonventionelle Duo aus dem BKA-Abteilungsleiter und der Fallanalytikerin führt riskante Ermittlungen durch und stellt sich den Herausforderungen dabei mit einer gehörigen Portion Schlagfertigkeit, Zynismus und Humor.

Spektakuläre Romane […], die mich in allen Belangen überzeugt haben […] Durch das große Maß an Spannung steht man so unter Strom, als würde man mit einem Taser direkt an den Nervenbahnen gekitzelt werden. Redaktion Leserkanone.de

Es tun sich immer wieder neue Abgründe auf und jedes Mal, wenn man als Leser denkt, endlich alles durchschaut zu haben, kommt wieder ein neues Mosaiksteinchen dazu, das alles in ein neues Licht rückt. Sehr gelungen! Eva Hüppen, Leser-Welt.de

Michael Böhm

Herr Petermann und das Triptychon des Todes

192 Seiten, gebunden
Edition 211
im Bookspot Verlag
ISBN 978-3-95669-018-1
14,80 €

Leo Petermann genießt die Ruhe in seinem Landhaus, will viel Zeit mit seiner Geliebten Magdalena verbringen, eine Partie Schach mit dem Freund und Nachbarn Korbinian spielen, sich um den Bau seines Segelbootes kümmern.
Doch auf einmal trüben ungute Störungen sein friedliches Leben. Da wird Magdalena von einem Architekten belästigt und auf einem Kongress in Wien trifft er unerwartet seinen Ex-Geschäftspartner, der ihm eine wirre Geschichte von einem geheimen »Todesfonds« erzählt. Als Petermann sich mit dem Fonds zu beschäftigen beginnt, entdeckt er schnell dessen perfide Struktur.
Quintus Heinrich, Chef der Cautio-Versicherung, den Petermann von der Uni kennt, ist der Erfinder dieses Fonds. Ein eisiges Duell nimmt seinen Anfang. Petermann gedenkt, unbedingt als Sieger vom imaginären Schlachtfeld zu gehen und nutzt dafür alle seine Möglichkeiten …

Begründung des SYNDIKATS zur Preisverleihung:
»Souverän und pointiert bricht Michael Böhm mit den Klischees des aktionsreichen Kriminalromans. Gewohnte Krimi-Elemente werden auf sehr ungewöhnliche Weise bis zum Äußersten ausgereizt. … Subtil, dezent, ironisch, amüsant. … Die Geschichte kommt völlig anders daher als ein herkömmlicher Krimi oder Thriller, sozusagen auf leisen Pfoten, und sie ist souverän erzählt.«

Michael Böhm

Quo Vadis, Herr Petermann?

192 Seiten, gebunden
Edition 211
im Bookspot Verlag
ISBN 978-3-95669-066-2
14,80 Euro

Leo Petermann, Privatier und kultivierter Genussmensch, nimmt jeden Tag in seinem Haus über dem See als Geschenk. Er verbringt viel Zeit mit seiner Geliebten Magdalena, sitzt gerne mit seinen Nachbarn zusammen und ist auf der Suche nach Erinnerungen an die eigene Kindheit und Jugend.
Da geschieht auf dem Gornergrat über Zermatt ein Mord, der dem berühmten Maler Paul Tulipan zur Last gelegt wird, und der auch Petermann tangiert. Etwa zur gleichen Zeit wird er von einem jungen Fotografen verfolgt, der ihn bedroht und mit angedeutetem Wissen über dunkle Flecken auf Petermanns weißer Weste erpresst. Fatales Wissen, das zu einem Menetekel für ihn wird.
So beschäftigt Leo sich mit den Spuren des Erpressers, jenen von Tulipan und seinen eigenen aus der Vergangenheit. Sie führen ihn unausweichlich zu der Frage: Quo vadis, Herr Petermann?

Der würdige Abschluss der Petermann-Trilogie, auf den alle »Petermann-Fans« gewartet haben.